独家情商

弱水千流——著

上册

图书在版编目（CIP）数据

独家情商 / 弱水千流著. — 青岛 : 青岛出版社，2020.12

ISBN 978-7-5552-9188-6

Ⅰ. ①独… Ⅱ. ①弱… Ⅲ. ①言情小说－中国－当代 Ⅳ. ①I247.5

中国版本图书馆CIP数据核字(2020)第078675号

书　　名　独家情商
著　　者　弱水千流
出版发行　青岛出版社
社　　址　青岛市海尔路182号（266061）
本社网址　http://www.qdpub.com
邮购电话　18613853563　　0532-68068091
责任编辑　李文峰
特约编辑　孙小淋　张玙璠
校　　对　李玮然
装帧设计　梁　霞
照　　排　梁　霞
印　　刷　三河市良远印务有限公司
出版日期　2020年12月第1版　　2020年12月第1次印刷
开　　本　32开（880mm×1230mm）
印　　张　15
字　　数　350千
书　　号　ISBN 978-7-5552-9188-6
定　　价　65.00元（全二册）

编校印装质量、盗版监督服务电话　4006532017　0532-68068638
建议陈列类别:畅销·青春文学

目录 [上册]

目录［下册］

第一章

一别经年

七月初，气温居高不下，空气燥热得教人喘不过气来。此时正是下班高峰期，路上的行人汗流浃背，一个个跟全聚德那刷了油快出炉的烤鸭似的。

白珊珊窝在水吧的沙发上调整了一下坐姿，一手托腮，一手托一杯冰可乐，聚精会神地盯着玻璃窗外发呆。

一只“烤鸭”走过去，两只“烤鸭”走过来。

穿高跟鞋的“烤鸭”，穿连衣裙的“烤鸭”，穿西服、提公文包的“烤鸭”……嗯？等等，这细胳膊细腿儿的清瘦身形，这跟“直男”不挨边的小翘臀，这只“公文包烤鸭”貌似有几分面熟？

白珊珊眯了眯自己的近视眼，放下可乐，在桌子上胡乱地扒拉着想找眼镜。

“不用戴眼镜了。”说话的女孩儿叫顾小雪，是白珊珊三个月前新招的兼职服务生，年纪很小，刚念大一。顾小雪两手一摊，耸肩道，“就是那个方经理。”

话音刚落，水吧的大门被推开，“公文包烤鸭”面含笑意地走进门内道："白小姐，真是不好意思，又来讨您嫌了。"

顾小雪一个白眼几乎翻到天上，嘀咕道："知道自己讨人嫌还天天来，找骂吗？"

方经理没有说话。

"我家小雪喜欢开玩笑，方先生别跟她一般见识。"年轻姑娘轻轻地弯了弯嘴角，眉目清朗，一双眼珠跟玻璃珠似的晶亮。她嗓音软软的，轻柔地问，"您想喝点什么？"

方经理笑得客气："什么都行。"

"哦。"白珊珊的笑容比他的更客气。她转头看顾小雪，声音柔和地说，"听说方经理胃不好，给他一杯白开水。"

方经理肯定，这位温柔可爱、天真无邪的小姑娘说出"白开水"三个字的时候，重音在那个"开"字上。

今天的气温三十四摄氏度，她给他喝开水。

方经理涂了整整两层防晒霜的白净脸皮抽了抽。

没过几分钟，一杯热腾腾的开水被摆在了方经理的面前。方经理本就热得嗓子冒烟儿，看着那杯开水，更热了，却只能硬着头皮笑了一下："谢谢。"

"不客气。"白珊珊端起自己的冰可乐咕咚咕咚地喝了几口，笑眯眯地道，"今天天气挺热的。方经理平时工作这么辛苦，过来吹吹空调、歇歇脚，我特别欢迎。"

"白小姐真是幽默。"方经理笑了笑，打开公文包取出一份文件递过去，"这是我们法务部最新拟的合同，白小姐只要同意将您南城的老宅卖给我们，就会得到一笔高出市场价一倍的补偿金和三套位于B市三环内的精装住宅。"

白珊珊诧异地眨了眨眼睛问："给这么多？"

方经理微微一笑："白小姐有所不知，我们明朗并不是南城项目的唯一开发商，背后还有更大的投资集团……"

“哇。”白珊珊对方经理口中的背后大佬不感兴趣，把合同翻到写着补偿金额的那一页，小数点前面的一长串零几乎让她震惊，忍不住感叹，“这条件还挺不错的。”

方经理见她这反应，稍稍松了口气。

南城旅游城是明朗集团今年的重点开发项目之一，合作方来头极大，是大名鼎鼎的跨国集团商氏。

商氏财团，百年名企，家族历史极其复杂且悠久。十九世纪末，在连华尔街都处于童年时期的时代里，商氏便已在纽约开疆拓土，步入鼎盛。其后，商氏更是在数次席卷全球的金融风暴中稳如泰山，屹立不倒。在美国，商氏与军火世家封家齐名，并称“华裔两大氏族”。

二十世纪末，商氏将发展重心逐渐转回故土。回国后，商氏财团凶猛霸道，发展势如雷霆，短短半年时间几乎让整个B市商界重新洗牌，可见其整个家族的铁血手腕和巨大影响力。

明朗集团对这个项目重视至极，对方经理千叮万嘱，让他一定要处理好开发区的拆迁赔偿工作，扫清一切障碍。

白珊珊爷爷的老宅刚好位于旅游城项目的开发圈内。老宅是旧式建筑，占地面积广，文人居所，古色古香。明朗集团投资部看中老宅的商业价值，想将宅子买下改造成高档会所，派方经理和老宅主人谈价格。

一方执意买，一方不肯卖，双方就这么耗上了。拉锯战打了一个月，别说签合同，这小姑娘就连一丁点儿跟他们合作的意向都没有。

方经理原以为今天是一个好日子，总算是瞅见了一丝曙光。

然而，事情转折得太快，就像龙卷风。

“不过很可惜，”白珊珊抬起头，向他投去“大哥，我也很想帮你，但确实没办法”的同情眼神，很真诚地说，“钱我不缺，至于房子，我也多得很呢。”

方经理不知该如何回应。

“所以，老宅我不会卖，合同我也不会签，这件事就此打住。”小姑娘笑容温柔，语气仍旧软软的，干净晶莹的大眼睛看向男人，眨巴两下，“方经理，您看您是先去忙您的呢，还是我再给您倒一杯开水？”

方经理被她最后一句话噎住了两秒钟，才说：“那我先走了，不打扰白小姐做生意。”

话说完，方经理默默地收好合同，默默地起身，默默地推门离开了水吧。

白珊珊抱着她的小杯冰可乐刺溜刺溜地喝了两口，然后抬起手冲那道背影礼貌地挥了挥：“慢走啊，不送。”

数秒钟后，顾小雪过来收拾那个没动过的开水杯，憋着笑道：“你看见方经理刚才的表情没有？跟吃了苍蝇似的，差点儿没笑死我。珊珊姐，你真是太厉害了！”

白珊珊给了她一个“低调低调，瞎说什么大实话”的眼神，然后起身轻轻地跳了跳，转脖子，转手腕，活动筋骨。

一个小店员探头去瞧方经理的背影，皱了皱眉，忧心忡忡地说：“珊珊姐，我听说这些开发商都不是什么好东西，先跟你客客气气地谈，见你不就范，后面指不定要什么阴险手段。你可得小心点儿，别被欺负了。”

白珊珊扭头，细白的手指跷起来，指指自己，用黑白分明的清朗大眼看向小店员，非常认真地问：“我看起来真的很好欺负吗？”

小店员还没答话，一阵手机铃声忽然响起来：“葫芦娃，葫芦娃，一根藤上七朵花！……”

顾小雪没说话。

一众店员也没说话。

整个水吧瞬间安静了。

“稍等。”白珊珊从兜里掏出自个儿的手机一瞧，来电显示是几个大字：“兔兔宝贝。”

她接起电话道：“兔兔？”

电话那头被她这一嗓子喊得沉默了两秒，然后一道标准的华丽御姐音传出来，冷冰冰地道：“白珊珊，接客。”

说话能不能带点情绪，你是没有感情的杀手吗？

白珊珊沉默了一会儿，说：“我知道今天要出诊。”她看一眼时间，才晚上七点钟，打了个哈欠说，“但是面诊时间是晚上九点，这还早呀。”

“我只是打电话提醒你。”御姐说，“跟我联系的是这个来访者的助理，他说来访者在见到心理师之前不愿意透露自己的任何信息。所以，今晚的面诊你不用做什么准备，跟对方聊就行了。那个助理再三强调，他们的老板不喜欢等人，所以你别迟到。”

御姐本人叫涂岚，是KC心理咨询中心的创始人，也是白珊珊的老板兼好友。

白珊珊点头道：“OK（好的）！”

夜幕降临，路灯和车灯交织出一片光影，成了白昼与黑夜的分界线，预示着另一个世界的降临。

七月的天即使到了晚上，温度也没降下多少。白珊珊走出水吧，边抬手扇风边拦了一辆出租车，一开车门，扑面的冷气总算驱走了满身暑气。她满足地做了一个深呼吸，给司机报上地址。

然后，她就开始玩手机游戏。

英勇打团，壮烈牺牲，再复活，再牺牲，就这么来来回回了好几轮之后，敌方的游戏人物终于推上高地，踩着白珊珊游戏人物的尸体推翻了白珊珊方的小水晶。

游戏结束，她有点困了，索性抱着包窝在后座闭目养神。

白珊珊虽然看起来和心理师这个高尚、神圣、充满神秘气息的职业八竿子打不着边，但确实是一位毕业于名校心理学专业的心理师，真金白银，如假包换。

涂岚刚认识她的时候，曾经调侃她："我见过富二代学艺术，也见过富二代搞金融，你是唯一想当心理师的，有想法。"

对于好友给自己安的"富二代"头衔，白珊珊不反驳也不否认，采取"随便吧，我都行"的态度。

自从白珊珊的生父在她十三岁那年意外去世，母亲余莉带着她离开南城改嫁进入B市白家之后，她的生活就发生了翻天覆地的变化。白家虽不是延续数代的名门望族，但糖酒生意做得不错，在B市也算豪门。跟着余莉来到白家的白珊珊，也就顺理成章地成了"白家千金"。

那是十几年前的一个普通午后，十四岁的白珊珊第一次踏入B市白家的大门。

继父白岩山把她领到一个十六七岁的男孩儿面前，指着她对男孩儿说："这是珊珊，以后她就是你的妹妹。"

男孩儿看着这个皮肤雪白、眉目清朗，扎着两个乌黑小辫子的妹妹，满眼鄙夷，紧接着从鼻子里哼出了一个音，讥讽道："听说你以前的爸也姓白，那你岂不是连姓都不用改了？"

十四岁的白珊珊听完继兄的这句话后，点了点头，认真地说："对呀。我以前的奖状、证书，包括各种游戏的名字都是'白珊珊'，不改名不改姓，可真给我省了不少事呢。"

继兄不知该如何接话。

"小姐，到了。"司机的声音将白珊珊飞远的思绪给拽了回来。

她睡得迷迷糊糊的，揉了揉眼睛一看，出租车已经靠边停下，路边竖着一块路牌，上面写着："贝勒坊"。

每个城市都有这样一片街区，白天安静如死城，一到晚上就整个活了过来，像一个以红灯为妆、绿酒作裳的妖怪，张牙舞爪地舒展身姿，负责为上流社会的人提供纸醉金迷的天价消遣场地。

白珊珊给钱下车，根据来访者指定的地址来到了一个高档会所前，拨通一个电话。

几分钟后，一个穿黑西装的男人走了出来。这人年纪三十岁左右，身姿笔挺，肤白俊秀，从头发丝儿到脚指头都写着“我，精英！”。

帅哥很养眼，白珊珊忍不住多看了这位小哥哥几眼。她觉得同样的装束，相似的职务，白天那位方经理跟这位精英小哥一比，简直就是理发店的“托尼老师”。

“白小姐。”精英小哥哥开口，很有礼貌地微笑。

“你好。”白珊珊笑得也很专业，“我是KC心理咨询中心的心理师白珊珊，很高兴见到你。”

“我姓江，你叫我江助理就好。先生今天下午才从波士顿回国，一下飞机就到这里谈事情，刚结束。白小姐来得正是时候，请跟我来。”江助理说完便转身进了大门。

会所雅致，装潢颇有几分民国时期的风貌，整体风格和这座现代化都市格格不入。一层二层大厅里只有几位客人，他们一身名牌，谈吐优雅。三层不对外开放，高级VIP才能入内，全是包间。

白珊珊跟在江助理身后往前走，一路眼观鼻、鼻观心，十分安静。不多时，两人穿过走廊，停在了三层最里侧的一个包间门口。

江助理抬手敲了敲门，哐哐，随后恭恭敬敬地道：“先生，心理师来了。”

白珊珊抬起眼，只见包间门紧闭。这是不是闭得太紧了？连一丝光都透不出来，里面的人会不会把自己给憋死啊？……她无聊地想着。

就在这时，包间里传出了一个有些模糊的声音，带着一丝不易教人察觉的疲惫和沙哑："嗯。"

白珊珊被这声音弄得一怔。

这个声音，听起来有几分耳熟。

错觉吧。她甩甩头，觉得自己大概是冰可乐喝多了不太清醒。

然后，江助理就伸手很好心地替白珊珊开了门，并冲她露出了一个笑容，说："白小姐，请进。"

不知道为什么，白珊珊从这人的眼神里看出了一种同情的感觉。

她望了望天花板，推开门进去了。

吧嗒一声，包间门在她身后关上。包间里光线昏暗，没有开大灯，只有雕花墙面的壁灯投落几丝光，和明亮的走廊形成了鲜明对比。

兽耳香炉里燃着龙涎香，空气里弥漫着一丝烟草味。

不知道是不是错觉，白珊珊觉得屋子里的气压好像比外面低许多。她被这浓浓的"鬼屋氛围"给镇住了。沉默片刻，她挪动几步，伸出双手，在一面墙上东摸摸、西摸摸，踮起脚来摸摸，试图寻找大灯开关。

就在她踮起脚跳来跳去的时候，一个声音忽然打破死寂。

噌的一声，轻而脆，像金属打火机打开的声音。

白珊珊被吓得差点儿坐在地上，条件反射般转过头，这才看见数米外有一张真皮沙发。沙发位于门后——视线的盲区，她进来的时候没注意到。

沙发上坐了一个人。

在一片昏暗的光影中，她能看见男人高大身体的轮廓和笔挺而精致的纯黑色西装。两条惹眼的大长腿随意地交叠着，他坐姿慵懒却气质优雅，活脱脱一个从欧洲中世纪壁画上走下来的贵族。

白珊珊愣了一下，视线下移，对方搭在膝盖上的右手进入她的视野。用手五指修长，骨节分明，食指和中指之间夹着一根烟。冷白的肤色和暗红的火星形成一种强烈到令她心跳漏掉一拍的对比。

男人似乎在闭目养神，五官全都隐没在黑暗中，看不清楚。但短短几秒，白珊珊已经知道他是谁。

对方不出声，她也不说话。

包间内就这么陷入了一片死寂。

好在成年人的世界充满虚与委蛇，“故人相见”四字也可以被轻描淡写地带过。数秒钟后，白珊珊定下心神，尴尬而不失礼貌地干笑一声，声音平稳地道：“您好，先生，我是您预约的心理师白珊珊，未请教尊姓大名？”

沙发上的人安静了几秒钟，开口时语气冷漠：“商迟。”

男人的嗓音辨识度很高，低沉又冷冷的，教人听不出喜怒，分辨不出情绪。

熟悉的冷漠语调、熟悉的好听声线，和白珊珊记忆中的几乎没区别。

生活，果然处处充满了惊吓和“猿粪”。

须臾，无数画面走马灯一般在白珊珊的脑海里闪现过去。她站在原地，一时不知道怎么往下接话。过了五秒种，她脑子里那些纷乱的思绪才终于被捋顺，化成了四个金光闪闪的动态粗字体：流年不利。

看着不远处那个面容模糊的身影，白珊珊抿唇，陷入了沉思，开始严肃反省自己出门之前为什么不翻皇历。

“故人相逢”这种戏，谁来告诉她该怎么演？

白珊珊欲哭无泪，尴尬到想挥挥衣袖留下“我是谁？我在哪？我在干什么？其实我走错了房间，打扰了，打扰了”就原路返回时，对面那人又冷淡地抛过来一句话：“你左边墙上。”

“嗯？”

“开关。”

合着我刚才蹦来蹦去找开关的样子，您老人家都看到了？这会儿才告诉我开关在哪儿，您之前在干吗？看情景喜剧啊？白珊珊腹诽。

白珊珊一脸郁闷，沉默片刻后，转身走向左边的墙，抬手在墙面上摸索。她摸到一个凸起，摁下去。

吧嗒一声，大灯亮起，橙色的灯光霎时驱走一室黑暗。

光芒照四方，妖魔鬼怪无所遁形。白珊珊心里的不安减去几分，定定神，调整好嘴角微笑的弧度，深呼吸，转过身，准备甩甩刘海儿跟沙发上那位爷自然地来上一句“嘿，好久不见”。

然而，白珊珊的视线转回去的刹那，那句打招呼的话生生卡在了喉咙里。她微微一怔。

男人闭着眼，靠着黑色沙发的靠背。他的脖颈略微后仰，露出一截修长的颈项和性感凸起的喉结；脸部轮廓的线条刀削一般，一分不多，一分不少，干脆又利落；眉骨饱满，鼻梁高挺，唇薄而润。和周身那股沉稳冷硬的强大气场不同，他的五官非常干净，少年感十足。

一瞬间，白珊珊甚至有种梦回年少、岁月静好的错觉。

不过，这种错觉很快就消失了。

对方忽然睁开了眼睛。白珊珊一愣，打量他的目光还没来得及往回收便和那道视线正好撞到了一起。

漆黑的瞳仁，略微狭长的眼形，目光深邃冰冷，没有温度，他浑身上下都是从骨子里透出来的冷漠与薄情。这副尊容，着实和“静好”二字八竿子打不着边。

啧。白珊珊暗自叹气，惋惜这副颠倒众生的“盛世美颜”长在了一个心理阴暗的“冰山”身上。老天爷真是有眼疾。

四目相对的时间只有短短两秒钟，白珊珊随后便移开眼看向了别处，顺便挪挪腿，调整了一下已经有点僵的站姿。

商迟察觉到年轻姑娘的动作，冷漠的视线略微下移，扫过她细嫩的脖颈、纤细的锁骨、藕粉色的T恤衫，然后落在那条泡泡裙上。

那条泡泡裙是纯黑色、鱼尾款式，裙摆及膝。裙摆往下是两条纤细匀称的腿，长且直，皮肤颜色雪一样白花花的，被包间的光线镀上了一层薄金。

黑裙、白腿，色彩对比强烈。

商迟搭在膝盖上的食指轻轻地弹了下。他垂眸，往桌上的烟灰缸里弹了下烟灰，道："白小姐不用拘谨，请坐。"

白珊珊微微抿唇。

这人从头到尾对她冷淡而客气，没有丝毫异样，这令还在绞尽脑汁思考怎么把故人重逢这出戏演得真实自然的白珊珊不由得有些纳闷儿——什么情况？这位爷不记得她了？

这么一想，白珊珊忽然觉得有点好笑，感叹当年大名鼎鼎的天才校草，记忆力也不过如此。

不过，这样再好不过。

白珊珊瞬间感觉轻松多了。她扭过脑袋一看，旁边正好有一把贵妃椅。她弯腰坐下来，勾勾唇，语气轻松平常地道："商先生，那咱们就进入正题吧。请问您找心理师是想寻求哪方面的帮助？"

姑娘在说话，小巧粉嫩的唇瓣开开合合，嗓音轻软，浅笑时有梨窝，整个人软得像只出生不久的小奶猫。

商迟直勾勾地盯着那张又粉又软的唇。半晌，他眯了下眼，略微倾身，把烟头摁灭在烟灰缸里，淡淡地说："睡不好。"

失眠？心理性失眠还是生理性失眠？

白珊珊正要继续说什么，不料对面的商迟先开口了。

"白小姐，能帮我倒一杯茶吗？"他说得慢条斯理，黑眸盯着她，西装笔挺，长腿交叠，俨然一位贵族绅士。

白珊珊本来想说"你自己没手吗"，但转念一琢磨，算了，谁让顾客是上帝，花钱的是大爷呢？于是，她沉默片刻，环顾四周，瞅见一个雕花铜茶壶就摆在不远处的一张矮茶几上。

她拿起桌上的青花瓷杯走了过去，弯腰倒茶。

这个动作使姑娘的裙摆收得更紧了，臀部被勾勒出来，仿佛一个饱满漂亮的小蜜桃。

倒茶的过程中，白珊珊感觉有一道视线落在了自己身上。那视线放肆地游移，充满了某种侵略性。

她心一慌，微微皱眉，定定神，飞快地倒好茶放在商迟面前。

“谢谢。”商迟微微地点了点头，语气漠然，面无表情，整个人看上去高贵又冰冷。

白珊珊看了他一眼，觉得刚才那种像被人从头到脚扒光了的被侵犯感可能是错觉。

她坐回贵妃椅上，从包里拿出事先准备好的记录本和笔，说：“商先生，您说您睡不好。这样吧，我们先进行简单的沟通，我会把您描述的症状记录下来，回去之后再为您制订治疗方案。”

白珊珊这番话的真实含义其实是：来来来，聊几句赶紧完事儿。回去之后她就把这个单子转交给其他人，这位大爷谁爱伺候谁伺候，他们再也不见。

这时，雅间的门忽然被人敲响。随后，江助理的声音隔着门板传进来：“先生。”

商迟：“进来。”

半秒后，江助理推门入内，恭敬地道：“先生，亚峰集团的陈总来了，说是有急事要见您。”他边说边看了眼一边的白珊珊，迟疑道，“您看您是先……”

“原来商先生还有客人呀，那您先忙，您先忙。”白珊珊瞬间接话，一副善解人意的姿态，边快速收拾东西边说，“我们下次再约时间面诊，欢迎随时联系。再见。”说完，白珊珊就转身朝大门方向笔直地走去。路过江助理身边时她还用力拍了拍他的肩，郑重叮嘱道：“好好照顾你家先生，让他睡觉的时候不要踢被子，盖好屁股，不然会做噩梦。”

江助理沉默了。

说完，白珊珊无视江助理隐约抽搐的嘴角，弯弯唇，清朗的大眼睛眨巴两下，拉开了雅间门。

“白小姐。”她背后冷不丁响起三个字。

白珊珊动作顿住，回头微笑：“嗯？”

“下次见我，”商迟的视线落在女人小巧雪白的脸上，他缓慢地调整坐姿，冷淡地说，“不要穿黑色衣服。”

这回，轮到白珊珊沉默了。当白珊珊满腹疑惑地离开那家高档会所时，她脑子里只剩下一个念头：看来这位老同学是真的有病，而且还病得不轻。

下次见你？想起商迟刚才的话，白珊珊觉得有点儿好笑，懒洋洋地打了个哈欠，登录手机游戏。

哪儿来的下次？

雅间内。

江助理往白珊珊离去的方向打望了一眼，皱眉迟疑地道：“先生，这个心理师有些冒冒失失的，要不要我联系KC换一个？”

商迟垂眸，面无表情地点了一根烟道：“不用。”

“是。”江助理应声，退出门外。

整个雅间重新陷入安静。

指间的香烟在空气里安静地燃烧，商迟面无表情地看向窗外夜色，脑子里不受控制地浮现出刚才那个“冒失小心理师”的样子：五官精致；身段纤细；皮肤白得像上好的羊脂玉，在光下几乎透明；浑身都透着一股俏皮灵动的少女气息，漂亮得不可方物。

商迟随手松了松领带，闭上眼睛。

他最喜欢黑白两色，而白珊珊雪白的皮肤裹在黑色鱼尾裙里，黑白两色形成强烈对比。那个女人，再配上那样对比强烈的色彩，会让他兴奋得疼痛。

白珊珊出了会所一瞧，贝勒坊里所有的夜店酒吧都已经开始营业了。在一片五颜六色的灯光中，露天停车场里停了无数辆豪车，街上全是打扮时髦的年轻男女在嬉笑打闹。远望过去，这场景跟百鬼夜行似的。

白珊珊人美腿长，又有可爱的长相，在一群浓妆艳抹的美女的衬托下很惹眼。因此，她站在路边等车的时候，一阵口哨声从街对面传了过来。

白珊珊抬眼，只见对面一家酒吧门口站着几个年轻“社会哥”。他们一个个站没站相、蹲没蹲相，叼着烟，一副吊儿郎当的模样。

看着朝自己吹口哨的那几个人，白珊珊默默地操纵角色砍了几个游戏里的野怪，望天感叹：自己果然是老了，换成十几岁时的她，早已捋起袖子冲过去“大杀四方”。

果然，岁月是把杀猪刀，红了樱桃绿了芭蕉，顺带也磨平了她的棱角，让她在修身养性的“佛系”道路上一去不复返。

不过，“佛”一点好像也没什么不好的，至少这种“佛性”让她在今晚重遇商迟的时候，免去了一场腥风血雨。

白珊珊坐上出租车，看着车窗外斑斓的霓虹灯思绪乱飞。大脑在短短几个小时内接收了太多信息，白珊珊有点乱又有点累。她鼓着腮帮吹了一口气，往后靠在椅背上，闭眼打盹儿。

十年了，时间真是过得太快了。

B 市的东郊是出了名的富人区，接白珊珊的司机不知是天生话多还是因为难得接到富人区的单子而过于兴奋，大半路都在叽叽喳喳地跟白珊珊闲聊。他一会儿问她是不是刚大学毕业，一会儿又问她家里是做什么生意的，最后甚至还跟她聊上了电子商务对实体经济的冲击问题。

白珊珊都快以为这位大哥是唐僧转世。

刚开始，她还礼貌地和司机聊天，最后实在招架不住这人的热情，只好以跟老板谈工作为由中断了对话。

十几分钟后，车停在一栋别墅大门前。白珊珊火速下车，在司机师傅扯着嗓门喊出的“姑娘给个好评哦”的声音中头也不回地逃回了家。

世界终于清静了。她掏了掏饱受摧残的耳朵，举起手机默默地给刚才的司机点了个五星好评。

她评完一抬头，一个盘发的中年妇人刚好走过来。妇人姓周，大家都叫她周婶，是白家的用人，性格温和，人老实，话也不多。在白珊珊年幼时，周婶对她颇为照顾，是白珊珊为数不多的较为亲近的白家人之一。

“周婶。”白珊珊冲妇人挥挥手。

“小姐回来了。”周婶笑，探首往她身后张望一番，“这么晚怎么也不让老陈去接你，打车回来的吗？”

“嗯。”

周婶担心她的安全，劝道：“小姐还是少坐网约车吧。”

“嗯嗯，我以后会注意的，先进去啦。”白珊珊把一根草莓味棒棒糖放进嘴里，笑眯眯地冲周婶挥挥手，转身离开。

白家住花园式独栋别墅，家里有用人、司机和厨师，完美符合普通群众对豪门大户人家的想象。

将近晚上十一点，白宅一楼的大厅仍旧亮着光，灯火通明。

余莉皱着眉坐在客厅的沙发上。须臾，一阵轻盈的脚步声从外面传来。她回过头，只见白珊珊背着包吃着棒棒糖进来了。

余莉皱起眉斥道：“这都几点了？怎么这么晚才回家？”

闻言，白珊珊倏地停住了脚步。

自从带着白珊珊嫁进白家的那天起，余莉全部心思就扑在了坐稳豪门阔太太的位置、拴牢白岩山的心上。为顺利融入上流社会，她学英语、礼仪、社交，在短短一周内记住了全球各类奢侈品牌，甚至还冒着高龄生产的危险给白岩山生了一个儿子。

这些年，余莉忙着“混圈”，忙着讨好丈夫，忙着照顾自己的宝贝小儿子，几乎没怎么管过白珊珊。这个女儿仿佛可有可无，也无关紧要。

因此，听见余莉骤然冒出来的这句话，白珊珊眨巴了一下自己清朗的大眼睛，着实有那么一点吃惊。她不由得打量起坐在沙发上的那位穿月牙色旗袍的贵妇。

余莉被她的眼神看得有点儿不自在，眉头皱得更紧：“我在跟你说话，为什么这么晚才回来？”

妇人的实际年龄已经将近五十，但五官艳丽，保养极佳，看上去和她三十几岁时没什么差别。她气质高雅，落落大方，不用说话，豪门阔太的尊贵气质就从举手投足之间流淌出来。

白珊珊不禁在心里给余莉点了个赞。看来，余莉这些年的“修炼”没白费。

“今天晚上有一个病人，刚接完诊。”她咬着棒棒糖坐下来，语气柔和而乖巧，“妈妈在等我吗？”

不知为何，余莉觉得白珊珊的这声“妈妈”，叫出了一丝讽刺和不屑。她抿唇，盯着女儿，对方一脸开心地吃着棒棒糖，眸子亮而清，乖巧温顺，没有一丝异常。

两人对视半晌，余莉面无表情地移开目光。她正要开口，白岩山的声音先一步从楼梯方向传来，他笑着道：“是这样的，珊珊。你年纪也不小了，我和你妈妈都很操心你的个人问题。赵家的公子年纪和你差不多，才从加拿大回来，你们下周见个面吧。”

“赵公子？”白珊珊回想了一下，“上个月来参加爸爸的生日会，喝多了抱着马桶吐晕过去的那个秃头？”

闻言，白岩山脸色有点儿不好。

余莉听了后，脸黑了一半，沉声道：“白珊珊！”

“哦。”白珊珊一副反应过来的表情，顿了一下，非常认真地纠正，“不好意思，刚才我说错了。不是秃头，是地中海。”

白岩山的脸色似乎更不好了，余莉的另外一半脸也黑了。

“不管怎么说，我先谢谢爸爸妈妈。”一根棒棒糖吃完，白珊珊随手把棍子扔进垃圾桶，站起身说，“如果你们是单纯想给我介绍男朋友，那这份好意我心领了。我觉得赵公子跟我不太合适，见面是不用了，倒是可以加个微信当朋友。如果是有其他原因……”

比如有什么共同利益需要维护巩固的。白珊珊低下头，皱着眉思考起来。

余莉问：“如果有其他原因呢？”

白珊珊很认真地回答：“微信都不用加了。”

白岩山和余莉同时沉默了。

“好了，时候不早了，我要睡觉了，爸爸妈妈也早点儿休息吧。”白珊珊笑了一下，转身上楼。

然后，她依稀听见背后传来交谈声。

余莉叹了一口气：“这孩子小时候不是这样的。她以前很乖，又懂事又贴心，从来不会顶撞我。”她顿了一下，“自从来了B市，她不知道怎么就变成了这副样子……”

白岩山伸手把妻子揽进怀里：“她亲生父亲的事对她打击应该挺大的，性格发生一些变化也正常。”

再往后的对话白珊珊就听不清了。

走廊上的灯光昏昏暗暗。白珊珊回到房间，开灯关上门，然后面无表情地坐在床上发呆。

她忽然觉得好笑，这种感觉怎么形容呢？

她好比一只被丢弃在荒郊野外的小家猫。最初的时候，它会害怕无助，会喵喵叫，会期盼主人忽然想起它把它带回家。但是随着年月的推移，它明白了一切都是徒劳，明白了要活命只能靠自己。为了在野兽群中生存，它学会了把自己毛茸茸、软绵绵的小耳朵和小尾巴藏起来，进化出了利爪和尖牙。

当初丢弃它的那个人，在多年后的某一天忽然想起了它，找到它后居然无比失望地来了一句“我喜欢你以前的样子”。

发了一会儿呆后，白珊珊给自己今晚的种种经历做了个总结：今天晚上，她遇到的神经病真多。她正要去洗澡时，叮一声，手机响了。

那是涂岚发的一条新微信：“今晚面诊的情况怎么样？”

对了，回来闹这么一出，她差点儿把那位大爷给忘到九霄云外了。白珊珊甩甩脑袋，沉思两秒后给涂岚回道：“不怎么样。这个单我不接，你安排给其他人吧。”

涂岚：“原因。”

白珊珊是小超人：“他病情太复杂，我学艺不精。”

涂岚：“说人话。”

白珊珊是小超人：“……”

涂岚：“睡过？”

白珊珊是小超人：“……”

涂岚：“怎么？”

白珊珊是小超人：“你要这么理解，好像也行……”

屏幕那端的涂岚顿悟：“OK！”

好像有哪里不对。算了，不重要。

了了这么一桩大事，白珊珊躺在床上长长地吐出一口气，有一种心里的大石头终于扑通落地的感觉。人一放松就会犯困，她闭上眼，鬼使神差地想起了今天在会所遇见的某位大爷。

十年了。

十年光阴从他身上淌过，留下的唯一痕迹，只是气质从“清冷如玉”沉淀为“高傲冷然”。

这和她当年想象的言情小说剧情如出一辙。记忆中的那个天才少年，在岁月洗礼中长成了叱咤商场、铁血冷漠的商界大佬。

不知怎么的，白珊珊忽然有点儿想不起商迟的脸。她睁开眼睛盯着天花板，片刻之后，起身下床在书桌的第四个抽屉里翻找起来。

这个抽屉里面的东西杂而乱，堆放着她中学时代的很多小玩意儿——《高中语文必背篇目》《化学方程式大全》之类的小册子和各科笔记等。

拿到某本书时，一个东西掉出来落在了地上，她弯腰拾起。

那是一张年代久远的照片，最下方的一行小字是“B市第一中学20××届高三（1）班毕业照”。当年拍摄完这张毕业照后，为了能让毕业照保存得更长久更完好，班主任统一给大家过了塑。

白珊珊安静地打量着照片里的各色人物。

第一排是老师：戴厚眼镜的校长，穿高跟鞋的龅牙教导主任，头发永远梳偏分、严肃地皱眉吆喝着“奇变偶不变，符号看象限”的班主任，圆滚滚、胖乎乎像颗土豆的语文老师……

白珊珊是典型的南方女孩儿，身高在班上的女生堆里平平无奇。因此，她被淹没在第二排。

事实上，穿着那身蓝白相间，号称“再高的颜值也能让你低进尘埃里”的充满魔力的一中校服，班上百分之九十九的人看上去千篇一律，平平无奇。

只有最后一排有个男生，非常耀眼，耀眼到即使是时隔多年看到这张毕业照，白珊珊在人群中还是第一眼就看见了他。

十八岁那年的阳光实在是好，洒在男生脸上，他长长的睫毛在脸颊上投落的阴影都格外柔和。他个子很高，皮肤很白，五官英俊到教人挑不出一丁点儿瑕疵。他看着镜头，脸上毫无表情，眸子像覆了一层薄霜，让人觉得寒进骨子里。

白珊珊歪了歪脑袋，仔细地盯着照片上的少年看，感叹那位当年的天才校草、现在的商界大佬实在厉害。毕竟这世道，能十年如一日把“冷漠”和“衣冠禽兽”俩词儿贯彻得这么彻底的人，天下间应该找不出第二个。

她在心里感叹了一分钟，然后便把照片放回原位，从柜子里翻出睡裙便去洗澡了。

一晚上发生的事情太多，白珊珊接收并需要消化的信息堆积如山。在严重超负荷运转后，她疲惫的大脑终于宣告“宕机”（死机）。洗完澡，她刚挨上枕头就自动进入睡眠状态。

然而，不知是人年纪大了就喜欢回忆，还是拜今晚她遇到的某位霸道总裁大佬所赐，白珊珊睡得不是很好。

她的大脑在忙着休息的同时，还给主人编织出了一场极其完整的梦，不仅地点、人物、事件等清清楚楚，连时间线都给白珊珊安排得明明白白，就跟真的发生过一样。

高三那年。

“太阳当空照，花儿对我笑……”在广播音乐声以及各班班主任充满爱意的教鞭挥舞下，一中的莘莘学子迈着“欢快轻松”“朝气蓬勃”的步伐，来到了操场上，准备参加每周一固定的升旗仪式。

早上第一节是语文课，“土豆哥”王朝阳端着他的紫砂茶壶在讲台上唾沫横飞，讲了整整四十分钟的《荀子·劝学》，跟唱摇篮曲似的。白珊珊本来就困，让这摇篮曲一哄更困了，脑袋跟小鸡啄米似的点了会儿，最终被瞌睡虫大军击溃，进入了梦乡。

睡了大半节课，直到站在操场上，她整个人都还迷迷糊糊的。

升旗台上，校长看着底下一帮蔫得跟霜打的茄子似的“重点中学好苗子”皱起了眉，推了推鼻梁上的眼镜，语重心长地道：“孩子们，这才刚开学，新学期要有新气象，要用最好的精神面貌迎接学习啊。”

旁边的教导主任听完，立刻鼓掌：“校长说得太对了，同学们，掌声！”

底下的学生们勉强打起了精神，鼓掌。白珊珊一脸茫然，抱着从众的心态拍了两下手。

校长嘴角扬起一个满意的弧度，清了清嗓子，继续道：“最近我读到了一篇很好的文章，在这里分享给各位同学，希望大家能够有所领悟，认真学习，勇敢追梦……”

教导主任更用力地鼓掌：“说得好！”

校长心想：我好像还没开始说吧，主任？

于是，升旗仪式就进入了校长的个人朗诵与教导主任的拍马屁环节。白珊珊起初还认真听了会儿，无奈对校长的“塑料”普通话提不起兴趣。几分钟之后，她揉揉眼睛，脑袋靠在前面女生的肩上继续打盹儿。

就在这时候，一道“天外来音”不知从哪儿幽幽地飘过来，听着还挺和蔼：“这么睡不舒服吧，要不要我给你搬个椅子？”

“不用，谢谢。”白珊珊闭着眼礼貌地回答。

周围鸦雀无声，空气瞬间凝固。

一秒后，她意识到什么，脖子一顿、身子一僵，整个人如机器人似的把身子慢慢地站直了。她故作淡定地瞧着前面同学的后脑勺，一动不动，十分安静。

空气继续凝固……

紧接着，班主任的声音再次响起来，底气十足，声如洪钟：“昨天晚上偷鸡去了还是摸狗去了？升旗仪式结束后到我办公室来！”

“好的……”

数分钟后，高三年级班主任办公室内。

章平安是高三（1）班的班主任兼数学老师，作为一名教育工作者一生勤勤恳恳，在教师岗位上发光发热，始终以“为祖国的建设和发展运输新鲜血液”为目标。他教过的学生中格外优秀的有之，叛逆不良的也有之。总之，他的教学经验极其丰富。

“我教了几十年书，见过上课睡觉的，见过上自习睡觉的，见过考试睡觉的，第一次见到在操场上站着都能睡的！”章平安抬手啪的一下拍在桌子上，大声训斥道，“白珊珊，你火烈鸟成的精？”

一旁三班的班主任听了之后，顿住了。

白珊珊听完章平安的话后想了想，迟疑了一下，最终还是忍不住内心的求知欲，好奇并且认真地问：“火烈鸟长什么样啊？”

章平安沉默了。

一旁的三班班主任也沉默了。

你是个教育工作者，要耐心、要善良，不要暴躁。章平安在心里给自己做了会儿心理建设，终于把呕血的冲动给摁下去了，尽量以一副很温和的表情看着眼前的女生。

小姑娘十七八岁的年纪，黑头发，长马尾，校服穿得规规矩矩，整个人干净又漂亮，重点是看起来很老实。

章平安说：“你认识到自己的错误了吗？”

小姑娘认真地点头。

章平安见她态度诚恳，心里总算是舒坦了点儿，语气也没那么严肃了，端起他的盖碗茶喝了一口：“既然认识到错误了，就回去写份三百字的检查，明天交给我。”他顿了下，忽然又随口一问，“觉得自己错哪儿了？”

白珊珊答：“不该学火烈鸟站着睡觉。”

章平安听了后，被茶水呛到了。

一旁当了半天背景墙的三班班主任，发出了他在现场的第一道声音：“咯……”

整个办公室安静了两秒钟，章平安闭上眼捏了捏眉心，摆摆手说：“检查多加五百字，明天交给我。出去吧。”

白珊珊满腹疑惑：老师，我说错什么了吗？真实，这残酷的真实。

难怪都说“男人心，海底针”，你永远猜不透一个男人到底在想什么，尤其是那种脾气暴躁、疑似进入更年期的胖大叔。白珊珊内心吐槽，乖乖地跟章平安说了声“再见”，才转身低着脑袋离开办公室。

谁知，她刚踏出办公室的大门，一双白色的板鞋就映入她的眼帘。

她认不出鞋子的牌子，只看到一双干净得一点儿灰尘都没有的大板鞋，男生的板鞋。

大概是这双板鞋太干净了，白珊珊一愣，目光无意识地顺着鞋往上移。随后，她便瞅见一双裹在黑色长裤里的大长腿，腿形很好看，笔直且修长。她忍不住在心里吹了声口哨，暗叹这腿真好看，还是没穿校服的！

这位拥有一双好腿的人年纪和她差不多大。他穿着很简单的T恤、长裤，微靠在办公室门口的墙壁上，个子高高的，露在袖口外的两只手臂瘦削而干净。他气质清冷，面无表情，清晨的阳光轻吻他的侧颜，下颌线显示出几分倨傲，鼻梁高挺而直，英俊逼人。

对方本来漫不经心地直视前方，像察觉到什么，微微侧目，往边上冷淡地看了一眼。

少女正仰着脖子看他，五官温润，像只小乖猫，那双清朗的眸子对上他的视线，竟丝毫不躲闪。

她长发乌黑，皮肤雪白，漂亮得几乎刺眼。

他盯着她，片刻，眉峰不露痕迹地一挑。

对视只有短短两秒钟，白珊珊没有察觉到丝毫异样。她只看见男生很快收回了视线，眼神、脸色冷漠如初，没有丝毫波澜。

哪儿来的“冰山”大帅哥，以前怎么没见过？这是白珊珊脑子里冒出的第一个念头。他刚才不会一直站在办公室门口吧？那她挨骂的全过程岂不是……

兄弟，一声不吭听墙根是会挨打的，知道不？这是白珊珊随后冒出的第二个念头。

就在她的内心唰唰唰地滚过各种弹幕的时候，这位少年忽然动了动身，朝她走了过来，并且在她面前站定。

这是什么剧情？白珊珊感觉莫名其妙。

空气安静，双方僵持了大约有一秒钟。

然后，她听见头顶上方传来了一道嗓音，很好听，但是低沉冷淡，没有温度：“让开。”

半夜两点的时候，白珊珊迷迷糊糊地醒了过来。卧室里黑漆漆的，她躺在床上揉了揉眼睛，觉得又渴又困。在“继续睡”和“起床找水喝”这两个选项之间纠结了几秒后，她默默地从床上爬起来，拿起空水杯走出房门。

夜深人静，整栋屋子只开着几盏走廊灯，光线昏暗。

白珊珊倒了一杯白开水咕噜喝下，舔舔唇，然后上楼回房间。

经过二楼某处时，她背后冷不丁响起一声冷笑。然后，一个男人的声音传来：“都奔三了，还当自己是小姑娘？”

白珊珊步子一停，手里的杯子差点儿吓得飞出去。请问这位大哥，你大半夜不睡觉，是想吓死谁？她嘴角一抽。

“听我爸说，你拒绝了他给你安排的相亲？”白继洲还是那一副冷嘲热讽的口吻，“那个赵公子我认识，虽然长得不怎么样，酒量也不怎么样，但人还不错，头脑也灵活。我爸帮你牵这条红线虽然不排除有生意方面的私心，但也绝对不会坑你。”

白珊珊喝了一口水，咕咚咽下，晃了晃杯子继续往自己的卧室走。

“一把年纪了还这么挑，你是不是忘了自己今年不是十七岁是二十七岁？”

白珊珊沉默片刻，回头。

男人背靠走廊墙壁，宽肩窄腰，黑暗里看不清楚五官。但白珊珊完全可以想象出这位继兄此时的表情——挑着一双风流多情的桃花眼，满脸讥讽。

白珊珊忽然想起周婶说过的话：“继洲少爷的生母是个温柔得像水一样的美人。他虽然嘴上不饶人，但心地和他母亲一样软。”

白珊珊觉得脑袋有点儿疼。

“白继洲，”她出声，很认真地问，“请问，你这是关心我吗？”

对面的大少爷冷哼道：“你活在梦中？”

“所以你还有别的事吗？”她打了个哈欠拍拍嘴，困得慌，“没别的事我要回去睡觉了。”

白继洲沉默几秒钟，没好气地冷声道：“听说明朗想买你南城那套老宅，我好心提醒你一句，明朗背后的大老板是商氏。”

话音刚落，白珊珊微微怔了怔，然后低眸，面无表情地问：“哦。哪个商氏？”

白继洲听完就笑了，吊儿郎当地道：“跨国财团，百年望族，在美国和军火世家封氏齐名。你高中还和商家现任CEO（首席执行官）同桌了整整一年。白珊珊，你说是哪个商氏？”

白继洲是白岩山与前妻的儿子，比白珊珊大两岁，和白珊珊这个半路冒出来的“便宜千金”不同，是白家名副其实的大少爷。他自幼生长在富贵之家，混迹于B市名流圈，毕业于常青藤名校，智力出众，人中龙凤。

在白珊珊来到白家后的很长一段时间里，白继洲对她的态度都很恶劣。他厌恶这个被他爸爸硬塞过来的“妹妹”。

更准确的说法是，他厌恶白岩山再娶的那个女人。而跟着那个女人一同介入他生活的白珊珊，理所当然地成了他讨厌的对象。

一个傍了大款想飞上枝头变凤凰的坏后妈，一个看起来乖巧可爱但肯定虚伪恶心的坏继妹。这是初见余莉和白珊珊时，白继洲对这对母女下的定义。

余莉在嫁进白家后，忙着融入上流社会，又是上课又是混圈，跟白继洲的接触并不多。因此，除了拒绝称呼余莉为妈外，白继洲并没有用其他手段来宣泄自己对坏后妈的不满。久而久之，他把所有的不满都集中在了和自己年纪相仿的继妹身上。

下雨天故意弄坏白珊珊的伞，往白珊珊的燕窝粥里放两勺盐巴，把白珊珊头天晚上做好的作业藏起来之类的都是白继洲的常规操作。他一点儿不觉得自己的这些行为很幼稚，也一点儿都没觉得自己的这些行为不符合他高智商名门大少爷的“人设”。

相反，能在生活小事上处处给坏继妹添堵，白继洲心里挺舒坦，觉得自己是个天才。

这样的状态一直持续到白珊珊在白家待的第六个月。

那天是周六。已经是高二学生的白继洲在被窝里睡懒觉，而白珊珊他们学校为了提高升学率，要求初三全体学生周六到校补课。因此，白珊珊起了个大早，背起她的小书包冲到楼下快速地吃早餐。

她吃完检查书包，毫不意外地发现她的化学练习册不见踪影。

白珊珊沉默两秒钟后，抬头面无表情地看了一眼某间房门紧闭的卧室，然后迈步上楼。

那天，白继洲是被一阵锣声给敲醒的。哐哐，哐哐，哐哐哐哐——那人跟练过似的，敲得还挺有节奏感。

白继洲闭眼艰难地挺了几秒钟后，受不了了，顶着鸡窝头，一掀被子猛坐起来暴怒道：“哪儿来的锣！”

站在床边的小姑娘穿着校服，扎着马尾，皮肤雪白，大眼清朗，整个人软软的，认真地回答：“我向周婶借的，她之前参加广场舞比赛的道具。”

白继洲脸上一阵抽搐。

须臾，他深吸一口气吐出来，咬咬牙，把内心那股杀人的冲动摁了下去，冷声说：“花园那条小路直走左转，第一排花左数第三个花盆底下压着你的练习册。不谢。”

白珊珊默然：我要谢谢你吗？

白珊珊把锣随手往边上一丢，把玩敲锣的槌子，平静地说：“白继洲，我们谈谈。”

白继洲当时的表情完全可以用“错愕”来形容。自打进入这个白家大门，这个继妹始终都是一副温顺无害的小白兔样。她平时很懂礼貌，嘴很甜，随时都笑眯眯的，眼神里偶尔还会流露出一丝在陌生环境里的胆怯。她也一直乖乖地喊他“哥哥”，从未直呼其名。

白继洲面无表情地看着白珊珊，内心的想法是：好啊，你这个“心机女”，终于忍不住要露出真面目了！来吧，让暴风雨来得更猛烈些吧！让我见识见识你有多恶毒！

这个“恶毒”继妹平静地看着他，然后漠然地道：“我知道你讨厌我，对你来说，我和我妈是突然打乱你正常生活的入侵者，所以你防备警惕甚至处处为难，我可以理解。但我要说的是，重组家庭中要承受压力的绝对不是只有一方，我和我妈对你来说是入侵者，你和你爸对我来说也是，所以同样的，我也很讨厌你。”

白继洲沉默了。

“我本来想，忍一时风平浪静，退一步海阔天空，谁家没个欠揍的‘熊孩子’，我包容一点儿，和你当好表面兄妹就行。”穿校服、扎马尾的继妹捏了捏眉心，用十四岁的脸叹了一口四十岁的气，继续道，“但是白继洲，你实在太幼稚了。”

比她还大几岁的白继洲继续沉默。

“这次和之前的事都算了。”下一秒，小继妹把敲锣的槌子随手掂了掂，然后指向他，挑挑眉毛道，“你要是不识好歹再惹我一次，我就捶爆你的头，让你哭着找你爸爸。不信，你就试试。”

直到现在，白继洲回想这件事的时候都觉得纳闷儿：当年，他虽然年纪也不大，但怎么说也是个十六岁的人，怎么会被一个十四岁的小丫头片子给镇住？太丢人了。

不过在那之后，白继洲忽然就觉得这个“恶毒”继妹好像没那么讨厌了。之后，随着年纪的增长和长年累月的相处，他甚至逐渐习惯了白珊珊——这个看起来如小白兔温顺乖巧，骨子里却比钢铁还硬的妹妹的存在。

客厅里有几秒钟的安静。

白珊珊端着水杯站在原地，没有说话也没什么动作。她的脸庞处在一片昏暗的光线中，白继洲看不清她的表情。

白继洲扬起眉毛：“你那个帅得人神共愤的天才同桌，商家历任掌权人里最年轻的CEO，心狠手辣，冷酷无情。他跺跺脚，整个B市都得震三震。这号大人物不应该在你的少女时代留下浓墨重彩的一笔吗？你不记得了？记性不好可是早衰的迹象。”

白珊珊反击道：“废话多是身体出问题的迹象。”

白继洲觉得自己再和白珊珊多说几句话，就会被这个死丫头气得吐血身亡。于是他做了一个深呼吸，说：“我接手爸的生意也有些年头了，虽然咱们白家和商氏不是一个阶层，打交道不多，但姓商的是什么做派我可听说过。但凡商氏瞧上的东西就没有得不到的，那边之后肯定还会找你，自己机灵点儿吧。”随后，他就转身回房间了。

白珊珊的房间就在白继洲隔壁的隔壁，她往前走了几步，也进了卧室，关上房门。

片刻后，她拿起手机敲了几个字，点了发送键。

白珊珊是小超人：“谢谢哥哥。”

几秒后，白继洲的回复来了：“呵呵。”

白珊珊是小超人发了一个微笑的表情。

白继洲：“商氏不好招惹，不管是你还是白家，跟商氏硬碰硬都捞不着好处。我建议你去找找你那位老同学，同窗一场，他怎么都会给几分薄面。”

看着手机屏幕上的几行字，白珊珊回复：“你难道不知道人类的生存法则吗？”

白继洲：“什么？”

白珊珊是小超人：“珍爱生命，远离商迟。”

第二天，白珊珊刚进KC心理咨询中心的大门就被涂岚给叫了过去。然后，一个坏消息从天而降。

“我和江助理沟通过了，他们老板的意思是拒绝换人。”一身职业套装的涂岚坐在办公桌后方，黑发红唇，美艳干练。她看着白珊珊，微微皱眉，有些为难地继续说，“你也知道商氏集团的影响力，如果我们执意更换心理师，得罪了那位大老板，这对KC将来的发展是极其不利的。”

“拒绝换人？”白珊珊整个人都不好了，“为什么？”

涂岚回答得很淡定：“江助理给的说法是，他们的老板觉得你专业水平过硬、医术高超。”

白珊珊愣住了。面诊当天，她和商迟总共相处的时间不是没超过二十分钟吗？并且，全程没涉及任何心理学专业领域的问题。请问，那位大爷是怎么看出她专业水平过硬、医术高超的?

她的脑子被门夹了，记错了?就在白珊珊怀疑自己得了失忆症的时候，涂岚接着说:“虽然这个理由扯得过分了点儿，但是为了公司的信誉和口碑，这个单子还是继续由你负责吧。”

涂岚第一句话是几个意思?她们还能不能愉快地玩耍了?

最终，白珊珊以“你让我考虑考虑”结束了对话。她哭丧着脸回到自己的位置，哭丧着脸发了几分钟呆，然后哭丧着脸拿出手机打开微信，给备注名为“顾千与”的人发过去一句话:“说出来你可能不信——我，遇到商迟了。”

顾千与是白珊珊高中时代的“狐朋狗友”团成员之一，性格耿直，大学读的播音专业。她现在在某文化传媒公司从事影视剧配音工作，偶尔在网上搞搞直播，勉强算半个娱乐圈的人。

只过了十秒钟，顾千与回复的消息就来了。

顾千与:“这剧情……”

白珊珊是小超人:“他现在是我的病人。”

顾千与:“人生何处不相逢，你和‘冰山’校草这样都能遇上?!难道这是冥冥之中的缘分?”

可不是吗?这狗屎一样的缘分。

白珊珊在心里叹了一声，打字:“他好像不记得我了。嗯，这不重要，重要的是你说我怎么办呀?”

顾千与:“什么怎么办?他现在是你的病人，你该看病看病，该收钱收钱啊。不就是高中时代有一点儿关系吗，这都过去多少年了，‘人不风流枉少年’，听过吗?”

白珊珊是小超人:“……”

顾千与:“只有心里有鬼的人才做不到坦荡，你有吗?”

白珊珊:“我有你个大西瓜。”

顾千与:“那不就结了。既然人家都不记得你了，你也就装不认识他，多简单。”

白珊珊拿着手机面无表情地思考了一会儿，眯眯眼，顿悟了。顾千与虽然平时说话不着调，但这一句倒是有道理——人生如戏，全靠演技，谁还不是一个“戏精”？

这么一想，她释然多了，淡定地给涂岚发了一条微信：“下次的面诊时间和地址，来吧。”

片刻后，涂岚回复：“明晚八点整，商府。”

她愣住了，上门服务？

晚上七点多，天色已经完全暗下来，上门服务的白珊珊拎着她的小皮包准时出现在B市云新区。

云新区在B市本地人口中还有个别名儿，叫“钻石区”。这区域，地皮天价，城市中心，建筑风格明显区别于其他城区。白珊珊打车过来的时候望了一圈儿，马路上跑的几乎是顶级豪车。她刚开始还挺有兴致地欣赏着这场“移动豪车展”，但等到了商家庄园附近时，发现之前那些豪车连开胃菜都算不上。

此刻，她目之所及是大片绿地，几个欧美面孔的园丁在修剪树木和花草。这片绿地占地面积极广，城市和自然近乎完美地交融。

她虽然不是第一次来，但毕竟是超级豪宅，每次来都会有不一样的感觉。

白珊珊打量着这片庄园式别墅，觉得白家那座雕梁画栋的大屋和这儿一比，着实是叫花子的烂窝棚。

坦白地说，她实在好奇商家是怎么做到在寸土寸金的B市市中心拿下这么大一片空地，修起这么一座壮观的庄园的。

正琢磨着，白珊珊忽然觉得嘴巴有点儿干，于是把一根棒棒糖放进嘴里。她边吃边抬手，准备摁响门铃。

就在这时，汽车的引擎声从身后传来。

白珊珊回头，只见一辆纯黑色的汽车从林荫道的那端平稳驶来。在经过她身边时，车子停了下来。

副驾驶座一旁的车窗落下来，露出里面一张年轻俊秀的脸，笑着道："白小姐？"

白珊珊有点儿茫然地盯着这张脸看了两秒，认出对方后拿下棒棒糖礼貌地微笑："江助理好。"

"你是来给先生做治疗的吧？真是巧。"江助理说，"上车吧，一起进去。"

白珊珊心想：嘿，正好，这么大的院子，我懒得走，搭个便车乐悠悠。她当即欣然同意，随后便把棒棒糖重新往嘴里一塞，开心地拉开了黑色轿车的后座车门。

谁知门一开，白珊珊当场愣住了。

后座还坐了一个人。对方一身纯黑色的西装，修身笔挺，侧颜如画。他的目光落在手上的一份英文版《纽约时报》上。

白珊珊感觉有点窒息：江兄，认真的吗，你家老板也在车上你怎么也不说一声？跟我多大仇啊？

白珊珊年轻的时候是逃过课、见过大风大浪的少女，现在也是翘过班、见过大风大浪的老阿姨。因此在惊吓之后，她就把自个儿的"震惊脸"给收了回去，嘴角一勾，朝商迟露出一个充满了阳光与爱的微笑。

其实这件事也怪不了江助理。一家人就是要整整齐齐，大佬的私人助理都在车上了，他老人家还会远吗？

自我调节了一会儿，白珊珊对江助理的怨念就减少了一些，温柔地说："商先生，您好。"

这声线太软了，轻柔的嗓音配上软绵绵的调子，清甜婉转，吸引力惊人，就连驾驶座上的司机和一旁的江助理都忍不住回头瞟了一眼白珊珊。

商迟翻阅报纸的动作顿了下，抬眸看向她。

白珊珊的脸很小，巴掌大的小脸上长了美而不艳的五官，使得整个人看上去柔美温婉，纯洁无害，没有丝毫杀伤力和攻击性，怎么看都乖乖的。此时，她脸上笑盈盈的，嘴角上扬，一双乌黑的眼睛弯成两道月牙，嘴里还咬着一根棒棒糖。

她就像只连肉垫都是粉色的乖巧小家猫。

短短半秒，商迟的眼中就浮起一丝兴趣。他勾勾唇，慢条斯理地道："你好，白小姐。"

白珊珊忽然怔了下，似乎是想到了什么，有瞬间出神。

白珊珊脑子里依稀响起两道声音——

"你好，白小姐。"

"你好，白同学。"

声线一样的干净，语气一样的漫不经心，还带点儿玩味，这两道声音穿过十年光阴重叠在一起。

不一会儿，她甩甩脑袋回过神来，吸气呼气，做了一个深呼吸，又默念了几句佛经之后弯下腰钻进了黑色豪车的后座，坐在了商迟旁边的座位上。然后，她就不再说话，眼观鼻、鼻观心，拿出手机，咬着棒棒糖一脸淡定地刷微博。

其实，排除大部人的叛逆期都处在中学时代不提，白珊珊一直认为自己是一个集"心如止水"等诸多"佛系"美德于一身的新时代好青年。在她看来，人生就像打电话，不是你先挂就是我先挂，凡事都不能太较真、太走心，不然很容易折寿。

她时常告诫自己：无论发生什么事，无论置身何种境地，都要冷静、要淡定、要心如止水、要泰然处之。

但此时此刻，坐在这辆充满了资本主义气息的豪车里，白珊珊觉得自个儿的心态快端不住了。

这如十万大军压境般的气场，实在是太让人吃不消。难道是他们离得太近？有可能。

正思索着，白珊珊往旁边瞟了一眼，换了只手拿棒棒糖，清清嗓子，捋捋头发。她悄悄地把屁股往远离商迟的车门方向挪，再挪，挪挪挪。

忽地，她边上响起一道冷淡的嗓音："和我待在一起，白小姐似乎很不自在？"

白珊珊整个人一顿，沉默片刻，然后干巴巴地笑了两声，说："没有啊，我自在，特别自在。商先生这么平易近人、温和善良又好相处的人，我哪儿会不自在？"

周边突然安静下来，司机阿陈和江助理对视了一眼，然后在彼此出现复杂表情前收回了各自的视线，正襟危坐，十分安静。

后座上，商迟面无表情地合上了手里的《纽约时报》："是吗？"

白珊珊跟小鸡啄米似的点头："当然啦！"

商迟侧过头，直勾勾地盯着那张小巧的脸蛋儿，淡淡地说："坐过来。"

白珊珊怀疑自己听错了："什么？"

商迟那张素来冷漠的脸终于有了一丝表情。他微微一挑眉，说："白小姐离我太远了。"

白珊珊微笑着，看着身旁的大佬很认真地反问："我们离得很远吗？"

就在她说完这句话的下一秒，黑色轿车已经停稳在别墅大门口。副驾驶座的江助理和司机阿陈跟约好了似的，齐刷刷地回过头看向后座。

然后，他们就看见——

他们西装笔挺的老板优雅地交叠着双腿坐在右侧座位上，边上，不对，边上的边上是来给先生瞧病的心理师。那小姑娘整个人几乎贴在了车门上，本就细胳膊细腿儿、身段纤弱，这么一贴一挤，看着更娇小了。她硬是凭一己之力在密闭车厢里跟他们老板隔出了几乎一个银河系的距离。

看着这幅场景，阿陈感叹得格外认真："真的好远。"

"是啊。"江助理也点头，随后看向白珊珊，笑得挺随和，"原来，白小姐这么'自在'啊。"

白珊珊抽了抽嘴角，内心吐槽：这俩二傻子是飘了，还是真觉得我白珊珊提不动刀了？主仆同心，跟我杠上了？不拆我台不甘心，是吧？

好在"拆台二人组"并没有拆台到底的意思。几秒钟后，江助理下车绕到后座商迟的那一侧，弯下腰恭恭敬敬地拉开了车门。

商迟下了车。

阴冷的压迫感消失，白珊珊无意识地做了一个深呼吸，觉得整个车厢里的空气似乎都清新了几分。

她定定神，重新调整好面部表情之后才推开车门下了车。谁知，她刚一下车就"悲剧"了。车这边正好是一条石子儿路，白珊珊今天穿的是高跟鞋，鞋跟高五厘米，不高但是细。她一下车，高跟鞋的细跟就陷进了石子间的缝隙里。

白珊珊脚一崴，低呼一声，整个人顿时往左侧栽倒下去。

看看，她之前说过什么来着？她果然是流年不利。你以为跟她有关系的高中同桌变成了她的病人，并且还极有可能强买她爷爷的老宅，就是她倒霉的极致吗？

不，命运还能让她在商迟面前摔个狗啃泥。

白珊珊悲愤地闭上了眼睛，做好了心理准备去热情拥抱脚下这片万恶的土地。

然而，她想象中的"扑街"剧情并没有上演。

就在白珊珊拥抱大地的前一秒，她胳膊一紧，被一只手给牢牢握住。那只手骨节分明、修长干净，却极有力量，瞬间终止了她的跌势。

她摇摇晃晃，身体在惯性的作用下往那股力道的方向踉跄半步，这才勉强站稳了。

她有点儿茫然又有点儿惊讶地抬起头。

商迟的脸就在她的上方。他微垂眼帘，面无表情地俯视着她。

白珊珊觉得，这种情景下她居然还能注意到他又浓又长的睫毛，也是服了自己。

“谢谢。”她干巴巴地道。

商迟盯着白珊珊，没有出声。她很听话，今天果然没有再穿黑色的衣服，而是换了一件藕粉色的无袖连衣裙，露出了雪白纤长的脖子、细细的胳膊、两条修长笔直的腿。在路灯灯光的笼罩下，她整个人软软的，白嫩得几乎透明。

与此同时，一股类似水果糖混着牛奶的香气飘进鼻子里，商迟的视线下移，落在她的唇上。

唇瓣小巧饱满，浅粉色，大概是吃过糖的缘故，上面泛着一层亮晶晶的光泽。他眸色一深，食指无意识地弹了下。

白珊珊试着动了动，把胳膊往回抽。

商迟察觉到五指间那软绵绵的力道，瞬间松开手收回了视线。他没再看她，转身迈开长腿，大步走向别墅。

白珊珊揉了揉被捏得有点儿红的胳膊，低头吹了吹，跟上去。快进别墅大门的时候，她远远地瞧见一个穿西服的青年朝他们走来，步伐看着有些匆忙。

青年金发碧眼，高鼻梁，是典型的欧洲人长相。白珊珊挑挑眉，一边暗叹“果然好看的人只和好看的人一起玩”，一边怀抱着“爱美之心人皆有之”的纯洁心态欣赏这位外国小哥哥。

只见外国小哥哥快步走到商迟身旁，皱着眉用英语说了句什么，眉宇间透着紧张和恭敬。

小哥哥语速飞快，白珊珊竖起耳朵依稀识别出几个“北欧分部”“窃取”之类的词儿。反应过来这是人家公司内部的事后，她便把竖起的耳朵乖乖地垂了下来。

她东张西望，百无聊赖，参观豪宅。

商宅的整体装修风格非常干净、单调、冷硬，处处都充斥着一种高端、大气、上档次的气息，和它的主人如出一辙。

不远处，商迟站在楼梯口面无表情地听着报告。其间，女佣给他递过去一块手巾，被商迟一摆手给拒绝了。

江助理看了一眼被老板拒绝的女佣手里的手巾，又回头看了一眼刚才用胳膊直接与他家老板的右手来了一次零距离接触的白珊珊。想到他家老板有严重的洁癖，他眸中的一丝诧异一闪即逝。

须臾，北欧分部的博格汇报完了，道：“先生，您看这件事应该怎么处理？”

商迟静了两秒，说：“通知全球各分部，五分钟后召开视频会议。”

“是。”博格点头，忙去了。

一旁的江助理面上流露出一丝难色，朝白珊珊道：“白小姐，先生现在有一些急事需要处理，很抱歉，你可能需要稍候片刻。”

白珊珊笑了笑：“没关系，你们先忙。”

“谢谢你的理解。”话音刚落，江助理就瞧见他家大老板转身上了楼梯，当即快步跟上。谁知才走出两步，商迟像忽然想起什么，顿住，回过头。

商宅一楼的客厅内，他的小心理师乖乖地坐在黑色沙发上，女佣吉娜送过去了一杯果茶。她看着果茶弯了弯唇，笑眯眯地跟吉娜道谢，嗓音甜而软：“好香的柠檬柚子茶，谢谢你。”

商迟面无表情地看着她嘴角那抹笑。

江助理心生不解，问：“怎么了，先生？”

片刻，商迟收回目光往书房走，冷淡地道：“她喜甜食，柠檬是她最讨厌的水果。让厨房准备热牛奶和草莓慕斯。”

江助理顿了一下，恭恭敬敬地应道：“是。”

片刻后，一杯热腾腾的鲜牛奶和一块草莓味的慕斯蛋糕端到了白珊珊面前。

白珊珊愣了一下，有点儿诧异商家这位女佣怎么会这么了解自己的口味。她一边双手接过一边笑眯眯地说：“谢谢你。其实不用这么麻烦的，我喝这杯果茶就好。”

白珊珊长了一张天生的好人脸，五官精致、轮廓柔美，嘴角一勾，笑起来连眉眼都弯成了小月牙，会让人想亲近她。吉娜年纪不大，两年前才结束专业培训，被引荐进入商家。平日，商家的气氛冷漠压抑，随时都得谨言慎行，乍一瞧见白珊珊这么亲切的人，吉娜自然心生好感。

吉娜也跟着笑了一下，说：“小姐不用客气的。您是先生的贵客，能为您服务是我的荣幸。”

女佣虽然说的汉语，但发音并不标准，听着颇有几分东南亚地区的腔调。白珊珊心里想着，又观察了一下她健康黝黑的肤色，好奇地道：“小姐姐，你不是中国人吗？”

女佣答道：“我叫吉娜，是菲律宾人，来中国才两年。”

“这样啊。”白珊珊拿叉子扎了一小块慕斯放进嘴里嚼，一双亮晶晶的眸子盯着吉娜，忽然很认真也很好奇地说，“你家老板这么难伺候，在这儿干活一定很辛苦吧？”

闻言，吉娜低眸思考了几秒钟，回答：“其实也还好。先生前些年很忙，一年有三分之二的时间在美国和欧洲，在中国待的时间很少。不过，就算先生在家也没什么。先生人挺好的，就是有严重洁癖，不许其他人碰他的个人物品；不许其他人和他有肢体接触；不许管家之外的其他人进他的卧室，连整理房间都不行；睡觉要求绝对安静，连电流声都不能有；讨厌所有甜食；喜欢黑白色；喜欢黑暗的环境……”

女佣掰着指头认真地列举，白珊珊听得眼冒金星、脑子晕乎乎的，内心悔不当初：看看，傻了吧！让你闲着没事儿瞎问！

不过，既然是自己开启的话题，她也只能听完。白珊珊默然，眼观鼻、鼻观心，边吃草莓慕斯，边听吉娜念经似的说着她家先生的各种禁忌和各种特殊癖好。

两分钟后，吉娜才为这一话题打上了一个圆满的句号，笑嘻嘻地说：“除了这些之外，先生并没有其他挑剔的东西，也不难伺候。”

白珊珊心说：这位国际友人，你认真的吗？他都这样了还不挑剔、还不难伺候，你真的不是“黑粉”吗？

白珊珊干巴巴地笑了两声：“是啊，商先生确实是个挺好、挺不挑剔、挺不难伺候的人。”

之后，白珊珊又跟吉娜东拉西扯地聊了几句。就在她吃完一块草莓慕斯，将热牛奶喝得也只剩一口的时候，一阵脚步声从花园传了过来，由远及近。

白珊珊扭头一瞧，只见一个衣着朴素的中年妇人从外面进来了。妇人五十几岁的年纪，容貌明显区别于亚洲人。她茶褐色且微微泛白的头发盘在脑后，五官深邃立体，看上去沉稳温和，目光却非常锐利。

白珊珊微微怔了一下。这张面孔她并不算陌生，短短几秒中，一个名字在她脑海中浮现出来。

“格罗丽。”妇人的身影一出现，吉娜脸上灿烂的笑容瞬间就淡了下去。然后，吉娜又转过头看向白珊珊，小声地朝她道：“这是格罗丽，是这里的管家。她是看着先生长大的。”

话音刚落，格罗丽已经走到她们跟前。

白珊珊面色已经恢复如常，把握着分寸朝妇人露出了一个既温和友善又不乏疏离的微笑，并没有说话。

格罗丽在看见白珊珊之后也明显愣了下，眼底闪过一丝诧异，但这种惊讶的情绪也在极快的时间里消失得无影无踪。下一秒，她看了一眼边上有些无措的吉娜，面无表情地说："庄园的绿植需要修剪，大家都在忙，你倒清闲，在这儿和客人闲聊。"

"对不起，格罗丽。"吉娜抱歉地道。

听着两人的对话，白珊珊生怕自己拉着吉娜闲聊会害这个可爱的女佣挨骂。

好在管家并没有要责骂女佣的意思，只是摆手说了句"去帮忙吧"。

虚惊一场，吉娜和白珊珊都悄悄地呼出一口气。吉娜朝白珊珊笑了笑，动动嘴唇说了句"再见"之后就转身离开了。

偌大的客厅只剩下白珊珊和格罗丽两个人。

格罗丽微微垂眸，平淡地道："小姐，先生的视频会议已经开完，您可以上楼了。"说完，她伸手一比，"请跟我来。"

白珊珊微笑："有劳管家了。"随后，格罗丽就带着白珊珊上了楼。

白珊珊跟在格罗丽身后，盯着对方圆圆的后脑勺，忽然觉得这几天发生的事实在是神奇而充满了戏剧性。她高中时代曾和某商姓大佬同桌整整一年，并且和那位大佬同桌家的管家阿姨也接触过几回。

时过境迁，大佬长大了，成了真正的霸道总裁以及超级大佬；管家阿姨老了，从中年逐渐步入老年。巧合的是，大佬和他的管家阿姨都不记得她这个小同桌了。果然，一家人就是要整整齐齐，连失忆都是一起。白珊珊脑子里思绪乱飞。

"先生就在里面等你。"突然，格罗丽冷淡的声音响起，将她飞远的思绪给拽了回来。

白珊珊回神抬头一瞧，只见面前是一扇紧闭的房门。这情景和她上回在会所时看见的一样，里面的人生怕憋不死自己似的，黑漆漆一片，连一丝光都没透出来。

格罗丽说：“这是先生的卧室，没有他的允许我们不能进去，我就带你到这里了。小姐，请进。”说完，她握住门把手一转，替白珊珊开了门。

没有允许不能进去？也是，卧室这么私密的空间不许人进也是正常的。

商迟那个心理阴暗的人本来就有重度洁癖。白珊珊非常理解地想着。

嗯？卧室？自己为什么要进他的卧室给他看病啊？！

正常人无法理解神经病的思维，所以白珊珊也懒得去想“为什么商迟要让她进卧室面诊”这个十分复杂的问题。

她推开门走了进去。

屋子里只开着一盏台灯，挡光帘也拉得严严实实。白珊珊进门之后站了会儿，等眼睛基本适应昏暗的光线之后才迈步往里面走。

这间卧室很大，分为两个部分：一部分摆着沙发、床和柜子之类的室内家居用品，是休息区域；另一部分则摆着一张巨大的办公桌、电脑、投影仪、陈列各类文件的书柜等办公设备，应该是工作区域。

卧室里面都是黑白色调，看上去冷冰冰的，毫无人情味。

白珊珊第一眼没看见这间卧室的主人，狐疑地皱了皱眉，扭着脑袋东看看西看看，才在黑色办公桌那儿看见了他。

商迟坐在椅子上。他高大挺拔的身躯微微后仰靠着椅背，两条大长腿非常随意慵懒地交叠着。

屋子里很安静，安静到空气中只有他均匀而轻浅的呼吸声。

他在睡觉？

白珊珊在原地站了几秒钟，才朝商迟走过去，在距离他几步远的地方站定。

台灯在床边，光芒遥远而微弱。男人隐匿在黑暗里的五官看上去冷漠而立体，像大师刻刀下的雕像，有种格外冷硬又朦胧的美感。

白珊珊在这一刻不由得再次感叹“冰山”校草的美貌，他即使是坐在椅子上打个盹儿，都能有一种沉静又幽远的意境。商迟的这张脸，真的是太好看了。

不过帅不能当钱花，她可是按小时计费的。

白珊珊出声：“商……”后面的“先生”两个字在她看见桌上的某份文件时被生生咽下——《南城旅游城项目开发方案》。

“明朗这个项目的合作方是商氏。”

白珊珊想起了白继洲的话。

她微微皱眉，悄悄地看了眼好像睡得很熟的商迟。迟疑须臾，她还是把偷翻这份文件的冲动给摁下了。

她的视线又重新落在商迟的脸上。他闭着眼，少了冷漠目光的威慑，看上去比平时温和许多。眉骨高挺，眼窝很深，睫毛像两把展开的小扇子，浓黑柔软，左侧的睫毛尾部沾了一点儿白色……

嗯？沾了一点儿白色？好像是某种细软的绒毛，不细看根本看不出来。

白珊珊眨了眨眼睛，观察着商迟睫毛上的白色，无意识地凑近了点儿。忽然，她鬼使神差地抬起手，试图把那缕小绒毛拂下来。

就在她的手抬起来的瞬间，商迟忽然醒了。她一愣，还保持着抬手要摸他脸的动作，清朗的眼睛对上一双冷峻的黑眸。

四周突然更安静了。

一秒过去，两秒过去……

第三秒的时候，白珊珊终于反应过来，冲商迟讪讪地笑了下，准备把手往回收。可白珊珊没想到，对方忽然伸出一只手钳住了她的手腕，修长的五指收拢，一用力，将她一把拽了过去。

这一拽让白珊珊重心不稳，膝盖一弯，直接跪倒在了商迟脚下的地毯上。她慌了神，试图借力抽身。慌乱之中，她的手臂撑在了他的大腿上，整个人趴在他膝盖上，跟搭着爪子找主人撒娇的小奶猫似的。

白珊珊愣住了。

商迟的另一只手放在了她细软的脖子上，她的心忽地一慌，似曾相识的战栗感席卷全身。她感到对方修长冰冷的手指沿着她的脖颈慢条斯理地往上滑，最后捏住了她的下巴。

商迟俯身贴近她，平日里冷静无波的眼眸，此时一片晦暗。不知是刚睡醒还是其他什么原因，他的嗓音听起来低沉沙哑得可怕。

他说："白珊珊，谁给你的胆子又来招惹我？"

男人呼出的气息夹杂一丝清冽的烟草味，喷在白珊珊的嘴唇上。她的心跳不禁漏掉几拍。看着商迟的脸和他黑色眸子里映出的自己，她不知怎么就想起了高三那年。

彼时，她尚年少。

人生中最美好的十七岁。那个传说中喜欢一个人，就连两人的作业本放在一起都会傻乎乎地开心好久的年纪。

一中是B市响当当的重点中学。按照校长老吴同志在历年家长大会上吹牛不打草稿的说法，全B市，论师资、论生源、论升学率、论校园绿化、论食堂大师傅的手艺，他们一中认第二，就没哪个学校敢认第一。

当然，老吴同志作为一中校长兼职业一中"吹"，在家长面前夸大其词是很正常的。不过平心而论，白珊珊觉得她的母校虽不至于像老吴吹得那么夸张，但也的的确确是一所全国知名的好学校，在全国重点中学排行榜里进入前三，问题不大。

在这样的背景下，自然每年都会有慕名转入一中的学生。

白珊珊高三那年，他们班就转来了两个学生。

“转学生一号”叫王志强，是九月一号跟着大部队一起入学的。这位“一号哥”相貌平平，朴实无华，因此并没有引起班上同学的太多注意。开学那天，章平安只是让“一号哥”跟大家做了个自我介绍就把他安排在白珊珊的斜后桌位置。

王志强体形圆润，个子不高，加上拥有一头自然鬈短毛，看起来跟一个刚出锅的花卷儿似的。因此，白珊珊以及她方圆三米内的“狐朋狗友”都亲切地称呼这位新人为“王花卷”。

有了“一号哥”王花卷的铺垫，白珊珊等人对即将到来的“转学生二号”也就不抱任何期待了。白珊珊甚至提前给那位“二号哥”在“王花卷”的基础上起好了绰号，叫“某笼包”。

那天是九月最后一周的星期一，很寻常的一个工作日。全国人民该上班的上班，该上学的上学，连天气都是B市秋季中最寻常的艳阳高照天。

前一天是周日，白珊珊和顾千与一起在某大型网游里砍怪、杀敌、长经验。白珊珊带领师门同胞与前来挑战的其他门派决斗，还抽空参加了一下游戏里小师妹的婚礼，在婚礼上助兴表演一番后把两位新人送入“洞房”。等她下线一看时间，已经凌晨两点了。

因此，周一这天早上，她迟到了。

一中在校风校纪方面管理得非常严格，每周一和周五，学生会纪律部的人就会在教导主任的带领下到校门口值勤，专逮迟到的学生。

“站住！”龅牙教导主任一把揪起一个男生的领子把人拖回来，冷哼道，“哪个年级，哪个班的？就你这体形还想趁我不注意偷偷溜进去，你当我没看见啊？”

目测起码一百八十斤的男生羞愧地低下了胖胖的脑袋，支吾：“高三（4）班。”

教导主任怒喝：“回去写三千字检查交给我！

“站住，你呢！

“还有你！”

啧，一看这就是些菜鸟。

数米远处，白珊珊咬着刚买的草莓慕斯蛋糕同情地叹了口气，向校门口数位“光荣阵亡的先驱”行了充满敬畏之情的注目礼。

然后，她把背上的书包往上扯了扯，向右转，打算掉转方向往旁边的一条小巷子走。

突然，一阵汽车引擎声从白珊珊身后传来，由远及近。

她愣了一下，扭过脑袋一瞧，只见一辆纯黑色的轿车平平稳稳地停在了路边。那车相当干净，整个黑色的车身从车头到车尾看不到丁点儿灰尘，就连轮胎都透出一种上流社会的贵族气息。

一中家里有钱的学生很多，平时开家长会，整个露天停车场就跟车展似的。因此，这辆纤尘不染的豪车并没有吸引白珊珊太多的注意力。她又咬了一口草莓慕斯，收回目光打算继续自己的“绝地逃生大作战之校园小后门翻墙探险之旅”。

可她刚要走时，黑色轿车的后座车门开了，下来一个四十岁左右的中年男人。那人有一张明显区别于亚洲人的欧洲面孔，穿深色衣裤，举止稳重。他先下车，紧接着弯下腰，抬手略微遮在车门顶部，用一口非常纯正的美式英语道：“少爷，到了。”

白珊珊的视线还没来得及往回收，随后她便瞅见了一只白色的鞋。

男士板鞋，纯白色，干干净净。

单就一双鞋而言，它太干净了，干净得几乎不太正常——有点儿病态，也有点儿另类。甚至，它连鞋底都不沾丝毫灰尘。

就在白珊珊思考到底他们学校哪一号“公子哥儿”这么尊贵的时候，那双板鞋的主人下了车。她又咬了一口草莓慕斯，视线不由自主地跟着那双笔直大长腿往上移。终于，她看见了那位“公子哥儿”

的脸。

白珊珊眼眸忽地一跳。

“公子哥儿”身上穿着他们一中的校服。他长腿笔直，宽肩窄腰，黑色短发修剪得干净又利落。清晨的阳光分明柔和，但那人气质清高，俊美的侧脸线条即使在阳光中也丝毫不被柔化。他浑身散发出一种“生人勿近”的气场。

中年人姿态恭敬，低眉垂目地用英语说着什么。

“公子哥儿”眉宇间透着一丝并不明显的疲态，面无表情地直视前方，没有说话，整个人冷漠阴郁。

“预祝您在这所学校度过一段愉快的时光。有任何需求，请随时跟我或格罗丽联系，再见。”中年人说完，随后上车离去。

白珊珊也不知道在这种“时间就是生命”的紧急关头是谁给她的勇气，让她居然能咬着草莓慕斯、津津有味地围观起这出“豪门大佬上学记”。

反正从头到尾，她都没把目光从这位豪门大佬身上挪开过。

其实，爱美之心人皆有之，这位“公子哥儿”的气场和长相，吸引春心萌动的无知少女多看几眼很正常。但白珊珊并不无知，作为一个见过大风大浪的少女，她围观“公子哥儿”并不是因为他那张“盛世美颜”和浑身冷清又禁欲的气质，而是因为认出他了。

他就是那天在章平安办公室门口，偷听她和班主任探讨火烈鸟的那个有一双好腿的人。

想到这儿，白珊珊挑了挑眉毛，不由得睁大了眼睛更加仔细地打量起几米远处的“公子哥儿”。

嗯，这大高个儿、这大长腿、这翘臀、这脸、这身材，就是他。一眼万年，过目不忘，她这记忆力真好。白珊珊非常认真地在心里给自己点了个赞。

突然，“看够了吗？”她的耳畔冷不丁冒出一个声音。声音冷淡低沉，听不出什么情绪。

白珊珊蓦地一愣，整个街道仿佛瞬间安静了。

商迟微微侧首，冷漠又漫不经心地扫了她一眼。小姑娘穿着校服，背着一个浅色的碎花书包，手里拿着一块咬了好几个缺口的小草莓蛋糕，刚咬的那口还没来得及咽下，腮帮鼓鼓的，嘴角沾着蛋糕屑。她有点儿诧异又有点儿慌乱地望着他，一双原本清朗的大眼睛此刻满是窘迫。

和豪门大佬这种大人物对视，一不留神就会落于下风，嘴里咬着一坨蛋糕也太没有气势了。于是，白珊珊咕咚一声把蛋糕吞了，紧接着又无意识地舔了舔嘴唇。

少女粉色的舌扫过唇瓣，卷起蛋糕屑缩进嘴里，粉嫩的唇顿时变得亮晶晶的。

商迟盯着她的唇和转瞬即逝的小舌头，想起对方是谁了。他的眸子里生起一丝若有似无的兴趣，食指无意识地一弹，但面上仍旧没有任何表情。下一秒，他收回视线往校门方向走。

“喂。”他背后突然响起一道声音，语气随意，但那声线软软的。

商迟微顿，却没回头。

“俗话说得好，有缘千里来相会，无缘对面不相识。”少女换上一种老气横秋的语气，慢悠悠地说，“同是一中‘迟到狗’，相聚就是缘。兄弟，看你这样子是第一次迟到吧？教导主任正堵在门口，你过去就完了。这样吧，你跟我来，我带你走条‘活路’。”

听她像煞有介事地扯完，商迟静了几秒，然后面无表情地回头。

少女竖起一只又细又白的指头往自己身后一指，淡淡地道出四个字：“我们翻墙。”

白珊珊最终并没能把“公子哥儿”拐去翻墙。听她一本正经地说完“翻墙”两个字之后，“公子哥儿”冷漠的脸依旧没有表情。他没有说话，也没有任何动作，只是站在原地直勾勾地盯着她。

那双瞳孔漆黑、眼角微挑的狭长眼睛在那张脸上显得格外沉郁。

就在白珊珊被看得浑身发毛、差点儿站不住的时候，对方才收回视线转身往校门方向走，没再看她。

这位“公子哥儿”是要干吗？带领她一起被教导主任摁在地上摩擦吗？

白珊珊愣了一会儿，正准备再说点儿什么抢救一下这位无知少年，商迟却已经站在校门口和教导主任面对面了。

她隔着一段距离，不知前方“战况”。

白珊珊抱着“死道友不死贫道”的精神拔腿跑向小后门的时候，一个纪律部的学生忽然看见了数米开外鬼鬼祟祟的她。

“那位同学，你在那儿干什么？”

白珊珊被吓得手一抖，还剩一半的草莓慕斯啪嗒一声掉在了地上。

白珊珊心疼地看了一眼。

数秒钟后，白珊珊抱着一颗因为痛失草莓慕斯而饱受摧残的心站到了校门口，眼观鼻、鼻观心，准备接受教导主任来自灵魂的拷问和洗礼。

万万没想到的是，教导主任并没有如她所想的那样发出雷霆咆哮。教导主任似乎认识那位“公子哥儿”，打量了他一圈之后，皱了下眉，但还是清了清嗓子问：“同学，你叫什么名字？”

白姗姗身旁的人冷淡地应了句：“商迟。”

商迟。

白珊珊无意识地默念了一遍这个名字。

教导主任听见商迟的名字后表情明显一变，正在思索，一转头又看见了站在旁边的白珊珊，语气不太好地又问：“你呢？”

白珊珊这会儿脑子一时没反应过来，没答话。紧接着，她便听见耳旁响起低沉的男声："白珊珊。"

话音落地，白珊珊愣住了，转头睁大了眼睛瞪着身边那人。

对了，他之前在办公室外面听到了章平安"灵魂拷问"她的全过程，可能是在那时候无意听见了"白珊珊"这三个字。

除此之外，白珊珊实在想不到其他理由能解释这位豪门大佬是如何知道她的名字的。

商迟的神色毫无异样。须臾，他开口，不带情绪地说："还有七分钟上课。"

白珊珊还没反应过来。

教导主任已经让开："哦，那你们快进去吧。"

白珊珊震惊于教导主任的态度。

这个早上，出乎所有人的意料，一向铁面无私的龅牙教导主任破天荒地没有为难商迟和白珊珊。就这样，在纪律部众人莫名其妙而充满某种神秘敬畏感的眼神中，白珊珊云里雾里地跟着商迟进了学校。

从校门口到高三教学楼，商迟目不斜视，冷漠无言。白珊珊还没从震惊中回过神来，十分安静。

原来"公子哥儿"也是高三的。他是哪个班的？顶着这么张脸在学校没道理不火啊？没道理她会不知道啊？莫非，他是哪个班新来的转学生？

这么思索着，白珊珊清了清嗓子，望着前面那高高的冷漠少年试探地开口："这位同学，冒昧问一下，你是高三哪个班的？"

话音刚落，她兜里的手机忽然振动起来。白珊珊掏出手机一瞧，顾千与打的，她赶紧接起来。

"放。"白珊珊脚下生风，越走越快。

"章平安马上要发飙了，你到哪儿了啊？"电话里顾千与的声音压得低低的，问完之后也不等白珊珊答话，忽然话锋一转，兴致勃勃地道，"听说今天那个'某笼包'就要来上课了。不过这会儿人还没到，你会不会跟那只‘笼包’一起进教室啊？”

白珊珊压根儿没听明白，皱眉道：“什么笼包？”

“转学生一号‘王花卷’，转学生二号‘某笼包’啊，这名儿不是珊姐你给起的吗？章平安说新同学今天就正式入学，让我们……先不跟你说了，章平安走过来了，拜拜！”

嘟嘟嘟，电话挂断。

白珊珊一脸茫然地摁灭手机，一抬头，发现自己和那位浑身都散发着“你惹不起我”气场的“公子哥儿”竟然在同一间教室门前的走廊同时停步，站定。

这么巧？兄弟，你跟我开玩笑吧？

白珊珊嘴角抽了抽，难以置信地仰着脖子瞧着对方英俊淡漠的侧颜。

边上的“公子哥儿”用余光看了她一眼，又漫不经心地看了一眼那个写着“高三（1）班”四个大字的班牌没出声。随后，他便迈开长腿径直走进教室。

白珊珊看着“公子哥儿”漂亮的后脑勺，原地呆住。

“转学生二号”——商……商笼包？

白珊珊不太确定自己是顶着一副什么样的表情目送商迟进教室的。她觉得应该是同情、惊讶，还有一丝崇敬。这位“转学生二号哥”第一天上学就敢迟到，关键是他居然把迟到的步伐走得这么沉稳、从容，这境界着实让她这等“迟到专业户”难以企及。

反正，商迟就那样进去了。

白珊珊站在走廊上望着那道高大挺拔的身影，一边在脑中快速地编造今日的迟到理由，一边感叹豪门大佬那感人的身段儿。

豪门大佬那肩、那腰、那翘臀、那相当醒目的大长腿。

他的身高应该在一米八五以上，至于以上多少，就不是她能判断的了。毕竟对白珊珊这种身高一米六的人来说，世上一切生物只分为两种：要仰脖子瞧的和不仰脖子瞧的。身高在一米八以上的物种都是那样神秘莫测，充满了大自然的未知奥秘。

白珊珊头回发现，他们素有“B市第一丑”之称的一中校服好像挺好看的。

“这就是我们班的新同学。”就在她专注于欣赏豪门大佬的时候，章平安洪钟般的嗓门从教室里传了出来，语气听着还挺温和……

温和？白珊珊整个人一呆，下意识地猫着腰往教室门口挪了几步，屏息凝神，踮起脚尖，从靠近门的窗户下沿露出一双眼睛往里张望。

讲台上是班主任章平安，商迟就站在距离教室门口不远的地方。商迟穿着校服，黑色短发，脸上没有任何表情。

在某种陌生气压的入侵和震慑下，整个一班教室安安静静，连人喘气儿的声音都听不见。

白珊珊忍不住啧了声。

“公子哥儿”这股冷漠禁欲又侵略感十足的气场，和她等平民以及这间小破教室实在是太格格不入了。

相较于一帮孩子，章平安的反应就正常多了。今年开学之前，校长曾专程把他叫到跟前谈了谈关于他们班这个“转学生二号”的事。校长告诉章平安，这位新同学的出身非常显赫，家庭背景复杂，是由管家抚养长大的。他之前一直在纽约上学，刚回国不久，之前的相关资料显示这是个智力非常出众的好苗子，校长要章平安好好培养。

章平安年轻时是一个小县城里的数学老师，一直老实教书、勤勤恳恳，听不懂校长话里的弦外之音。他甚至还自动过滤掉了那几句“出身非常显赫，家庭背景复杂”的话。在章平安看来，这孩子一直孤零零地待在国外，怪可怜的，入学的第一堂课，当然要让他感受到同胞的友善和新班集体的温暖。

章平安露出了一个非常和蔼的笑容：“商迟同学，第一天上学心情一定激动又紧张吧？没关系，同学们都很好相处。来，跟大家打个招呼。”

安静持续了大约两秒钟，然后，趴在窗户边上的白珊珊就听见那位“心情激动又紧张”的新同学说：“大家好。”

那是极度平静又冷漠的声音。

白珊珊沉默了。

众人也沉默了。

章平安沉浸在自我编织的“喜迎新同学，同胞一家亲”剧情中，丝毫没有察觉到现场的诡异气氛。紧接着，他又把音量拔高几分，手一抬，笑眯眯地道：“让我们用掌声欢迎商迟同学！”

众人沉默片刻，最终，带着尴尬而不失礼貌的笑容鼓了鼓掌。

啪啪啪，稀稀拉拉的一阵掌声响起。

“非常好。”章平安满意地点点头，略一停顿，目光在教室四处一扫，最终锁定倒数第二排的空位。他伸手往那个方向指了下，说：“你坐那儿吧。”

商迟抬眸看了眼，那地方有两个位置是空的，一个靠窗，一个靠过道。他面无表情地走过去，挑了靠过道的那个，弯腰落座。

白珊珊全程踮着脚趴在窗户上看，章平安指位置的时候她脚酸，便把脚放下去扭了扭脚脖子。于是，等她重新冒出脑袋再暗中观察时，她就看见那位“公子哥儿”不知何时已经入座了。

他坐在一个后排的靠过道的座位——她旁边的那个空位。

就在这时，啪嗒一声，一个类似白色粉笔的不明飞行物砸在了她的脸贴着的窗户上。紧接着响起的还有一道熟悉的河东狮吼：“还不进来，还要我亲自请你？”

白珊珊调整了一下自己由于一时难以接受“天上掉下个新同桌”的局面而略微扭曲的面部表情，背着书包默默地走进教室。

她刚站定，便感觉一道视线落在了自己身上。那视线来自教室后方，极具压迫感，充斥着一种猛兽猎食似的侵略性。

这种被人当作猎物的感觉令白珊珊相当不自在，她下意识地抬起头，视线刚好和商迟的撞在一起。

少年还是那副倨傲又冷漠的模样，和她的视线对上之后也没有任何反应。他直勾勾地盯着她，漆黑的眸子里似有一丝兴趣。

不自在的感觉消失了。

少年虽看着她，但整个人还是一副冷漠的模样，没有那种强烈到让她心尖发颤的入侵感。

白珊珊移开目光，确定刚才那种奇怪的感觉是错觉。下一秒，她反应过来自己还要等着受训，便垂下头，摆出一副标准的“做错事的小学生”姿态，立正。

章平安做了一个深呼吸，努力控制住自己的怒气，看着眼前的小姑娘：“为什么迟到？编吧。”

白珊珊顿了顿，确定刚才从章老头儿嘴里挤出来的字儿是“编”不是“说”，一丝愧疚之情油然而生。两秒后，她格外愧疚地睁眼说瞎话：“老师，我昨天复习功课太投入忘了时间，一不留神就到了凌晨两点钟，所以起晚了。”

章平安冷哼道：“你还不如说是新同学第一天上学找不到路，你给他指路耽搁了，所以迟到。”

白珊珊思考了一下，抬头认真地问：“那我现在改口还来得及吗？”

向来自诩“什么大风大浪都见过，什么学生都教过”的章平安差点儿被气出高血压。

白珊珊的一帮“狐朋狗友”，有几个没忍住，扑哧一声笑出来。

“笑什么笑！”章平安皱着眉，抄起教鞭哐哐哐地敲黑板，闭眼深呼吸。在默背了几句人民教师誓词之后，他重新睁开眼睛，转头看向白珊珊，微笑。

白珊珊一脸茫然，也冲章老头儿回了个微笑。

章平安心平气和地道："知道迟到了要怎么办吗？"

白珊珊答："写检查。"

章平安摇头，指了下自己脚下的讲台，说："站这儿来。"

白珊珊照做。

"到讲台上代表我们班给新同学表演一个迎新节目，表示对他的欢迎。"章平安微笑着说，然后还非常贴心地站到了一边，给她腾出位置。他心想：我教书几十年，你是不是以为我就会罚学生写检查？嘿，我偏不！一小丫头片子，我章平安还治不了你了，是吧？

台下众学子震惊了。

白珊珊愣住了。

老师，您逗我呢？

白珊珊的脸皮一阵抽搐，她看看讲台，又看看章平安，一副欲哭无泪的表情。

章平安一副没的商量的语气："快点儿，表演完还要上课。别耽误时间。"

不就是在全班面前给新同学表演个节目嘛，会少块肉吗？这有什么，她白珊珊什么阵仗没见过？才不怕。

白珊珊给自己做了会儿心理建设，然后承受着全班同学的注目礼，非常淡定地走上了讲台。半秒后，她抬眼看向教室的倒数第二排，勾唇，微笑。

商迟盯着她，微微挑了下眉。

少女小巧雪白的脸蛋儿上挂着笑，嗓音也软软的甜甜的，用非常真诚的语气说："商迟同学，欢迎你加入我们高三（1）班这个大家庭，接下来，就让我用一首积极向上、充满正能量的歌曲来表达我们对你的热烈欢迎。"

商迟不语，面无表情。

教室里再次陷入安静。

一秒钟过去，两秒钟过去……五秒钟后，一阵歌声轻轻地响起："快乐池塘栽种了梦想就变成海洋，鼓的眼睛、大嘴巴，同样唱得响亮！借我一双小翅膀，就能飞向太阳……"

隔着一个教室的距离，商迟直勾勾地盯着白珊珊。

少女低着眸，又细又白的食指无意识地敲着讲桌打节奏，脑袋也跟着一点一点的，每句歌词都唱得非常敷衍。窗外清晨的阳光洒进教室，她的皮肤在光下几乎透明，连脸上细软的小绒毛都清晰可见。

"快乐的池塘里面有只小青蛙，它跳起舞来就像被王子附体了……"

商迟搭在膝盖上的食指无意识地弹了下。他感到自己的血液和骨头里有什么东西在蠢蠢欲动，像要冲破某种桎梏。

"它是一只小跳蛙，越过蓝色大西洋……"

商迟竟然觉得兴奋。

"自信成长有你相伴，leap frog（跳蛙）啦啦啦……"

听着少女的歌声，商迟微微皱眉，闭上了眼睛。

这种兴奋的感觉太久违了，在他十四岁时在意大利解决了克莱斯那帮蠢货之后，已多年不曾有过。

商迟一直是一个非常冷静且寡欲的人。

在这之前，他以为世界上能令他兴奋的事物只有杀戮和掠夺。现在，多了一个能让他兴奋的人。

歌声终止，商迟睁开了眼睛。

扎马尾的少女不知何时已经走到了自己跟前，面无表情地看着自己。须臾，她像等得不耐烦了，便弯起唇朝他露出一个很假的笑容，说："商同学你好，我叫白珊珊，是你的同桌。我的位置在里面，能麻烦你让我一下吗？谢谢。"

商迟不语，直勾勾地盯着白珊珊。

白珊珊被他看得浑身战栗，正要说什么，便看见商迟弯了弯唇，竟破天荒地笑了。

他平静优雅地说："你好，白同学。"

捏在下巴上的手指加重了力道，瞬间将白珊珊的回忆中断。

三魂七魄归位，她回过神来，这才惊觉自己还保持着伏在商迟脚边、两手撑在他大腿上的姿势。他捏着她的下颔，微微低眸盯着她，迫使她仰着脖子与他对视。

四目相对，白珊珊能清晰地看见男人眸中的自己。

这个距离太近了，近得两人的呼吸似乎有刹那交融，近得危险，近得让她不安。

屋子里漆黑而安静。白珊珊几乎能听见自己混乱的心跳声，扑通、扑通。昏暗的环境使视觉迟钝，却令身体的其他感官变得尤其敏锐。

商迟一言不发地俯视着脚边的她。她明显感觉到他修长冰冷并且十分有力的食指在若有似无地摩挲着她下巴上的小片皮肤。

这就像收藏家把玩一件心爱的珍藏，像艺术家抚摸精心绘出的名画，像主人爱抚自己最宝贝的小宠物，说不出的亲昵，却也令人毛骨悚然。

白珊珊的睫毛颤了颤。脑中警钟嗡嗡长鸣，她下意识地屏住呼吸默念佛经。尽管如此，她的内心已经巨浪滔天了。各种想法在心中一闪而过，不过她看上去还是很淡定。

她硬着头皮，平静地直视那双黑眸。

就在白珊珊飞快地默背完《心经》的时候，商迟忽然有了动作。

他低头将她的下巴抬得更高，贴近过来，与她嘴唇的距离缩短到只有两指。

这个举动太过突然，让白珊珊慌了神。她漠然的表情顿时被瓦解，整个身子嗖一下往后仰，躲开。

商迟把白珊珊惊慌失措的反应收入眼底，微微眯眼，直勾勾地盯着她两颊泛起的娇艳红晕。

片刻，他淡淡地说："白小姐好像很怕我。"

白珊珊看着那张英俊冷厉的面容，暗自做了一个深呼吸，说："商先生，我今天来这里的目的是治疗您的失眠症。"换句话说，她并没有义务也没有闲情逸致聊其他的。

白珊珊这人最大的优点是不念旧。她从很小的时候就明白了"人无论在何时何地都要向前看"这个道理。因此，此时的她并不关心商迟是真失忆还是假失忆。作为一名专业心理师，她唯一关心的只有这位病人的病情和今晚上门出诊的费用。

闻言，商迟微微挑眉，盯着那张柔美娇艳的小脸不语。

白珊珊的衣衫已经被冷汗打湿，但人看上去非常平静。她垂着眸，也不再说话。

偌大的卧室再次陷入了安静。

仿佛只过了短暂的几秒钟，又仿佛过了漫长的数年，白珊珊感觉捏住自己下巴的手指力道微微松了。商迟放开了她。

白珊珊重新找回身体的控制权，紧着的心骤然一松。她暗暗吐出一口气，撑住一旁的黑色办公桌，打算借力站起身。

这时，一只手进入白珊珊的视野，示意她扶住。白珊珊首先看到的是五根修长漂亮的手指，骨节分明、根根有力，每个指甲都修剪得整齐而干净。手掌很大，冷白色的手腕从袖口伸出来，雕刻暗纹的袖扣点缀在纯黑色的西装袖口上，在暗光下泛着一层很淡的金属光泽。

"真正的贵族，优雅是融入骨子里的，体现在举手投足之间。"她脑子里鬼使神差地冒出一句不知在哪本言情小说里看到过的台词。然后，她搓搓胳膊，被自己给恶心到了。

"谢谢，我可以起来。"白珊珊非常礼貌地说，无视商迟伸出的左手，紧接着便拽着桌角站起了身。她刚弯腰想掸掸裙子上的灰，又突然顿住了。

这位大佬有严重的洁癖，他的卧室用脚指头想也知道必定纤尘不染。白珊珊瞄了一眼那块被大佬踩在脚下的地毯，觉得这玩意儿没准儿比她家里的床还干净。

商迟其人，怪癖比天上的星星还多，干出什么不正常的事都很正常。根据这个思路类推，这位爷刚才莫名其妙地把她拽过去、捏她下巴的怪异举动和说的那句怪异台词，好像也挺正常。

一代传奇的豪门大佬，大人物嘛，思想、行为怎么可能和普普通通的人一样？你能指望一个不正常的人做出什么正常事？

白珊珊就这样，秉着“人活一世，给谁添堵都不能给自己添堵”的伟大信念给自个儿做着心理调节。只过了短短几秒，她刚才崩掉的心态便重新恢复成最初那种稳定的状态。

随后，她嘴角弯起一抹职业微笑：“商先生，我们KC心理咨询中心是国内最权威的心理咨询机构之一，拥有无数国内外知名的一流心理师，首先非常感谢您对我们的信任。”她边说边从包里拿出了事先准备好的笔记本和一块怀表，一副公事公办的模样，语气柔婉地道，“在开始今天的治疗之前，我能先向您提出两个请求吗？”

商迟盯着她弯成月牙状的眼睛：“洗耳恭听。”

“第一，寻求心理方面的帮助，最重要的一点就是一定要相信你的心理师，这样才能达到最佳治疗效果。”白珊珊站在一名专业心理师的角度，说，“我希望能和您建立起彼此信任的朋友关系。”

商迟安静几秒，垂眸，微微点头：“继续。”

白珊珊自动理解成两人在第一条意见上达成一致。

第一条通过。

“第二，”她翻动着手里的笔记本，顿了下，侧目看向坐在椅子上西装笔挺的高大男人，“类似今天晚上的事，我不希望再发生第二次。”

话音刚落，整个屋子又静了下来，空气里只有落地钟嘀嗒嘀嗒节拍规律的声音。

商迟没有答话。

半晌，白珊珊抿了抿唇："商先生，请问我刚才的话您听清楚了吗？"

"嗯。"男人吐出一个听不出丝毫情绪的字。

商迟表情一贯冷漠而平静。他拿起办公桌上的一支黑色金属钢笔，把玩着它，慢条斯理地说："类似今天晚上的事，白小姐指什么？"

白珊珊没料到这位大佬会明知故问，一时半会儿没反应过来，整个人都愣住了。

"握你的手，摸你下巴上的皮肤，看你乖乖地伏在我怀里？"一片昏暗的光线中，她看见商迟漫不经心地弯了弯唇，转动钢笔的动作倏地顿住。他微微抬眼，紧紧地盯着几步远处的她，"还是你几秒钟前以为的那样，亲吻你？"

在沟通失败后，白珊珊选择放弃与商迟进行正常人类之间的语言沟通，而是拿起本子和笔，直接例行公事般询问起了他在睡眠方面的相关情况。

心理咨询重在心理师与来访者之间的沟通，但商迟寡言，因此整个过程几乎是白珊珊在说话，他只是靠在椅背上平静地看着她，偶尔应几声"嗯"。

白珊珊获得的有用信息寥寥无几，考虑到天色已晚，只好把情况记录在案便打道回府。

值得庆幸的是，那位豪门大佬没再对她做出什么出格的举动。

面诊结束，白珊珊走出卧室时看见门口站着商府的管家格罗丽。

这位沉稳的中年妇人仍是那副淡漠模样，语气恭敬却丝毫不显低微，淡淡地道："辛苦了，白小姐。"

“这是我应该做的，不用客气。”白珊珊朝妇人微微一笑。

“先生之后还有几个视频会议，抽不开身。为了确保你的安全，江旭江助理会负责把你送回家。”格罗丽边说边转身往楼梯方向走。

白珊珊追上去：“不用麻烦江助理了，我自己可以——”

她的话没说完便被格罗丽打断，格罗丽头也不回地道：“在商家，对于先生交代的事，任何人都只能绝对信任、绝对服从。先生的决定，我们无权质疑和改变，如果白小姐有什么异议，可以向先生当面提出。”

再见吧，这片充满铜臭味的土地。

夜色浓如墨，黑色豪车在马路上飞驰。

一晚上面对这么一个心理阴暗的豪门大佬，脑细胞消耗了千千万万，白珊珊身心俱疲，一上车就靠在汽车后座的椅背上玩起了手机游戏。砍怪，杀敌，砍砍砍，杀杀杀，她发泄似的操控角色抽出五十米的大刀血洗峡谷。

她刚赢下一局，耳畔随之响起一道温和的男声：“白宅在东郊，从商府过去需要穿城，确实不太方便。今天晚上辛苦白小姐跑这一趟，不过以后你就不用跑了。”

“正常工作而已，我有什么辛苦的。倒是麻烦江助理你专门送我，你才辛苦。”白珊珊摆摆手随口应道，正准备新开一局游戏时，忽然意识到一丝不对劲。她手指一顿，扭头，抬眼看向副驾驶座上的精英小哥。

“以后就不用跑了”是什么意思？

大佬终于良心发现，要换心理师了？

这么想着，白珊珊眼里噌噌地冒出两团希望的小火苗，开心地压低嗓子神秘兮兮地问：“莫非商先生决定……”

“先生决定让白小姐在治疗他的失眠症期间直接住进商府。”精英助理小哥转过头来，也开心地压低嗓音，神秘兮兮地说，“这样一来，你每次出诊就方便多了。出行专车接送，大厨24小时服务，还有法国一流糕点师做的草莓慕斯，想想，是不是还有点儿小激动？”

想不到吧？惊喜不惊喜，意外不意外？我们商氏人性化吧？我家大老板够体贴吧？

白珊珊在心中咆哮：请问大哥，你这副欣欣然的表情是怎么回事？谁要住到你们大佬家去吃草莓慕斯啊？！

第二章

野火燎原

白珊珊知道，商氏那位大佬从小就是一个偏执独断的神经病。白珊珊也知道，商家上上下下，从那位大佬的少年时代开始便对他毕恭毕敬、绝对服从、绝对信任。但她万万没想到的是，连这位帅气的助理小哥都如此不正常。

白珊珊被江助理送到白家大门后，目送那辆天价豪车离去时脑子里的唯一念头是：一家子都是神经病，想想还真是有点儿可怜。

一夜多梦没睡安稳，白珊珊觉得自己刚碰到枕头闹钟就响了。她又累又困，又小又细的胳膊在床上一通乱抓，抓到手机后给涂岚发了条微信便拉高被子蒙住脑袋，准备回梦中与对面的游戏人物大战三百回合。

然而，她回笼觉没睡五分钟，一阵扰人清梦的敲门声便响起来。哐哐哐。

白珊珊皱眉，闭着眼咕哝道：“我给公司领导请过假了，不吃早餐。”

敲门的人非但没停，还数着节拍以一种磅礴的气势越敲越快，越敲越用力——哐！哐哐！哐哐哐哐！哐哐！

白珊珊顶着乱蓬蓬的“鸡窝头”和满脑门的“黑线”从床上默默地爬了起来。她跳下床连鞋都懒得穿，脚踩在地板上吧嗒吧嗒地走向卧室大门，拉开。她强忍困意挤出一个礼貌又乖巧的笑容，说：“周婶，我已经给公司请过……”

等看清门外的人时，白珊珊一愣，顿了下，把后半截话咽回了肚子。她收起笑意，懒洋洋地往门框上一靠，面无表情地说：“有事儿？”

白继洲已经非常熟悉白珊珊这种翻脸比翻书还快的操作。自打这位继妹十四岁那年，拎着槌子跟他半谈判半威胁地摊牌之后，她就懒得在他面前装纯洁无辜的“小白兔”了。

因此，白继洲丝毫不惊讶，只是道：“今晚七点有个晚宴，我爸让我带你去买身晚宴穿的礼服。”

白珊珊正在打哈欠，闻言，嘴张到一半儿卡住：“什么晚宴？”

“星豪酒店试营业，准备举办一个开业晚宴，邀请了B市大半个名流圈儿和好些当红明星去捧人气。”白继洲说，“我爸和你妈今晚都不在国内，要咱俩代表白家去赴宴。”

“参加一个晚宴还要白大少爷专程带我去买礼服要我盛装出席？啧，让我猜猜看。”白珊珊还困着，本就软软的声线融入鼻音，听起来柔得有些轻飘，“这个星豪酒店是赵家的产业，你爸是想借晚宴的名头让我和那位赵公子相亲？”

白继洲挑眉：“有点儿聪明。”

“不去。”白珊珊这会儿只想回她的被窝继续睡觉，哪儿有闲工夫搭理什么赵公子，伸手拉住房门准备关上。

白继洲扬手挡住门。

白珊珊歪了歪脑袋皱眉瞧他，没说话。

“躲得过初一躲不过十五。逃避不是办法，你性子刚不好惹，但我爸和赵家二老也不是省油的灯。你白珊珊这么聪明，肯定知道与其这么一直耗着躲着，还不如一次性从根源上断了他们的念头。”白继洲语气很随意，说完两手一抬，耸耸肩，“本少爷言尽于此，晚宴要不要去，随你便。”

整个走廊安静了几秒钟。

白珊珊之前是没睡醒脑子没转过来，这会儿听白继洲这么一说，一琢磨，两眼顿时噌地放光。紧接着，她抬手重重拍了拍白继洲的肩，由衷感叹：“行啊洲哥，你这思路不错，非常清晰。”

白继洲嫌弃地睨了一眼这姑娘，挥手把她的胳膊给拂开，转身头也不回地撂下一句：“听说赵公子中意清纯美人，最看不惯浓妆艳抹的妖艳美人。自个儿好好准备吧。”

白珊珊笑了，踮起一双白嫩的脚丫冲继兄的背影吹了声口哨、打了个响指：“明白。”

午后，一场雨来去匆匆。下午四时，天空放晴。阳光穿过云层洒向大地，将整座欧洲中世纪庄园风格的别墅勾勒得宛如名家笔下的油画。

商府书房，浅金色的光从落地窗外洒进来。

商迟仰着头靠在办公桌后方的椅子上，闭目养神。他手里捏着一支钢笔，有一搭没一搭地把玩着。金属笔帽间或敲打实木桌面，发出有规律的声响。

办公桌的正前方站着一个中年白人，身着铁灰色西装，整个人儒雅温和。白人微垂着眸，姿态恭谨地汇报着商氏财团南美洲分部近半年的投资项目及盈利情况。最后，他将一份文件放在桌上推过去：“这是最终形成的报告，请您过目。”

商迟眼也不睁地把玩钢笔，漫不经心地开口，用纯正流利的美式英语问：“布兰特叔父，你跟我多少年了？”

布兰特像没料到他会有此一问，怔了下，垂头恭恭敬敬地答：“从全力支持您成为商氏第一继承人开始，已十四年了，先生。”

“那么布兰特叔父，我很好奇，”商迟缓慢地睁开眼睛，视线没有落在桌上的那份文件上，而是落在面前白人的身上，语气很平静，“你将商氏的机密文件卖给西班牙人的理由。”

话音刚落，布兰特原本从容的面色倏地大变。他慌了神，猛地抬头望向商迟。布兰特好歹也是见过大风大浪的商家人，短暂的惊慌之后他咽了口唾沫，强迫自己镇定下来，说：“这种荒谬的话是谁告诉先生的？请他和我当面对质！我对先生忠心耿耿，绝对不可能做出背叛您和商家的事！”

这时，一旁的格罗丽侧目看了立钟一眼，面无表情地提醒：“先生，两个小时后您的飞机前往中东，十分钟后就该出发了。”

商迟交叠着双腿坐在椅子上，面无表情。片刻，他轻轻地抬了下手。

格罗丽低眉垂目，恭敬应声：“是。”

布兰特见状意识到什么，脸色微变。须臾，两个穿黑色西服的彪形大汉从门外大步走了进来。

布兰特这下彻底慌了神，情急之下伸手往西装外套的里侧探去。然而，他还没碰到刀把便被那两个大汉一脚踹翻撂倒在地。

“先生！”人在绝境之中力气奇大，布兰特双眼赤红，青筋暴起，竟一把挣开两个壮汉朝办公桌后那道西装笔挺的背影扑过去。忽然被什么绊了下，他重重地跌倒在地，牙齿磕破嘴唇，流了满口的血。他抬手挣扎着，拽住男人纤尘不染的裤脚：“先生，我是一时糊涂，求您看在我这些年为您效犬马之劳的分上饶我这一次！求您了！”

商迟垂眸，看了一眼白人手指蹭在他裤脚上的血污，不悦地皱眉。

两个壮汉很快过来把布兰特摁倒在地。

看着中年人狼狈地挣扎，商迟觉得这场景有趣，修长食指优雅地点了下桌面。

一旁的格罗丽则全程冷眼旁观。

“商迟，你别忘了你现在拥有的一切是怎么来的！一个从死人堆里爬出来的妓女生的人，没有我，你早就死了！”布兰特面容狰狞而扭曲，咬牙道，“你恩将仇报对我下手，一定会下地狱！你会下地狱！”

白人被拖了出去。

就在这时，江助理从屋外走了进来。他面上温和含笑，仿佛没看见刚才那幕似的，径直走到办公桌前递过去一份镏金函件，恭敬地道：“先生，英汇集团名下的星豪酒店今晚将举行开业晚宴，英汇董事长赵国良亲自来送了一份邀请函。”

格罗丽淡淡地说：“先生之后半个月都不在国内，劳烦江助理让秘书处婉拒。”

江助理顿了下，又接着说道：“先生，关于这个晚宴，我从侧面了解到了一件事，有关白珊珊小姐。”

商迟没说话。

格罗丽目光微动，面色仍旧平静。

江助理道：“听说白氏和英汇有意联姻，今天的晚宴既是星豪酒店的开业大典，也是白珊珊小姐和赵家公子的相亲宴。”

这番话说完，偌大的书房陷入了片刻寂静。

商迟面无表情地垂眸，安静数秒钟后，没有情绪地说：“取消中东行程。”

格罗丽和江助理对视一眼，都是一副意料之中的表情。

江助理恭恭敬敬地道：“是。那么先生今晚的安排是……？”

商迟说：“赴宴。”

“是。”江助理微微勾唇，拿着邀请函走出了书房。

静候在一旁的格罗丽看了一眼商迟被弄脏的裤脚，道：“先生，请稍等，我去为您取新的衣物。”说着，她便也要转身出去。

突然，她背后冷不丁响起一道低沉的嗓音，语气中透出一种诡异的柔和：“格罗丽，我的公主长大了。”

格罗丽的动作停住，她眼底闪过一丝惊异，没有出声。

商迟随意摆了下手，示意她可以离去。

格罗丽便走出书房，啪嗒一声，双手从外面关上了门。

一室安静。

片刻后，商迟拉开办公桌下方的第二个抽屉，拿出了一个相框。四四方方的相框中间嵌着一张照片，年头很长，但保存得极其完好。照片中有一个扎马尾的小姑娘，校服外套绑在腰上，手里拿着一个羽毛球拍，正在起跳接球。

他修长冰冷的手指缓缓地抚过照片上少女的脸。

商迟嘴角很轻地勾了下：“还逃吗？”

B市晚间雾重，万物仿佛都隐匿在一片若有似无的轻纱背后。盛夏天，暑气随着太阳落山而略微消减。在公园里打着蒲扇纳凉的大妈大爷们的抱怨声里，空气里头终于透出了那么一丝丝的凉意。

“啊——啾！”

城市喧嚣，华灯初上。

一辆豪车在马路上飞驰。不晓得是晚间突然降温还是车速太快，或是其他神秘的玄学原因，反正就是有一阵风从副驾驶座旁半落的车窗外莫名其妙地吹进来，正在玩游戏的白珊珊被冻得鼻子一痒，打了一个喷嚏。

谁在说她坏话？

白珊珊随手揉了揉鼻头，琢磨了一下也没想出来，便继续抱着自个儿的小手机和对手“打架”。她全神贯注地用指头在手机屏幕上乱戳，嗖嗖嗖，唰唰唰，游戏中的人物天女散花似的满天乱丢技能。

“奶妈爸爸，快点儿给我加口血……

“哎呀，对面打野来了，边退边打……

“大哥，让你边退边打不是让你丢下我跑路，好吧？

“好的，我死了。I'm fine，thank you（我很好，谢谢你）！”

偌大的车厢里时不时响起网瘾少女和队友语音通话的声音，吵得一旁正在打盹儿的白继洲眉头打结，不耐烦地掀起眼皮瞥了她一眼。

由于白继洲今天早上的金玉良言，白珊珊深受启发，一改之前坚决拒绝与赵家那位“地中海”公子相亲的态度。她不仅答应了参加晚上星豪酒店的开业晚宴，还十分精心地从头发丝儿到脚指头把自己给倒饬了一番。

白继洲说赵家公子喜欢清纯美人，最讨厌妖艳类型。于是，白珊珊在自个儿的衣帽间里精挑细选，耗时整整十五分钟，相中了一条纯黑色修身鱼尾长款礼服，冰丝材质的。然后，她一挥自己的细胳膊，给自己喷上了浓烈的香水。最后，她还非常细致地给自己抹了一个“烈焰红唇”。

出门前，白珊珊看着镜子里那个长鬈发、黑礼服的红唇小姐姐，露出了一个非常满意的微笑，挥挥手道：“妖艳美人，你好。”

白继洲在白珊珊身上打量了一圈儿。其实，撇开白珊珊当年挥着槌子扬言要捶爆他等一系列行为不提，平心而论，他这妹妹长得确实挺漂亮的。

细细弯弯的眉，清朗得跟玻璃珠似的眼睛。五官精致，柔婉灵动。她的皮肤本就白，一穿黑色衣物就显得更白了，没有丁点儿瑕疵。再配上精心描画的妆容，她眼波流转，一颦一笑，跟一个刚下凡的小仙女儿似的。

“喂喂，貂蝉兄弟能听到我说话吗？”白珊珊忽然心平气和地发语音。

“能听到，是吧？那你听好了，”她微笑着说，“我打心眼儿里觉着吧，我在中路的水晶底下拴条狗都比你守得好，菜——鸟！”

闻言，白继洲抽了抽嘴角，觉得自己刚才冒出那种念头的脑子怕是在睡梦中被驴踢过。

一局游戏结束。白珊珊收起手机，拨了下自己那头又黑又浓密的长鬈发，拧开一瓶矿泉水，边喝边非常随意地问：“知不知道赵家这个晚宴都邀请了哪些人？”

白继洲今天开了一下午的会疲惫得很，打开一瓶风油精在鼻子底下熏了熏，刺鼻的滋味儿提神醒脑。他一个激灵，也非常随意地一答：“别的不清楚，我只知道商氏的邀请函是赵梓豪他爹亲自上门送的。”

话音刚落，白珊珊被嘴里的矿泉水猝不及防地呛住了，惊天动地地咳嗽起来。

白继洲皱眉，扯了张纸巾一脸嫌弃地给她丢过去：“别弄脏我的新车。”

白珊珊接过纸巾默默地擦了擦嘴，没有说话。

白继洲瞧着她，片刻后，换上一副揶揄的口吻，八卦地道：“怎么，心里是不是还有点儿期待？”

白珊珊挑了眉毛看向他，就像在看一个傻狍子。她现在开始怀疑，这傻狍子高智商、财富新贵的“人设”，是白岩山花重金让媒体给他炒的；常青藤名校经济学、管理学的双学位证书，是在B市的“假证胜地”洞子桥花了几百块买的。

傻狍子丝毫没察觉到她眼神里的鄙夷，依旧一副格外正儿八经的表情，好奇地道：“说真的，当初你和商迟的‘超颜值世纪同桌’故事也被传成了一段佳话，一个校花，一个校草，就没发生点儿什么啊？”

白珊珊没有答话，收回视线面无表情地看向车窗外，城市的霓虹光束快速地往后退。片刻后，她语气和神色都淡淡的，说：“强吻，算吗？”

白继洲没忍住，惊讶地道：“合着当年那些谣言不是毫无根由，你居然真跟商家那位大佬有过一段？”

白珊珊有点儿不耐烦地把脑袋往椅背一靠，闭上了眼睛。

宽敞的车厢里有几秒钟的安静。

白继洲见她瘫在座位上，一副懒得和自己闲扯的模样，一时也意兴阑珊，拖长了调子给今日的“尬聊”做了个总结，道：“不过你也别紧张，那份邀请函虽然是赵家老爷子亲自送去的，但商迟什么人物，赵家还没那么大的脸面请得动。商氏那边已经拒绝了。”

白珊珊听了也没什么太大的反应：“哦。”

白继洲盯着自家继妹那张看起来很平静的雪白脸蛋，一改之前的吊儿郎当样，顿了下，说：“你既然叫我一声哥哥，有些话我就不得不说。不管你和商迟以前怎么样，从今往后，你和他有且只能有一种关系，那就是老同学。这个男人，你白珊珊绝对招不得，也惹不起。”

白继洲毕业回国之后，只在一些国际商贸大会上远远地见过商迟几次。对于这位商氏帝国的绝对掌权者，白继洲知道的并不比商氏企宣部写的多：商迟出生于拉斯维加斯，十四岁到十七岁在纽约生活，十八岁回到国内，后进入英国帝国理工学院学习；现任商氏CEO，才华出众，手腕铁血，系全球知名的年轻企业家。

数十字，只字未提商迟十四岁之前的经历和他的双亲。

白继洲混迹于名流圈，倒是听过一些关于这位天才CEO的各种传言。在众多传言中，有一个版本最骇人听闻、最离奇、流传度最高：商迟并不是商家的嫡系子孙，出生于拉斯维加斯红灯区，认祖归宗后为争夺家主位置，在商家掀起了一场长达三年的腥风血雨，冷血无情至极。

当然了，传言的可信度不高，白继洲最初听闻时没怎么往心里去。直到他亲眼见识到三年前那桩轰动全球的“弗拉斯收购案”——商氏只用了短短三天，便令意大利的一个百年贵族家族向银行提出了破产申请。商家出手速度之快、手段之狠、力量之庞大，令全球商界不寒而栗。

白继洲从那之后就开始相信那则传言了。毕竟，商迟年纪轻轻就能执掌如此庞大的一个灰色帝国，绝非善类。

白珊珊闻言，忽然笑了。

她睁开眼又恢复成那副纯洁善良的模样，轻轻地弯着唇，一脸说不出的柔婉讨喜："谢谢哥哥提醒。"

其实，她觉得白继洲完全没必要多此一举地说这些。

作为一个和史诗级大佬朝夕相处过整整一年的人，她太清楚商迟冷漠阴郁的皮囊之下有多残忍狠戾。

当年她上高三。

天上掉下一个豪门大佬做同桌，白珊珊觉得她的生活也没有本质上的改变。只是以同桌为中心点的方圆三米之内，总是十分安静，长时间被某种压迫感十足的低气压笼罩，班上同学在经过他座位附近时不仅不聊天不打闹，连脚步都会无意识放轻。课间时，不时会有一些红着脸蛋儿的无知少女悄悄地跑到教室门口往她座位方向张望……

她照旧是听听课、吃吃饭、打打瞌睡、聊聊天，偶尔抽空和一些吃饱了闲得没事干、跑来找碴儿的社会哥、社会姐"交流"一番。

白珊珊在一中也是一个响当当的人物。而她名声响当当的原因，并不是那张漂亮脸蛋儿或是年级前十的好成绩，而是这位校花级别的优等生虽然一副天真无辜的模样，但骨子里并不像外表看起来那么纯良柔婉。

白珊珊自身的知名度再加上商迟那张过分英俊的脸和他那种冷漠禁欲的大佬气息，一中上下很快就都传开了：新转来的"冰山"校草和他们学校的知名女大佬成了同桌。

周五，白珊珊刚到学校就被一个人高马大的男生一把拽住了胳膊："大哥，今天要交数学练习册，你写完了没？"男生叫徐昊，是她的"狐朋狗友"团成员之一，四肢发达，头脑简单，打架、打篮球是个好手，就是成绩非常不行。

"别着急。"白珊珊安抚般地拍了拍小老弟的肩，从包里摸出练习册递了过去，道，"抄完直接帮我交了，大哥宠你。"

徐昊抱拳一推："多谢大哥！"然后他高兴地抄作业去了。

白珊珊把剩下的作业交到第一排放好，然后就面无表情地咬着棒棒糖往自个儿的座位走。到了座位旁，她的同桌已经坐在了位置上，正低着头面无表情地看着什么，整个人冷漠阴郁，和充满生气的晨间教室格格不入。

她好奇，探出脑袋悄悄地瞄了一眼商迟手里——A4纸大小的一摞文件，全是英文，从头到尾没一个汉字。

她愣住了。

白珊珊静等半秒，商迟依旧看着文件，目不斜视，像没看见她。

白珊珊沉默了一会儿，只好调整面部表情，挤出了一个标准的微笑脸，说："商同学早上好呀，麻烦你让我一下，谢谢。"

少女的嗓音清甜又软软的，羽毛一般撩拨着商迟的感官。商迟看都没看她，甚至连眼皮子都没抬一下，只是平静地说了两个字："擦手。"

小姑娘假笑的小脸上透露出一丝迷茫。

片刻，商迟的视线终于从文件上移开，落在她垂在身侧、从校服袖子里伸出来的纤细雪白的小手上。他审视数秒，又扫了一眼放在桌上的湿巾纸，冷冷地、没有语气地重复："擦手。"

她刚才干什么了，让她擦手？

白珊珊一脸茫然，只好在脑子里回忆。几秒钟后，她隐约意识到了什么，这只手刚才好像被徐昊碰过，并且还拍了拍那二傻子的肩。

所以，他要她擦手才能回座位？

这是什么情况？

“不是，商同学，请问你为什么要我擦手？”白珊珊好奇又难以理解地看着商迟。

商迟安静了一会儿，开口时的语气冷漠而平静：“我不喜欢其他人碰我的东西。”

白珊珊愣住了：什么？

须臾，白珊珊看见少年浓密的睫毛微动，黑色的眼睛缓慢抬起。他直勾勾地盯着她，淡淡地说：“我的同桌，也是我的东西。”

商迟有非常严重的洁癖。从小到大，对想要的东西，他不择手段地掠夺，对被人碰过的东西，他毫不留情地摧毁。

商迟不知道何为友谊、何为兄弟、何为人情世故。他只知道，白珊珊只能是他的。

或许是豪门大佬的气场太过强大，或许是他平静地说出“我的同桌，也是我的东西”这言论太过震撼人心，又或许是白珊珊大清早没睡够，脑子不太清醒，总之，她最终鬼使神差地把手给擦了。然后，她拖开板凳，弯腰落座。

直到章平安拿着他的小三角板走进教室，白珊珊才在章老头儿狮子吼一般的“音波神功”中勉强回过神，然后脑子里就冒出了一个念头——她那位“冰山脸”同桌八成儿是个真神经病，还是敬而远之为好。

她正走着神，前方忽然有一不明物体被扔了过来，不偏不倚，刚好落在白珊珊的课桌正中央——是一枚小纸团。

白珊珊抬眼看了一眼，只见顾千与正扭着脖子瞧她，手指往下一戳，示意她看字条。

她展开纸团，上面写着：“刘子惹了中景职高的于老耿，那边放了话说今天来堵人。”

中景职高在B市是出了名的校风差的学校。“于老耿”叫于耿，经常打架斗殴，结交的全是社会上的人。他不是什么好人。

白珊珊面无表情地看着字条上的一行小字，连笔都懒得拿了，抬头不耐烦地给顾千与递了个“知道了”的眼神。

晚上九点半，铃声在校园内响起。晚自习结束，一帮高三学生跟脱缰野马似的从教室里冲了出去。

不到十五分钟，整栋高三教学楼的人就走得差不多了。

“别紧张，刘子。”顾千与拍了拍刘辉征的肩膀，“珊珊不会让中景的人动你一根头发的。有我们在，放轻松点儿。”

刘子闻言还是有些紧张，咽了口唾沫，迟疑道：“你不认识于老耿，那碴儿不是普通的职高小混混儿。他有个干爸爸叫邱爷，是道上混的……”

话没说完，刘子背后响起咔一声盖笔帽的声音。

刘子闻声回过头，只见他们一米六的大佬刚刚写完化学老师罚抄的方程式，伸了个懒腰，扭扭脖子、扭扭手腕，把一根棒棒糖往嘴里一塞。大佬鼓了鼓圆滚滚的腮帮，对他们说：“我写完啦，走吧。”

顾千与凑过去，压低嗓子道：“珊珊，于老耿那群人估计已经到了。你叫的人呢？”

白珊珊很认真地吃着棒棒糖：“没叫。”

刘子愣住了。

顾千与也愣住了。

刘子过了好一会儿才重新找回自个儿的发声功能，看着他家大佬，结巴了下：“就……就我们四个？”

“昊子有事先走了，就我们三个。”身高一米六的大佬把碎花小书包往背上掂了掂，很有时间观念地道，“约的时间快到了，估计于老耿已经到了。别让人家等太久。”

刘子和顾千与没说话。

于是，气吞山河的三人组就这样来到了一中的后校门门口。

天已经黑透了，夜色浓如墨，几盏路灯的光将整条街染成了一种暗暗的金橙色。白珊珊咬着棒棒糖眨了下自个儿的眼睛，看见街对面的一个房屋中介店铺门口有一群人。那伙人平均年龄在二十岁左右，一个个叼着烟、聊着天，站没站相、蹲没蹲相，乍一瞧，跟百鬼夜行似的，壮观得很。

领头的光头男咬着一根烟，一只脚踩在花坛上，赫然就是于老耿。

顾千与有点儿紧张，凑到白珊珊跟前，道："珊珊，现在怎么办？"

白珊珊没说话，只是随手从兜里掏出几张人民币递了过去。

顾千与接过来，一脸茫然地看她，不知道一米六的大佬想表达什么意思。

"饿死了。"白珊珊指了下不远处的一家麻辣烫馆子，"去点好菜等我，顺便帮我要一瓶冰可乐，我争取十分钟搞定过来。"

顾千与和刘子顿时目瞪口呆。

没等他们回过神，一米六的大佬已经咬着棒棒糖过街了。

人行道上刚好是红灯，白珊珊站在斑马线上，突然就想起了今天上午商迟说的那句非常符合他神经病气质的台词。

没人注意到那辆停在路边良久的黑色豪车。

车厢内，商迟面无表情地盯着窗外某处，黑色的眼睛冰冷、平静，并且专注。

管家吉鲁顺着他的视线看过去，只见夜色中的斑马线上站着一道穿校服背书包的娇小身影。小姑娘嘴里咬着一根棒棒糖，腮帮子鼓鼓的，一双大眼睛亮晶晶的，像条可爱的小金鱼。

吉鲁目光一转，又看见了聚集在街对面的那群不良少年。

"只是一群嬉戏打闹的小孩子。"吉鲁语调平淡，恭恭敬敬地道，"少爷，是否需要帮助那位小姐？"

商迟盯着窗外的少女看了几秒钟，不带情绪地说："你先回去。”然后他便下了车。

黑色豪车绝尘而去。

冷漠的少年安安静静地站在路灯投出的光影中。片刻，他微微抬手，解开了校服内白色衬衣的三颗扣子。一道车灯的光打过去，照亮他胸口处一片冷白色的皮肤，紧实的皮肤上赫然有一道狰狞骇人的刀伤。

晚上七点整，白大少爷显眼的豪车踩着点儿停在了星豪大厦门前，身着制服的侍者恭恭敬敬地迎上前拉开车门。白珊珊施施然下车，自然而熟练地挽过白继洲伸过来的胳膊，兄妹二人径直走向宴会厅。

赵氏晚宴，意料之中的名流会集，宾客麇至。

灯火辉煌的宴会厅内四处都是人，有男有女，有老有少，有的在跳舞，有的在闲聊。西装革履的男士们手持酒杯谈着公事，穿礼服的富太太们则三五成群地聚在一起聊天，一会儿说谁生不出儿子急得到处求偏方，一会儿又说谁的老公在外面包养女明星。不远处还有乐师在演奏钢琴和小提琴，悠扬的音乐声飘散在空气里。

白珊珊随手从侍者那儿拿起一块草莓慕斯，吧唧咬了一口，嚼了嚼。

她打小就对这样的场合提不起劲，每回跟着余莉、白岩山出席宴会，不是专注于吃，就是随便找个没人注意的角落抱着手机玩游戏。在白珊珊看来，在游戏中和峡谷里的野怪对砍，比跟那些吹牛的中年大妈在一起有意思得多。

她正要拿出手机玩游戏，白继洲刻意压低的嗓音在耳畔响起：“准备一下。”

白珊珊有些莫名其妙。

白继洲往某个方向指了指，说：“赵公子过来找你了。”

白珊珊顺着他指的方向一看，然后嘴角一抽。果然，不远处有一道穿着白西装的身影朝她走来。对方身高一米七三左右，微圆身材，加上顶上锃亮的那一块“绝顶领域”，乍一瞧，跟一颗刚出锅的糖油馃子似的，整个人透出一种油腻感。

白继洲低声说：“知道怎么做吧？”

白珊珊伸手捏住眉心摁了摁，沉默片刻，然后朝白继洲比画了一个“OK”的手势。白继洲见状，伸手拍了下她的肩膀便转身去找他那群酒肉朋友了。

几秒钟后，“糖油赵馃子”咕噜咕噜地滚到了白珊珊身边，站定。

“白小姐，好久不见。”赵公子胖胖的脸上满是笑。他之前在白岩山的生日会上见过白珊珊，虽只短短一面也没和她说上话，但是对这个肤白貌美又娇柔可爱的小美人印象非常好。

白珊珊也笑。她狠狠地咬了一大口慕斯蛋糕，边嚼边含混不清地说：“你好呀，赵公子。”

看着小美人嘴角边上那些白花花的奶油，赵公子脸上的笑肉眼可见地顿了下。他转身非常绅士地抽出一张纸巾递给她：“白小姐，嘴角有点儿奶油。”

“哦，谢谢。”白珊珊把纸巾接过来，包住鼻子狠狠地擤了擤鼻涕。

刺耳的一声“噗”响起。

赵公子愣住了。

白珊珊随手把擤过的纸巾揉成团丢到地上，一转头看到手边的餐桌上正好摆着一份热腾腾的烤鸡。她眨眨眼，两手并用，唰地撕下一只鸡腿咬了一口，然后在“糖油馃子”难以置信的恐慌眼神中，懒洋洋地往餐桌上一靠，边嚼鸡肉边问：“赵公子找我有事吗？”

赵公子已经控制不住自己抽筋的脸了。受到的伤害太大，他觉得自己需要缓缓，只能调整表情挤出一个笑容，说：“白小姐，我要去接个电话，请问我能先失陪几分钟吗？”

白珊珊笑容甜美：“您请自便。”

赵公子逃也似的走了。

白珊珊挑眉，满意地看着“糖油馃子”落荒而逃的圆润身影。她收起笑，把缺了个口的烤鸡腿扔在边上的垃圾桶里，抽出湿巾仔仔细细地擦嘴擦手，面无表情。

今晚的任务已经完成，白珊珊抬眼在宴会厅里扫了一圈儿，琢磨着是现在就走还是多吃几块草莓慕斯再走。

就在她面无表情、脑子里草莓慕斯乱飞的时候，整个宴会厅忽然静了下来。

白珊珊刚开始毫无察觉，直到连空气里的音乐声都消失了她才意识到什么。打眼一瞧，她发现整个大厅里的人都看着门口方向。于是，她也跟着转头看过去。

那是一个身形高大而挺拔的男人，西装笔挺，气质高傲。他五官英俊而冷漠，不言不语静静地站在那儿，整个人看起来干净优雅、不怒自威，像一棵生长在中世纪的黑色乔木。

几个同样穿西装的亚裔男子恭恭敬敬地跟在男人身旁。

白珊珊的眼皮忽地一跳。

“商总？”

赵氏董事长赵国良带着赵梓豪快步迎了出来，满面惊喜地道：“您能接受邀请，大驾光临，实在是让寒舍蓬荜生辉啊。”说着，他便伸出双手想和对方握手。

然而，赵家老爷子的手连商迟的衣角都没挨到便被江助理抬手拦下。

赵国良一滞，这才想起商迟从不与人肢体接触的规矩，有些尴尬地把手垂下来，抬手比着让开一条路：“来来来，商总里边请！”

“赵董不必客气。”商迟冷淡地说，迈开长腿径直走进宴会厅，余光都没分给赵国良一点儿。

赵梓豪见宴会厅内气氛微妙，皱起眉朝钢琴师和小提琴师使了个眼色，乐师们这才重新演奏起来。

数秒钟的震惊之后，宾客们也纷纷回过神来。他们一面诧异商家这位大佬竟会赴赵国良的宴，一面思忖着待会儿要怎么去跟大佬敬酒才能既不显得唐突又不显得刻意。众人心思各异，都盘算着要借此良机顺利攀上商氏这棵万年不老松。

与其他人绞尽脑汁地想着怎么去跟商家大佬搭上话不同，白珊珊选择了视而不见。

她从桌上又拿了一块草莓慕斯，坐到小角落的一张小沙发上边吃边玩游戏。

突然，一双纤尘不染的黑色皮鞋进入她的视野。

白珊珊戳屏幕的纤细手指停顿了半秒钟，然后继续。她虽然没抬眼皮子，却能明显地感觉到周围再次陷入了某种诡异的安静气氛。

商迟微微垂眸，直勾勾地盯着眼前的女孩儿。

姑娘慵懒地窝在沙发上，黑色晚礼服将曼妙的身体线条勾勒得纤毫毕现。从他的角度，刚好能看见她纤长的脖颈、优美的锁骨和胸前若隐若现的雪白肌肤。她低着头，小巧的唇无意识地嘟着，浓密柔软的睫毛下垂，像一只清纯可爱又妩媚勾人的小狐狸。

商迟的眼神渐渐变深。

片刻后，他修长冰冷的指尖轻轻地挑起了白珊珊的下巴。

“小狐狸”明显被他的举动吓到了，抬起眸，一双清朗的大眼里写满慌乱，诧异又不解地仰望着他。

他淡淡地说：“听说你在相亲。”

白珊珊没想到他会这么说。

商迟俯下身，又薄又润的唇贴近那只因害羞而变红的可爱的小耳朵，嗓音低而沉，宛如情人间的呢喃细语：“我似乎很早之前就提醒过你，珊珊，不乖的公主要受罚。”

男人的嗓音低沉温柔，像夜色里的山泉流经涧石，潺潺轻响在白珊珊的耳畔回荡。分明是轻缓的语调，白珊珊却听得不寒而栗。她心尖一颤，整个娇小的身子无意识地往后退，想躲开商迟亲昵的触碰。

她刚动，原本捏住她小巧下巴的手指往下一滑，优雅地描绘她修长柔美的脖颈线条。接着，对方大掌一收，箍住了她软软的后颈。

姑娘眼眸一闪，明显慌了神。她红嫩嫩的唇动了动，似乎想说什么。

商迟将她小脸上的慌乱收入眼中，勾了勾嘴角，微微用力将她毛茸茸的脑袋摁向自己。

两人之间的距离骤缩。白珊珊微微瞪眼，连呼吸都滞了一下，闻到了他嘴里若有似无的清洌烟草味。她只觉自己的心脏像被一只无形的手捏住，重压之下血液翻涌，加速狂跳。

扑通、扑通。

他已经是一个成熟的人了，这是要干什么？这里是赵家的晚宴，宾客如云，他怎么能做出如此放肆的举动？不怕别人说闲话吗？疯了吗？

不对，商迟是何许人物，跺跺脚，整个太平洋彼岸都要震三震，天底下有什么事是他不敢的，又有谁敢说他闲话？

白珊珊盯着那双近在咫尺的黑眸，睫毛扇了扇，短短几秒大脑内闪过了无数念头。她毕竟也是一个见过风浪的人，尽管内心的小鹿慌得乱奔，但她把面部表情还是管理得很好。

于是，她就这样顶着一张面无表情的脸，平静地直视着几厘米外商迟冷漠的脸。

对方的视线落在她的身上，眸子里充满看猎物似的兴奋感，人却不语。

悦耳舒缓的音乐声飘散在空气中，整个宴会厅气氛微妙。

众人跳舞的跳舞，喝酒的喝酒，晚宴一片和谐又自然的表象。赵家虽不能与商氏相提并论，但好歹也是一个显赫豪门，晚宴邀请的客人自然全是B市的上流社会人士。名流圈最重要的生存法则有两条：一是察言观色，二是伪装。因此，众人虽然对那位突然空降晚宴的商家大佬充满好奇，但表面上依然是一副淡定的姿态。

撇开商家的雄厚财力、百年家史和庞大复杂的背景不提，仅“商迟”二字，便象征着绝对的实力。

关于这个男人的传说实在太多了，大洋彼岸黑色世界里那些尔虞我诈的血腥故事，真真假假、假假真真，其实没几个人能分得清。众人唯一确定的是，商氏自从将发展重心从纽约移回国内后，便以雷霆之势让B市商界彻底洗牌，不与任何企业联盟，不与任何家族交际，独断专行、霸道强硬。商氏以一种绝对不容质疑的姿态强势入侵，短短几个月便稳坐B市商界头把交椅。

以商氏的地位和这个家族一贯的冷血做派，众人可以确定，任何一个冠以“商”姓的商家人，哪怕是一个花园里修剪花草的园丁，都不会把赵氏的董事长赵国良放在眼里。

因此，大家想知道商大少纡尊降贵赴晚宴的原因。

众人心下好奇又不敢表露出来，纷纷用余光偷瞄，便瞧见了这么一幕：商总进门后面容冷漠、目不斜视，没有和晚宴上的人说话，甚至没有看他们一眼，笔直地走向了宴会厅的东南角位置。那角落毫不起眼，摆着一张单人沙发，沙发上窝着一个小猫似的年轻姑娘。男人高大挺拔的身影将姑娘完全挡住，众人只能看见商迟优雅俯身的背影和姑娘纯黑色冰丝鱼尾裙的裙摆一角。至于两人在干什么、说什么，隔得太远，众人不得而知。

众人的好奇心并没有持续很久。因为在数秒钟的安静后，商迟终于有了下一步动作——他微微动身，往后退了半步，然后便在姑娘诧异的目光中捏住了她又细又白的手。

男人肤色冷白，五指修长干净且有力。不似寻常含着金汤匙出生的富家子弟的手那样细皮嫩肉，他的手掌宽大，掌心、虎口和指腹都有一层薄而硬的茧。

粗糙冰凉的手，触上滑腻温暖的小手，反差强烈得令人心颤。

白珊珊的心跳漏掉一拍，她下意识地把手往回抽，试图挣脱他的掌控。

然而，商迟五指收拢，便将姑娘又软又白的小手轻而易举地固定住。他盯着她的眼睛，目光专注，充满兴趣。片刻后，他勾了勾嘴角，低头轻轻地吻住了那只雪白小手的手背，像一个虔诚亲吻圣物的信徒。

白珊珊浑身一僵，手背皮肤在他嘴唇下不受控制地跳动了一下。她清晰地听见围观群众中传来了几声代表惊讶的倒吸凉气的声音。

“或许，我有这个荣幸。”商迟好看的薄唇弯着，盯着她，带着看准了猎物只待最后致命一击的平静和优雅，低声说，“能否邀请我的公主跳一支舞？”

他说的虽是疑问句，白珊珊却感到了一种不容拒绝的态度。

这又是什么情况？请问，谁要和他跳舞？

白珊珊面上的镇定开始龟裂。她抽了抽嘴角，吸气，吐气，努力维持着假笑摇摇头：“抱歉，商先生，我不会跳舞。”

“你不用会，”商迟淡淡地说，“跟着我就好。”

白珊珊笑容满面地看着他，轻轻地说：“不好意思，我刚才说错了，重新纠正一下。商先生，我不会跟您跳舞。”

“我的公主可以任性，可以胡作非为，也可以无法无天。”商迟笑着，大掌一收，姿态霸道强硬，丝毫不容违逆。他的语气倨傲且冷静，“但是，白珊珊你记住，你唯一不能做的一件事就是拒绝我。”

他这股浓浓的霸道总裁风是认真的吗？

白珊珊不受控制地抽了抽嘴角，此情此景让她有种自己无意间进入了言情小说世界的错觉。

根据一般的言情文套路，霸道总裁男主角总会因为各种理由看上“小白花”女主角，“小白花”女主角则宁死不屈、百般反抗，含着泪倔强地说“不，我不会屈服的”，霸道总裁男主角再强取豪夺，把领带一扯，来上一句“女人，休想反抗我”的不知羞耻的台词。

短短零点几秒的时间，白珊珊面无表情，却在脑里想象出了一系列小说里的剧情。

但生活毕竟不是言情小说，白珊珊已经过了幻想的年纪。早在十几岁时，她便对“现实”二字有了极其透彻的领悟。她清楚地知道，白珊珊和商迟都不是彼此人生的男女主角。

他们的命运在高三那年有过交集，成就了一段“青春年少”，仅此而已。

换成十七岁的白珊珊，这会儿八成已经发飙，但现在的她毕竟不是十七岁。十年时间过去，她的心性已经平和如水。

空气里飘散着钢琴和小提琴合奏的乐声，一曲刚毕，一曲又起。一位身着欧洲宫廷演出服的女歌唱演员款款地走上了台，在伴奏声中向在场贵宾面含微笑地行了个礼。

这支曲子选自歌剧《卡门》，中文译名叫《爱情像一只自由鸟》，是哈巴奈拉舞曲，旋律热情，充满了吉普赛风情，极具挑逗气息。

商迟牢牢地握着白珊珊的手，紧紧地盯着她。

在最初被商迟亲吻手背的震惊之后，白珊珊已恢复一贯的平静。她仰着脖子淡淡地看着商迟。

灯火辉煌的晚宴大厅内，男人纯黑色的西装纤尘不染。他优雅地俯身，面容半边在光里，半边在暗处。因为五官立体，他脸上有深浅不一的阴影。

平心而论，斯人如画。

小角落处的两人半晌没有动静，一帮不明真相的围观群众十分好奇，心思各异，伸长了脖子张望。

沐浴着众人的目光，白珊珊脑子飞快地转着。

按照通常的言情小说剧情，男主角大多会被“小白花”女主角吸引，而且，女主角接二连三地拒绝，反而显得心虚。所以，她现在应该持什么心态?

参加一个晚宴，突然被帅得人神共愤的超级大佬邀请跳舞，好幸运、好开心、好激动、好手足无措——白珊珊把自己想象成一个正常的二十七岁还没对象的大龄女青年。

几秒钟后，她找到状态了，笑盈盈地道：“既然商先生这么坚持，那我们就跳一支舞吧。”

旁边商迟的几个助理闻言，相视一眼，满脸都写着“果然如此”。

他们正琢磨着，又听见对方更低更轻地说：“不过，得按照心理师工作时间计费。今天是周末，要加钱，请商先生支付我三倍工资。”

助理小分队愣住了。

商迟微微地勾了勾嘴角，没说话，带着白珊珊走进了舞池。

大佬入场，舞池里的群众虽然表面上没什么反应，但心思明显已经不在跳舞上了，一个个的纷纷用余光瞄向白珊珊和商迟，一边瞄一边转着圈圈越挪越远。没过几分钟，以大佬二人组为中心点的方圆两米之内，就没一个人影了。

乐师们专心演奏，演员继续唱歌，整个宴会厅沉浸在一种极其微妙的气氛中。

两人面对面地站定。

商迟垂眸看着白珊珊，五指收拢，将掌心里又细又白的手捏得更紧。与此同时，他抬起左手放在她的腰上，环住一带，姑娘往前踉跄半步，瞬间便到了他怀里。

两人间的距离骤然缩短，清冽的烟草味和男性气息兜头罩上来。

白珊珊的心颤了颤。她暗暗调整呼吸，一副没事的样子看着自己高跟鞋的鞋尖发呆，舞步有一搭没一搭地挪着。

就当作兼职吧，毕竟三倍工资，自己跟什么过不去也不能跟钱过不去。

白珊珊给自己做着心理建设，竭力忽视男人环住她腰身的手臂、捏住她手的五指，以及他带着薄茧的指腹隔着礼服若有似无地扫过她腰窝的触感和喷在她耳垂上的冰凉气息。

“白小姐很紧张。”她的耳畔冷不丁响起一道低沉的嗓音。

白珊珊滞了下，摇头道：“没有。”

商迟挑眉，拇指指腹轻轻地抚过怀里姑娘的手心，触感柔软细嫩，十分滑腻。然后，他将唇贴近她小巧可爱的耳朵，淡淡地说：“你掌心出了很多汗。”

白珊珊微微抿了抿唇，侧头看他一眼：“只是因为有点儿热。”

闻言，商迟静了一会儿，忽然笑了。

或许是两人之间的距离太近，也或许是头顶的灯光太明亮，商迟脸上冷硬的轮廓线条被柔化了几分。浓密的睫毛加上唇角的淡淡笑意使得他看起来没有平日那么冷漠凌厉。他安安静静地盯着她，黑色眼睛里是深意、兴味还有一丝宠溺。

这就像主人在打量顽皮任性、离家出走的小奶猫。

白珊珊眼眸闪躲了下，被这个想法弄得不寒而栗。下一刻，她便飞快地移开目光看向了别处，心跳漏了一拍。

这时，伴奏旋律一转进入了高潮部分，歌唱演员声情并茂地用法语演唱着。

白珊珊沉浸在自己的思绪里还没回过神来，忽觉腰上一紧，一股大力推向她的腰背。她愣了愣，被迫后仰下腰，差点儿吓得喊出声来。

商迟修长的手臂横在她腰后，将她稳稳地接住，再往回一带。

白珊珊身子前倾，直接一头扑进他怀里。脑袋撞在对方硬邦邦的胸膛上，她顿时眼冒金星。

她还没来得及揉额头，紧接着又是一个下腰、回旋、转圈。

她终于忍无可忍，瞪大眼睛看向头顶上方那张英俊冷漠的脸，脱口而出："商同学，请问你到底要干什么？"

她一嗓子吼完，周围有片刻安静。

商迟垂着头直勾勾地盯着她，不说话，也不再有任何动作。

白珊珊仰着脖子，后知后觉地意识到什么，自己都愣了下。

片刻后，商迟弯腰缓慢地贴近白珊珊的右耳处。他闭上眼，有意无意地轻嗅着她身上的清甜体香和香水混合在一起的气味。

他在她耳边轻轻地说："我在帮你，白同学。"

白珊珊觉得莫名其妙："你说什么？"

"今天之后，不会再有任何人骚扰你。"商迟淡淡地说。

白珊珊蒙了：同样是人类，交流起来怎么就这么困难？江助理呢，麻烦过来翻译一下你们家老板在说什么，可以吗？

就在白珊珊扭过脑袋在人群中寻觅精英小哥的身影时，她的下巴忽然一紧，被人轻轻地捏住扳转回去。她抬起头，视线瞬间对上了商迟深不见底的黑眸。

与此同时，他另一只手穿过她脑后乌黑如瀑的发丝。

在场的众人都是一愣。传闻中商氏是从血腥与杀戮中走出来的贵族，商家这位最年轻的CEO心狠手辣，没有半点儿恻隐之心。但此时的商迟分明温柔得像一缕轻风。

白珊珊怔住，动了动唇正要说什么，便看见挺拔的男人低下了头。

事发突然，向来自诩淡定的白珊珊心态又崩了，顿时瞪大了眼睛，满脸错愕。一个冰凉的吻，如蝴蝶之翼轻柔地落在了她的唇角。商迟低声道：“你今晚很漂亮。”

白珊珊愣住了。

四周顿时安静下来。

就在整个宴会厅的空气凝固的时候，刚刚上完洗手间的江助理施施然地回来了。他瞧了一眼众人，又瞧了一眼震惊的各位同事，有点儿好奇地道：“刚才发生了什么？”

助理小A说话的声音都要变调了：“商总刚才吻了那个小姐。”

江助理闻言，侧头看了看不远处的他家商总和商总怀里的小心理师，很淡定地点点头：“哦。”

助理小B见他半点儿不惊讶的样子，皱起眉，隐约嗅出了一丝不对劲，低声道：“江助理，你知道那位女士是谁吗？”

江助理深沉地思考了一下这个问题，回答：“先生未来的夫人。”

闻言，助理小分队集体愣住了。

就在几人闲聊的时候，一阵手机铃声忽然响起来。助理们当即收敛容色，恢复成一贯冷静严肃的样子。助理小A接起电话，用法语和对面说着什么。

江助理脸色平淡下去，安安静静地听着。

片刻，于助理（助理小A）将听筒从耳畔移开，看向江助理说：“是巴黎疗养院那边打来的，说是有很重要的事，需要跟先生直接通话。”

听见“巴黎疗养院”五个字，几人你看看我、我看看你，表情不约而同地变了。

几秒钟后，江助理点头道：“给我吧。”说完他便接过手机朝舞池内走去。

宴会厅二楼。

一个端着红酒杯、穿宝蓝色西装的富二代津津有味地朝楼下观望。忽然，他一挑眉毛，说："老白，没想到你那便宜妹妹还挺有本事，居然能拿下商家那位爷。"

白继洲抿了一口鸡尾酒，懒洋洋地靠着栏杆，看着楼下没吱声。

"有意思。"蒋一伟打了个酒嗝，打趣道，"赵家老头儿办这个晚宴，本意是想把赵梓豪和你妹妹凑一对儿，没想到惊动了商家大佬，人家还直接宣誓主权了……不过说真的，你那妹妹长得还真不赖，那小脸蛋儿、那腰、那臀、那美腿……"

白继洲闻言皱眉，脸色有些不好。

蒋一伟只顾着打量身着冰丝鱼尾裙的美人，丝毫没察觉到白继洲的眼神。忽然又想起什么，他凑近白继洲几分，压低了嗓子说："哎，你跟我说句实话，你那妹妹能搭上商迟，是不是你牵的线啊？"

白继洲侧目，瞥了一眼蒋一伟，眯了下眼睛："你说什么？"

蒋一伟已经有点儿喝高了，想也不想便道："自打商氏从纽约迁回国内，全B市哪个名门望族不想跟商家攀点儿关系。再说了，谁不知道白珊珊本来就不是你亲妹妹，理解理解。"

白继洲皮笑肉不笑："你觉得我会为了傍上商氏，把白珊珊送上商迟的床？"

蒋一伟干笑："哎呀，我也不是这意思……"

话音未落，他便被人一拳打翻在地上。

蒋一伟猝不及防地挨了一拳，惊呆了，捂着流着鼻血的鼻子难以置信地看着白继洲，过了一会儿才反应过来，怒道："你打我干什么？"

"听好了，白珊珊是我的妹妹。下次你嘴里再这么不干不净，可不是挨一拳头这么轻松。"白继洲语气极冷，说完随手把鸡尾酒往边上的餐桌上一撂便转身下了楼。

一楼大厅的宴会仍然在继续，歌舞升平，觥筹交错。

白继洲在会场里转了一圈儿，没见到白珊珊，皱了下眉，迈步往洗手间方向走去。还没到洗手间，他老远就听见洗手台传来哗啦啦的水流声。

他转过拐角，一道纤细柔美的背影映入眼帘。

白珊珊背对着他，低着脑袋，小肩膀一抽一抽的，不知道在干什么。

白继洲自动想象出自家妹妹回忆起青春往事，黯然神伤地躲在洗手间偷偷地抹眼泪的可怜模样。他微微皱眉，抬手哐哐敲了两下门，清了清嗓子试探着开口："那个，咯……你没事儿吧？"

然而话音刚落，里面却传出："搞什么，对面打野的突然跳出来吓我一跳！辅助能不能去河道？"

里面的人抱着手机的两只胳膊微微抬高，肩膀仍在不停抽动。她对着耳机怒吼道："再没视野，信不信我立刻'送'？啊？"

白继洲心中质问自己：我居然会觉得这个没心没肺的死丫头会为了谁黯然神伤？

过了两秒钟，白继洲才把内心那股把白珊珊一拳打出去的念头给摁下去。他沉默片刻，面无表情地道："我准备回家了，你是跟我一起走，还是待会儿自己走？"

白珊珊摘下耳机回头看了白继洲一眼，不耐烦地挥手："等等，最后一局游戏了，马上就结束。"

于是，白继洲就这样站在洗手间附近的走廊里，等着自家妹妹浴血奋战、英勇打团。

数分钟后，游戏结束，白珊珊一方胜利。

白珊珊收起耳机很开心地呼出一口气，扭扭脖子，活动活动筋骨，然后随口道："走吧。"

白继洲靠着墙没动，忽然挑挑眉毛，状似不经意地问："商家大老板呢？"

白珊珊耸肩："不知道。"

在大佬亲吻了她的嘴角之后，江助理拿着手机神色凝重地走到了他们面前，跟大佬说了些什么。大佬听完眼神逐渐变冷，淡淡地对她说了句"等我回来"之后，便到宴会厅外面接电话去了。

她当然不会乖乖地听他的话留在原地等他回来。大佬说的话、做的事，不能用正常人的思维去衡量。

白继洲看着妹妹平静的脸，说："有没有兴趣聊一聊？"

白珊珊问："聊什么？"

"你的高三。"白继洲说。

白珊珊上高三那会儿他正在美国念书，因此对这个妹妹青葱岁月里的许多事，他都只是略有耳闻。但从今晚发生的种种来看，可以确定的一点是，这个妹妹和商迟在高中时代的关系，绝对不像她说的那么简单。

白珊珊面无表情地看着白继洲。

"我的高三？"她低着眸，浓密的睫毛像两把小扇子似的垂着，忽然笑了下。

白继洲点头："对。"

"好好学习，天天向上。"白珊珊非常认真地概括完，然后无视白继洲抽搐的嘴角，把随身带着的棒棒糖往嘴里一塞，笑眯眯地走了。

白继洲的白眼都快翻到天上了：成天说人家商大佬是神经病，你白珊珊也不是什么正常人，好吧？

出了宴会厅，燥热的空气顿时扑面而来。

白珊珊抬手扇了扇风，站在大门口。没等几分钟，她就瞧见司机开着白继洲那辆显眼的豪车过来了。她拉开车门，上车。

这一晚上先是应付了赵家的“糖油馃子”，后又跟半路突然杀出来的商家大佬共舞一曲，还被对方莫名其妙地亲了手背和嘴角，白珊珊觉得现在有点儿累。

她靠在椅背上闭目养神，脑子里却鬼使神差地不断回放商迟在舞曲中突然落下一吻的画面。

那一吻，像蝴蝶挥动翅膀描画风的轨迹，又像蜻蜓勾起尾巴点上波澜不兴的湖面，分明轻而柔，但就是能让人感觉到那股强烈的占有欲。只是回忆一下，便教人心悸。

须臾，白珊珊睁开眼睛，从包里掏出手机打开微信，找到和顾千与的聊天窗口，给她发消息：“今天我和商迟跳了一支舞。”后面跟了个微笑的表情。

只过了几秒，顾千与就回复了：“真的？”

紧接着，一个语音电话打了过来。

白珊珊摁了接听键，顾千与平日里播音员般的声音此时一惊一乍地响起来：“快快快，详细说一说！”

白珊珊顿了几秒，道：“他叫我白同学，所以我确定，他并没有得失忆症。”

顾千与惊讶万分：“不对啊，你之前不是说他不记得你了吗？”

白珊珊想了一下，道：“应该是装的吧。”

顾千与拍拍手，啧啧感叹：“校草大佬果然十年如一日地心机深沉……没得失忆症？还一起跳了一支舞？按照正常的言情小说剧情发展下去，再往下你俩就该重修旧好了吧？”

白珊珊抽了抽嘴角，被好友的逻辑震撼到了：“重修旧好是什么？大姐，我们就是同班同学最多再加个同桌关系，那时候年少无知，也能算‘好’过吗？”

顾千与的嗓音凉凉的：“是吗？想当年刘子惹了中景职高，于老耿带着十几个混混儿跑到咱们学校来堵人，商大佬只身一人英雄救美，这可不是一般同学同桌能干得出来的……”说着忽然又顿了下，她像想起什么，压低了嗓音道，“前些天我还听当年中景的朋友聊过。听说于老耿自从十年前想要袭击商迟却意外踩空掉进下水道被送进了医院之后，一直体弱多病，跟个小鸡崽似的，这把年纪了都没交到女朋友。啧啧，他也怪可怜的。”

一听顾千与提这事，白珊珊眼眸闪了下，不知想到了什么，整个人似乎出神了。

那头说得正欢，这头，车门让人从外头一拉，白继洲也上来了。

白珊珊忽然觉得疲乏，跟顾千与东拉西扯了几句便挂断语音电话。

白继洲瞅一眼她的手机：“哟，跟我千与妹妹聊天呢？”

白珊珊闭眼打盹儿，跟没听见似的。

白继洲知道自家妹妹什么德行，也不生气，转而二郎腿一跷，往椅背上一靠，说：“你之前说，你和商迟高中时代只是关系要好，那今晚这出‘强吻’又怎么解释？虽然亲的是嘴角，但他总不可能是因为‘年少无知’吧？”

白珊珊静了几秒，掀开眼帘瞧着边上一副吊儿郎当模样的俊朗男人：“白继洲。”

“嗯。”

“你放心，我知道你在担心什么。”她把嘴里的棒棒糖从左边腮帮换到右边腮帮，笑了笑，“我已经是奔三的人了，早就过了成天做白日梦的年纪。商迟现在只是我的病人，我知道自己该怎么做。”

“我没有担心你。”白继洲扬起眉毛，“你平时那么聪明，怎么现在忽然犯糊涂了？”

白珊珊皱眉，面露不解。

“你还没懂今晚商迟的意图吗？晚宴上的事不出三个小时就会传遍整个B市。你说，你妈和我爸会不会喜出望外？他们原本只是想和赵家结门亲，结果阴错阳差搭上了商氏。”白继洲淡淡地说，“他们没准儿会赶着给你打上蝴蝶结送去商府。”

白珊珊一愣。

“就算我爸和你妈不动这个心思，现在全B市都知道商家大佬对你有意思，哪家还敢打你的主意。商迟堵死了你的所有后路。”白继洲有些头疼地捏了捏眉心，“我的妹妹，摆在你跟前的现在只剩两个选择，要么孤独终老……”

白珊珊听了没太大的反应：“孤独终老就孤独终老吧，我无所谓。”

白继洲接着说：“要么嫁进商家。”

“喀……”白珊珊被自个儿的口水给呛住了。

这是什么神奇剧本？剧情一展开就没完没了吗？

她瞪眼，拳头一握，想也不想地脱口而出：“怎么可能！”

“怎么不可能？”白继洲单手托腮撑在座椅扶手上，睨着她，冷冷地说道，“你是没看见商家大佬看你的眼神，恨不得把你一口吞了似的。啧啧，就那架势，说他明天就到咱们白家提亲我都信。”

白珊珊彻底没话说了。

白继洲拍拍她弱不禁风的小肩膀：“自求多福吧。”

一个晚宴，草莓慕斯没吃到几块，受到的打击倒是不少，白珊珊身心俱疲，回到家连澡都没洗就爬上床睡了。

然后，她就做了一个梦。梦里的她是一只胖胖的粉红色的小火烈鸟，正耷拉着毛茸茸的脑袋站着打瞌睡。忽然平地一声惊雷，一只威风凛凛和商迟长得一模一样的大野狼从天而降，吓得她圆滚滚的身子一歪，啪嗒一声跌倒在地。

然后，她扑腾着爪子站起来，躲到一棵小树苗背后，小心翼翼地探出脑袋看着大野狼，头顶的三撮毛翘得高高的。

大野狼爪子一挥，变出了一座草莓慕斯堆成的小山丘，冷漠地道：“吃吧。”

她眨了眨眼睛，很开心地跳进草莓慕斯山丘里大吃特吃。

然后，她就听见大野狼淡淡地说：“你吃了我的草莓慕斯，我要吃了你。”

白珊珊惊得停下了嘴。接着，白珊珊就在梦里被那只会变很多草莓慕斯的、长得和商迟一模一样的大野狼咆哮着追了一晚上。

第二天起来，白珊珊看着镜子里自己的熊猫眼沉默了，觉得商迟在梦里都不放过自己，实在是太坏了。她打个哈欠收拾收拾，出门上班。

今儿倒是七月份难得的一个好天气，凌晨下了一场雨，闷热了半个夏天的城市被冲刷一新，空气里总算是多了一丝凉爽的气息。白珊珊郁闷了几天的心情也跟着好了些，背着包边喝豆浆边走进KC心理咨询所在的甲A写字楼。

她觉得生活还是充满了正能量的，所谓人生处处有惊喜，上帝为你关了一扇门，那一定会为你开一扇窗。虽然，她近来流年不利、倒霉的事多了些，但一切都会好起来的。

然而，就在走进公司五分钟之后，白珊珊难得积极一次的心态就哗啦啦地被现实轧得粉碎。

“你说什么？”一道女声从最里侧的办公室里飘出来，因难以置信而几乎跑调，“你再说一遍？”

办公桌前的涂岚有一搭没一搭地转着一支白色钢笔，重复了一遍，道：“商先生想聘请你当他的私人心理医生，住进商府，以便应对一些突发情况。聘金方面，对方开出的是市场价的五倍，他们希望你好好考虑一下。”

“不用考虑了。”白珊珊勾了勾嘴角，微笑着说，“我拒绝。”

她能够接受继续替大佬看病已经是最高敬意了，住进去？请问，商家那群人一个个的都活在梦中吗？

涂岚点头：“我也跟江助理说了，要不要接受聘请，我们无权干预，只能替他们向你转达他们的意愿。所以要不要接受，决定权完全在你。”

“那你直接帮我拒绝吧。”白珊珊说。

“先别着急。”涂岚边说边从桌子上拿出一个牛皮纸文件袋递给白珊珊，“这是江助理让我转交给你的，他说希望你在给出答复之前先看一看这个，再认真考虑一下。”

白珊珊微微蹙眉，狐疑地接过牛皮纸袋，打开一看，里头躺着一叠厚厚的资料。她取出来一看，封面上赫然几个大字：“南城旅游城项目开发方案。”

她眯了下眼睛。

几分钟后，白珊珊离开办公室，摸出手机打电话给江助理。

电话一下就通了。

“喂，请问是江助理吗？”白珊珊礼貌地微笑。

对面安静极了，须臾，传出一道低沉的嗓音，听不出任何语气：“是我。”

白珊珊皱眉：“这不是江助理的电话吗？”

那道好听又平静的声音继续响起：“从今天开始，你的号码会自动转接到我这里。”

白珊珊觉得自己快克制不住要抽搐的嘴角了。她沉默了一会儿，深吸一口气吐出来，保持微笑：“好吧。商先生，请问您老人家什么时候有空？我想跟您谈一谈。”

晚上七点整，天色已暗，城市的街灯依次亮起，一辆几乎崭新的纯黑色豪车稳稳地停在了KC大厦楼下。副驾驶座的车门打开，西装革履的男青年下了车，站在路边等候。

不多时，一道身着浅色连衣裙的纤细身影出现。与此同时，江助理接通无线耳机，恭恭敬敬地说：“人接到了，先生。”

黑色豪车在马路上飞驰。

数分钟后，白珊珊跟在江助理身后下了车。她抬头一瞧，欧洲中世纪风格的商府大宅矗立在夜色中，像只蛰伏在黑暗中等待狩猎的野兽。

白珊珊被自个儿脑子里蹿出来的想法给弄得愣了下。她甩甩头，定定神，迈步走进商府大门。

客厅内灯火通明。管家格罗丽从花园里走进来，看见白珊珊之后并不感到惊讶，只是淡淡地说："小姐来了。先生在书房等你。"说完，她便吩咐一旁留着一头金色短发的美籍女佣，"带小姐上楼。"

和活泼的吉娜不同，这位女佣的性子显然要沉稳许多，她沉默寡言，没有跟白珊珊说过一句话。上楼的这几分钟安静极了，安静得白珊珊能听见飘散在空气里的钢琴声，若有似无。

有人在弹琴？她有些狐疑地想着。

她们上到别墅二楼，沿着走廊又往前走了几分钟，越往前走，钢琴声便越清晰。

金发女佣停在了一扇房门前。

白珊珊眼眸闪了下，意识到钢琴声就是从这间屋子里传出来的。

女佣大概不会中文，垂头拧开门把，朝白珊珊抬手比了一个"请进"的手势。

白珊珊迈步走进房间，背后一声轻响，女佣重新关上了门。

屋子里没有开灯，只有落地窗外的月亮洒进一室冰冷的光。室内装潢基调是统一的黑白色，干净、单调。除了办公桌、投影仪、文件柜等设施外，这间屋子里还摆放着数十个刀架，整整齐齐，上面陈列着年代不一、各式各样的刀。

满室的刀刃冷光和空气里悠扬舒缓的钢琴声，肃杀刚硬与文艺柔美，形成一种强烈到令人心惊的反差。

白珊珊往前走了几步，看见了放在落地窗前的黑色钢琴。

月色凉如水，身着黑色衬衣的高大男人坐在钢琴前，宽肩窄腰，背脊挺拔。他衬衣领口的扣子没有系，领口松散地开着，露出小片紧实有力的胸肌和皮肤上的陈年旧伤。黑色短发垂下几缕在额前，微微挡住眼睛，使得他看上去冷淡却随意，比平日更具少年感。

他微微闭着眼，侧脸在月色下，让他显得越发英俊。他骨节分明的修长十指在黑白琴键上弹奏着，干净和优雅就这样从骨子里流淌出来。

月下独奏的冷漠贵族。

白珊珊被眼前的场景给镇住了，甚至有些恍惚，分不清眼前这个是十年前的商迟，还是现在的商迟。

鬼使神差地，她就这样站在一屋子的刀刃冷光和月色中，听完了整首曲子。

琴声停止，商迟的十指从琴键上离开。他侧过头，视线落在白珊珊的身上，静默而专注。四目相对，半晌，没有人说话。

不知过了多久，白珊珊终于反应过来。她感到脸微微发热，移开目光，不大自在地清了清嗓子，说："抱歉，打扰了你的雅兴。"说着，她从包里拿出那册《南城旅游城项目开发方案》放到钢琴上，顿了下才道，"商先生，请问这是什么意思？"

商迟盯了她一会儿，淡淡地道："意思是，你搬进商府当我的私人心理师，我不动你南城的老宅。"

白珊珊瞠目结舌。半晌，她有点儿好气又有点儿好笑地问："商先生，请问这是什么道理？"

商迟弯了弯嘴角，笑了："白珊珊，有一件事你似乎忘了。"

"什么？"

商迟说："你原本就只属于我。对你，我做任何事都不需要讲道理。"

第三章

梦回旧景

常言道，一个人的性格与三观的形成与他的生长环境和成长经历有着密不可分的联系。白珊珊实在是很好奇，到底是怎样的生长环境和成长经历才能铸造出商迟这种人。

“你原本就只属于我。对你，我做任何事都不需要讲道理。”

这理所当然的语气，这毫不在意的淡漠表情，让白珊珊有点儿头疼。

她侧过头摁了摁眉心。自从和商迟久别重逢以来，她这些年被岁月磨平的棱角有重新长回来的趋势，他变得越来越暴躁。

再这么下去，白珊珊怀疑在治好商迟的一系列心理疾病之前，自己会先变成“神经病 2 号”。

为了自己的身心健康，她觉得自己有必要和这位大佬说清楚一件事。

“商总，有件事你有必要清楚一下。”沉吟片刻，白珊珊开口。她说着顿了一下，重新看向坐在钢琴前的男人，目光淡淡的，语调也没什么起伏：“现在我是你的心理医生，你是我的病人，如果你信任我的话，为了让你的治疗效果更好，我们也能成为朋友。但，仅限于此。”

闻言，商迟没有发出声音，一室月色中，他只是平静地看着眼前的姑娘。

她长了柔婉的五官，又弯又亮的月牙眼，小巧高挺的鼻头，嘴角上翘，是天生爱笑的唇形，怎么看都乖乖软软的。平日里，她雪白的小脸上总是习惯性地挂着标志性的笑容，像只可爱的小奶猫。

但此时的小猫显然已经没有精力再与他虚与委蛇了。她收敛假笑，眼底蒙了一层灰蒙蒙的雾，带着几分入骨的凉意。同时，她也亮出了藏在毛茸茸粉色肉垫里的利爪。

商迟将姑娘周身的凉意与尖刺收入眼底，微微挑眉，黑眸中浮起一丝兴味与深意。

白珊珊丝毫不躲闪对面的迫人视线，淡淡地继续道：“我不属于你，你也不属于我，我不是你的所有物，所以有权拒绝和无视你除治疗外向我提出的一切无理要求。”

话音落地，整个偌大的书房陷入一片死寂。

半晌，商迟垂眸，好看的薄唇忽然弯了弯。

看见对方脸上的浅笑，白珊珊心一沉，没觉得放松，整个人反而都有些不好了。

这位商家大佬自少年时代起便城府极深，白珊珊作为一个和他朝夕相处过一整年的人，当然知道商迟向来喜怒不形于色。他笑，绝不意味着他此时心情不错。

事实上，相较于这抹温凉的笑容，白珊珊反而更愿意看他面无表情的“冰山”脸。

这时，商迟朝她伸出一只手，手掌朝上，就像一位邀请公主共舞的绅士。他淡淡地说：“过来。”

白珊珊抿了下唇，站在原地没有动。

“过来，白珊珊。”商迟重复一遍，神色淡漠如初，与之前相比没有丝毫变化，语气却微微一沉，“别让我说第三次。”

“我这年纪耳朵还不背，听力也正常。”白珊珊不带情绪地说，“商先生有什么话就这样说吧，这个距离我想我能听得非常清楚。”

空气安静了。

商迟盯着她，眼神冰冷而值得玩味。

踩着细高跟鞋上了一整天的班，白珊珊两只脚早就又酸又疼。她侧目一瞧，边上正好是钢琴，于是，她侧过身靠了上去，稍微借力支撑身体的重量，然后无意识地扭了扭脚踝。

商迟察觉到她的小动作，视线慢慢下移，依次扫过姑娘纤细的脖颈，柔美的锁骨，丰满的胸，包裹在修身连衣裙里的腰，及膝裙摆下两条纤细勾人的小腿。最后，他的视线落在她脚上的白色高跟鞋上。

白嫩的脚踝被高跟鞋的边沿磨得发红，小片皮肤已经擦破了皮。

“商先生，今天既然我人到这儿了，咱们索性就打开天窗说亮话。”白珊珊没有注意到对方的目光。她开口，嗓音轻柔，语调却懒懒的，听着竟颇有几分少年时代吊儿郎当的不羁气势，“我这人打小脾气就不好，也从来不怕事，之前对你笑脸相迎、客气礼让，是因为你是KC的贵宾、我的病人。你之后要是能正常点儿别老发神经，我还是能既往不咎，继续……”

话说到一半，她看见坐在钢琴椅上的大佬站起身，随手扣上了钢琴的键盖和顶盖，然后朝她走了过来。

两人之间距离本就不远，商迟人高腿长，两步便在白珊珊跟前站定，垂眸俯视她。

看着近在咫尺的商迟，白珊珊大脑活跃起来。谈判嘛，输啥都不能输气势。她什么大风大浪没经历过，什么样的群架没打过？你瞅我就瞅呗，难道我不敢瞅你吗？

她一边面无表情地进行着一系列心理活动，一边面无表情地仰着头和高出她整整一个脑袋再加一段儿脖子的冷漠大佬对视。

两道视线在空气里交会。

商迟不语，白珊珊也不说话。

不过看久了，白珊珊觉得自己的脖子快不行了。就在白珊珊准备后退几步拯救自己快要抽筋的脖子时，始终一言不发的商迟忽然有了动作。

他俯身贴近她，一只手臂横过她细细的腰，另一只手从光裸的膝盖弯处绕过。

白珊珊眼眸一闪，来不及对这突发状况做出反应，下一刻便觉双脚一轻离了地，整个人已被商迟抱起了。

这不就是漫画里标准的公主抱吗？

白珊珊满脸郁闷，满脑子都是脏话。她已经连表面的淡定都没办法维持了，挣扎着怒道："你要干什么？放开我！"

商迟怀里的身子，细胳膊细腿，柔软小巧，十分轻盈，几乎没有什么重量。对他而言，白珊珊挣扎的力道也几近于无。他面无表情，不答话，手臂微抬把她放到了钢琴顶盖上。

钢琴顶盖冰冷而坚硬，这种触感令白珊珊感到不安。她坐在钢琴上无意识地往后挪，警惕地看着商迟，不知道他要干什么。

"别动。"商迟低声说。他修长冰冷的手指捏住她的脚踝，指腹轻轻地抚过那片被磨得泛红破皮的皮肤。他垂着眸，目光专注而平静。

白珊珊一惊，慌了神："你……"

他的语气很平静："你受伤了，需要上药。"

白珊珊安静了。

几分钟后，房门被人从外面敲响，格罗丽的嗓音从屋外传入。她恭恭敬敬地道："先生，您要的东西送来了。"

"请进。"商迟目光不离坐在钢琴上的姑娘。

门开了，格罗丽把一支药膏和一个盒子交给商迟之后便退了出去。

屋子里重归安静，月色中又只剩下站在钢琴旁的商迟和坐在钢琴上的白珊珊。

白珊珊觉得，此情此景已经不单单是“尴尬”或者“别扭”能形容的了。商迟垂头，一只手捏住她的脚踝，另一只手将她的白色高跟鞋脱下。他眉眼平静，动作轻柔，从她的角度看过去，他冷峻的面容像被月光笼了一层薄纱。

整幅画面仿佛老电影中的镜头，有噪点，不够清晰，却透出一种极具年代气息的朦胧美感。

斯人斯景，养眼倒是养眼，就是太令人毛骨悚然，也太诡异了。

“我……”白珊珊面无表情地正要开口，又突然想到这位大佬这会儿是看她脚磨破了想给她抹药，是一片好意，自个儿说话的态度还是应该好一点儿。

她琢磨着，表情一变，非常有原则性地、讪讪地笑了下：“商总，你把药给我，我自己来吧。”

“坐好。”商迟连眼皮都没抬一下便拒绝了。

白珊珊只能干笑。商迟不再说话，垂着眸，用手指将白色的药膏均匀地涂抹在她红肿破皮的皮肤上，脸色冷淡，动作却细腻温柔。

男人带着薄茧的粗糙指腹摩擦过细嫩光滑的脚踝，有点儿痒。

白珊珊别过头看别处，浑身不自在。

半晌，药上完了。

白珊珊静了几秒钟，说：“谢谢。”

商迟没答话，随手把药膏扔到边上，打开之前管家送进来的黑色纸盒。白珊珊扭过脑袋一瞧，这才发现格罗丽送进来的盒子里装着一双女士小皮鞋。

纯黑色的、没有任何花纹装饰的、崭新的公主鞋。

不知为什么，看见这双公主鞋，白珊珊有些不自在。

商迟握住姑娘的白嫩脚丫，同时从盒子里取出一只公主鞋。白珊珊察觉到什么，下意识地想把脚往回收，却被那只大手微微用力给制住了。

“怎么谢？”商迟额头的头发垂下几缕。他垂眸，慢条斯理地给她穿上公主鞋，嗓音温柔，语气很淡，举手投足间将“优雅”二字诠释得淋漓尽致。

白珊珊没有听清：“你说什么？”

商迟缓慢地抬起眼，俯身。他一只手将坐在钢琴上的白珊珊圈在自己面前的空间里，一只手捏住她的下巴，抬高。他黑眸沉沉，直勾勾地盯着她，重复一遍，仍是非常平静的语气：“怎么谢？”

白珊珊整个人忽地一怔。

似曾相识的对话，似曾相识的场景。眼前男人的脸忽然有些模糊，光影交错，不知怎么的就和十年前的阴冷少年的脸重叠在一起。

她鬼使神差地想起当年在夜色小巷里，带着一丝铁锈味的那个吻。

她走神的刹那，商迟的薄唇已贴近她浅粉色的唇瓣。只隔两指的距离，他低声道：“这次还敢撞我吗，白同学？”

当年他们高三。

白珊珊响彻全一中的“一米六大佬”称号，既不是源于一众小弟的吹捧，也不是因为各类添油加醋的传言，而是靠她那双细胳膊教人做人教出来的。

一贯有“B市第一”之称的一中既有初中部也有高中部。白珊珊自从十四岁跟着余莉来到B市后，便像B市大部分有钱家庭的孩子一样，作为一名初二转校生进入了一中学习。

初来乍到的十四岁少女，安静乖巧，成绩优异，再加上那身雪白的皮肤和漂亮招人的小脸，一中整个初中部很快就知道了这个小县城转来的漂亮转学生。她柔柔弱弱娇滴滴的，活像一朵纯白娇嫩的小茉莉。

躁动的青春期，枯燥的中学生活，少年少女们每天关注的东西除了今天的化学作业、明天的物理试卷之外，就是哪个班的谁貌美如花，谁喜欢哪个班上的她，谁又暗恋哪个年级的他。

甚至还有一帮人闲得没事儿干，弄了个“一中初中部十大校花榜”出来。

初二年级的美女转学生众望所归地上榜，并且荣登首位。

白珊珊之前在南城上学，尽管她打小就聪明，但小县城的教学资源和师资力量与B市这个超一线大城市是没法比的。为了尽快适应精英中学的学习节奏和老师们“育优式”的教学方法，她不得不忍痛将自己每日玩游戏的时间分出整整一半用来学习。

校花榜出来的那段时间，白珊珊刚好在认真准备数学月考和游戏中的武林大会，生活充实且十分忙碌。因此，对于这个莫名其妙的榜单，她处于一无所知的状态。

白珊珊第一次听说自己是校花这个消息是在校花榜诞生后的第二周。

那天是周五，最后一堂课结束后全班都闹哄哄的，人很快就走得差不多了。白珊珊接到了司机老陈的电话，说今天B市有博览会，全城堵车，他大概会晚到半小时，请她在学校里等一会儿。

没有智能大屏手机、没有手游的年代，白珊珊百无聊赖。她扭头一瞧，班上只剩下为数不多的几个学习刻苦的优等生，他们都在认真地写作业。她想了想，抱着从众心理拿出当天的数学作业开始写。

一不留神，她就做到了难题卷的最后一题。

她正面无表情地默读题目，教室后门哐哐哐地响了起来，成功地吸引了教室里几个人的注意力。

白珊珊扭过脑袋顺着大家的目光看过去，只见教室门口站着几个女生。她们站没站相，一副吊儿郎当的模样，校服拉链开得很低，大大方方地展现出锁骨和胸前皮肤。为首的那个身形瘦高，前凸后翘，嘴里嚼着口香糖，一双妩媚眸子狐狸似的，抹着大地色眼影，看起来挺漂亮的。

校服上的印字显示，这几个女生是初三年级的。

白珊珊看着领头的女生，在心里吹了声口哨，赞了句“哟，美人儿”。

忽然，其中一个留着男士短发的假小子抬抬下巴，冷冷地问：“你就是白珊珊？”

教室里的其他学生认出她们是几个不良女生，为首的叫吴菲。他们心一沉，有些担心地回头看向他们坐在倒数第三排的新同学。

新同学还是那副软绵绵的小模样。她弯弯唇，朝几个初三女生露出一个天真无辜的笑容：“我是，请问有什么事吗？”

假小子跷起大拇指往后一扬，吊儿郎当地说：“我们菲姐有事儿找你，女卫生间聊？”

别去，千万别去啊！同班同学们战战兢兢的，虽然迫于那几个人的威慑不敢直言出头，但都在挤眉弄眼用目光疯狂暗示自家班上纯良乖巧的“小白兔”。

然而，令大家没想到的是，“小白兔”跟完全没看见大家担忧的目光似的，听完假小子的话后想都没想，很开心地就点头同意了：“好呀。”

同学们沉默了。看着白珊珊跟在吴菲等人身后欢欢喜喜往女厕走去的小身影，同学们抽了抽嘴角。

同学A皱眉：“吴菲可是中景职高校霸认的妹妹。”

同学B费解：“白珊珊刚转来，怎么惹她了？”

同学C撇嘴：“这还用说吗？肯定是之前的那个什么校花榜。吴菲进校就是公认的校花，突然来了个比自己漂亮那么多、成绩还那么好的转学生，她能看得惯白珊珊吗？”

“好了，都别说了。”同学A焦急地道，“谁有教导主任的电话？赶紧打！”

数分钟后，接到学生电话的教导主任抄着教鞭心急如焚地从教务处奔向初中部教学楼四楼女厕。

吴菲在一中初中部是出了名的问题学生，家境好、成绩差，隔三岔五就会惹出各种事被学校老师叫到教务处去。但老师们非常苦恼，这个吴菲不知使了什么手段，每个被她欺负过的学生都敢怒不敢言。学校次次都想严肃处理，却因为缺乏确切证据而不了了之。

因此，教导主任此时的心情可以说是非常复杂。他一面担心优等生小姑娘会受欺负，一面还有那么一丁点儿激动——问题学生作威作福这么久，总算能让他逮个现行，惩恶扬善了！

站在四楼过道的尽头，看着紧闭的女厕大门，教导主任眯了眯眼睛，觉得这是神圣而值得纪念的一刻。

须臾，教导主任两手叉腰摆好“威严人民教师”的光辉造型，使出“洪荒之力”，一脚踹开女厕门，怒吼一声：“都给我住手！吴菲，你们不许欺负同学！”

哐当一声。

门开了，世界寂静了，威严的人民教师蒙了。

眼前的场景大致上和之前那位通风报信的不知名的同学的描述是一致的，就是细节上有点儿区别。

想象中害怕得瑟瑟发抖蹲在地上哭的小优等生，不存在。想象中趾高气扬、面容凶恶的“问题少女五人帮”，也不存在。

教导主任的眼前是这么一幅画面：女厕洗漱台前，拖把、扫把、垃圾桶什么的倒了一地，“吴菲五人帮”有的捂脑袋，有的捂肚子，狼狈地坐在地上。

通过地上水渍来看，她们估计是想袭击白珊珊却反被白珊珊智取导致脚滑摔倒。看见从天而降的教导主任，吴菲几人表情没有惊慌失措和懊恼，反而有几分得救似的惊喜。

再看看初二年级的小优等生，扎着马尾，规规矩矩地穿着校服，全身上下干干净净，丝毫不狼狈，和“吴菲五人帮”形成鲜明对比。她站在窗台边上，一双清朗的大眼睛有些诧异地看着突然出现的老师，纯洁无辜极了。

教导主任意气风发、誓要拯救世界的圆脸上流露出一丝茫然。

过了半分钟教导主任才回过神来，清清嗓子，拿教鞭用力在女厕门板上敲了几下，喝道：“你们几个在干什么？”

“老师好。”白珊珊笑了笑，整个人看起来阳光可爱，乖乖地说，“学姐们刚才在找我聊天。”

教导主任顿了下，皱眉道：“聊什么？”

白珊珊回忆了下，老老实实地回答：“聊我是校花。”

“你们是学生，应该把全部精力都放在学习上，成天都在想些什么乱七八糟的？啊？”教导主任呵斥道，说着看了一眼靠在墙上额头一片瘀青的吴菲，很不解地问，“吴菲，你这身上的伤是谁打的？怎么回事儿？”

吴菲嗫嚅了一下，欲言又止，带着试探和胆怯的目光看了一眼几步外的白珊珊。

优等生站在夕阳的光芒下，校服整洁，身姿端正，脸蛋儿上挂着那抹标志性的很有礼貌的笑容，看都不看她，浑身上下满是“积极阳光正能量”。

吴菲突然想起几分钟前的一幕：优等生拽着自己的鬈发一把将自己的脑袋摁在窗沿上，面无表情地看着自己，那双晶莹无辜的眼睛覆着一层灰蒙蒙的雾，眼神冰冷。

当时优等生冷冷地说：“给我记清楚了，白珊珊，黑白的白，珊瑚的珊，不是你这种人惹得起的。往后在学校里遇上了就绕道走，躲远点儿，再惹我一次，我让你后悔到这世上走一遭。”

吴菲本就是仗着优越家境跟与中景校霸的兄妹关系作威作福。十五岁的小女生，从小到大顺风顺水，哪里遇上过白珊珊这种以柔克刚智取的狠人。

片刻后，吴菲在教导主任的眼皮子底下咽了口唾沫，磕磕巴巴地说：“没人打我，我们几个不小心摔了一跤。”

闻言，教导主任愣住了。

夜色似墨，街灯如画，车水马龙。

顾千与和刘子往麻辣烫馆子去了，十七岁的白珊珊背着碎花小书包、咬着棒棒糖面无表情地看着街对面那群中景职高的不良少年，鬼使神差地想起了她十四岁那年“一战封神”的女厕事件。

白珊珊觉得自个儿和中景职高着实有一种缘分。

当年，她不费吹灰之力打败吴菲后，吴菲的干哥哥，也就是当时的中景职高校霸气不过，曾带着一伙少年找上一中，要为自家女生找回场子。

“复仇之战”的结局，是白珊珊的大佬之名从一中传到了中景。虽然十四岁的白珊珊没能毫发无损地大获全胜，美中有那么点儿不足，但当初那个丝毫不把她放眼里、鼻孔朝天的中景校霸，事后便客客气气地称她“珊姐”。

因为有“一米六大佬”的存在，一中和中景也和平共处多年。

直到冒出一个于老耿——号称天不怕地不怕，传闻是道上人的干儿子，打残过人，托家里找了关系才把事情摆平的暴发户富二代。

白珊珊脑子里思绪乱飞，前方红灯忽地变绿。

她吃着棒棒糖，背着小书包过了街，侧目一瞧，边上正好开了一家蛋糕店。她走进去一看，贴着“草莓慕斯”标签的透明展柜里空空如也。

草莓慕斯卖完了。她小肩膀一垮，失望地离开蛋糕店。

他们约定的这条街位于B市的老城区，发展还没跟上，整体规划也有点儿奇怪。道路右侧高楼林立，道路左侧却都是些低矮的旧时房屋。老小区之间，隔上几米就会有一条幽深巷道，黑漆漆的，远望就像吃人不吐骨头的妖怪的大口，让人瘆得慌。

这时，于老耿一行人已从房屋中介店铺门口转移，进了老小区旁的一条巷道。

棒棒糖吃完，白珊珊随手从嘴里抽出小棍儿扔进垃圾桶，扭着脑袋左右看看，看见路边不远处有一家小卖部。门口处，一个老婆婆抱着一只橘猫坐在收银台里边的小马扎上吹风扇。

白珊珊想了想，走过去冲老婆婆很有礼貌地笑："婆婆，我可以暂时把书包放在你这儿吗？"

老婆婆笑呵呵地说："可以可以。"

"谢谢。"白珊珊笑着说，然后便取下书包放在了小卖部的收银台上。她放完一抬头，却忽然看见一只手：纯白色的衬衣袖口干干净净、纤尘不染，袖口内伸出的手腕冷白瘦削，手掌宽大，手指根根分明而有力。

这只大手她可以说很眼熟了。

白珊珊愣了下，耳畔已先响起一道嗓音，音色低而沉，教人听不出任何情绪："一瓶水。"

白珊珊抽了抽嘴角，机器人似的缓缓转过去。事实证明她没有产生幻觉——映入眼帘的侧脸，轮廓分明，黑色的睫毛纤长而浓密。

巧合总是来得如此猝不及防。

白珊珊觉得有点儿尴尬。怎么放个书包都能偶遇他？这狗屎一样的缘分是真实存在的吗？她要不要打招呼？算了吧，就当没看见吧。不过话说回来，这位兄弟将近一米九的伟岸身躯好像也不能说没看见就没看见……

在面无表情，内心疯狂滚过一系列弹幕后，她嘴角勾了勾，还是决定友善地跟这位同桌问个好。

“嘿，商同学，今天这么有空亲自来买水啊？”白珊珊笑着说。

少女的嗓音轻柔，如清风一般拂过商迟的耳朵。他侧目看了一眼边上。

姑娘大眼发亮瞧着他，雪白的脸蛋儿上是一抹柔婉的浅笑，浅粉色的唇瓣因刚吃过糖，蒙着一层水润透亮的光泽，像两片草莓味的小果冻。她整个人看上去又乖又软。

商迟面无表情地看着这张娇媚的小脸。两人之间距离太近，空气里飘散着少女身上水果糖和牛奶的香气，清而甜，丝丝缕缕，无影无形地刺激着他全身的感官。

商迟的食指不着痕迹地动了下。片刻，他径直伸手将老婆婆放在柜台上的矿泉水拿起来，又放下了个什么东西，转身迈开长腿朝外走，快出去时才冷淡地回她一句：“留在这儿等我，不许乱跑。”

白珊珊定睛一瞧，这才看清他放在柜台上的东西是一块草莓慕斯。

她顿了下，满头雾水，拿起草莓慕斯几步跟出去，喊道：“商同学？”

商迟像没听见似的，停都没停一下。

“商同学？”对方人高腿长，走一步的距离顶白珊珊小跑两步，她跟了一段距离之后就没什么耐心了。等意识到了什么的时候，她收敛起笑容，下意识地伸手去拽冷漠少年的胳膊。

隔着衬衣布料，她感觉他的肌肉紧实而有力。

白珊珊忽地一怔。这位同桌出身豪门，十分尊贵，她没料到他的身体如此充满了力量感。

在拉力作用下，商迟的步子停住。他回头垂眸，姑娘抓着他的手臂，那只小手细白柔软，指甲盖圆圆的，在昏暗的灯光下呈现出一种迷人的粉色。

短短几秒，商迟盯着那只小手，黑眸深处浮起一丝极淡的兴趣。

这时，白珊珊已反应过来了，脸微微一红，唰的一下把手收回去了。她定定神，清清嗓子道："你干什么？"

商迟静了几秒，视线扫向数米外某处，冷淡地说："你有麻烦。"

白珊珊顺着他的目光看过去，是于老耿一行人所在的巷道。她愣了下，紧接着又觉得好笑："我有麻烦，所以呢？"

商迟淡淡地说："我会替你处理。"

闻言，白珊珊仰起脖子瞧着眼前的冷漠少年，很认真地说："商同学，我好心提醒你，这种场面吓人得很，不是你这种天才好学生能应付得来的。别管闲事，知道吗？"

商迟盯着她，不语，只微微挑了下眉。

"我不用你帮。"白珊珊漫不经心地看向那条黑漆漆的巷道，自顾自地扭扭脖子，活动筋骨，"我打架至今没输过，如果待会儿出了什么意外，你记得帮我报警就行。"说着，她掂了掂手里的草莓慕斯，背对着商迟挥胳膊，"这个就谢啦。"

然后，她准备走进小巷。

"白珊珊。"背后冷不丁响起一道冷冷的嗓音，喊着她的名字。

白珊珊顿步，有些不解地回过头看向商迟。

路灯昏暗，夜色下少年的脸看上去格外沉郁而冷峻。他直勾勾地盯着她，眼眸漆黑，不言也不语。

就在白珊珊被他看得浑身不自在想扭头就走时，商迟忽然有了动作。他捏住了白珊珊拿草莓慕斯的那只右手，俯身低头，虔诚地闭上了眼睛。

冰冷湿润的触感在手背上转瞬即逝。

白珊珊错愕，好几秒才回过神来。刚才，落在她手背上的是他的嘴唇。

她不受控制地抽了抽嘴角。

商迟抬眼看她，嘴角微微勾出优雅又好看的弧度。他说："知不知道唇吻在手背的意义是什么？”

白珊珊一脸茫然地摇头。

少年平静地说：“为你做任何事，都是我的荣幸。”

商迟十四岁之前生活在拉斯维加斯。

红灯区接客的破屋，拉斯维加斯一战定生死的黑市拳场，充满腐臭味的死人堆。

一次又一次，年幼的他为了一口饱饭，扛住那些重型大汉致命的拳头，在拳击台上鲜血淋漓、苟延残喘地爬起来。

他每次出战，胜和败，对应生和死。

从拉斯维加斯死人堆里一步一步爬出来的私生子，到如今的商氏第一继承人，商迟的世界是腐朽的、充满血腥味的。

而他的白珊珊多特别，带着草莓味的甜。

月黑风高夜，约架进行时。谁知半路上突然跳出一个豪门大佬，扔给她一块草莓慕斯，还占她便宜亲了她的手背，跟她面无表情地来了句“为你做任何事，都是我的荣幸”这种充满言情味的小说台词。

白珊珊觉得自己再淡定也没法微笑面对了。

她就这样保持手拿草莓慕斯的动作愣了差不多三秒钟，然后才回过神来。

白珊珊回神后的第一个动作，就是把自个儿的“爪子”从冷漠少年的大手里拯救出来。她垂眸，看了一眼刚才被他亲过的手背，只觉那一小片皮肤火辣辣的，像有蚂蚁爬过似的，有一丝丝的痒。

换成平时，白珊珊已经发飙了，但此时毕竟情况特殊。一是因为她深知这位同桌本就行为怪异，二是她没忘记那个小巷子里还有一群中景职高的人在等着她。

因此，白珊珊只是把手背在校服衣角上蹭了蹭，然后面无表情地看向商迟。

商迟也直勾勾地盯着她。

两人对视几秒钟后，她笑了下，抬手拍了拍商迟的肩，一副无可奈何的表情，说："行吧。既然为我做任何事都是你的荣幸，那麻烦商同学去刚才的小卖部帮我守一下书包。谢了啊，我去去就来。"说完，不等商迟回话她便转身走进小巷。

商迟抬眸，夜色下，少女纤细的背影是满眼黑暗中唯一一抹浅色，鲜亮而醒目。

他面无表情地在原地站了一会儿，还是迈步跟了过去。

巷道幽深，挂在小巷口的一盏老灯吊着半截线，摇摇晃晃地悬在人头顶上方，根本不足以驱散黑暗。夏季蚊虫多，飞蛾似被闷热的空气炙烤得烦躁，不安地围着那盏老灯盘旋打转，巨大的身躯将本就微弱的灯光遮挡得严严实实。

白珊珊把玩商迟刚才给她的草莓慕斯，抬眸一瞧，中景职高的一群不良少年就站在巷道的中间地带。他们有的靠墙站着，一个个全都没骨头似的，看着就流里流气的。他们从头发丝儿到脚指头都跟"中学生"仨字儿不沾边，散发着浓浓的社会气息。

她把一根棒棒糖放进嘴里，拖着步子慢悠悠地走过去。

这时，中景职高的一个人见了她，朝其余人抬抬下巴递了个眼色，众人的视线便不约而同地落到那道从巷道入口处走来的纤细人影上。

领头的于老耿眯了下眼睛，先是瞧见白珊珊，紧接着余光一扫，依稀瞥见巷道入口处还站着一道身影。对方站姿懒懒的，透着几分漫不经心，隔得远，看不清那人具体是什么样貌，只能从高高大大的身形判断是个男的。

白珊珊走到一伙人跟前站定。她一米六的个子，嘴里还有棒棒糖，一边的脸颊圆滚滚的，看起来乖巧可爱。在一群不良少年的包围中，她吃着糖神色镇定自若，没有丝毫胆怯。

于老耿眯着眼睛，冷冷地盯着白珊珊。

这位新一任的中景校霸对白珊珊积怨已久，对“一米六大佬”这个名号也嗤之以鼻。他甚至觉得滑稽，他们中景以打架厉害闻名全B市，结果，这一响当当的名头竟然在几年前就被一个好学校的优等生给终结了。这不搞笑吗？

一群大老爷们儿干不过一个细胳膊细腿儿的女生，简直是奇耻大辱。因此，于老耿将此次寻衅定义为“尊严之战”，誓要一洗前些年那场“复仇之战”蒙的羞，让他们中景的威名再次响彻全市中学。而找那个叫刘辉征的男生的麻烦，不过是他们为了挑衅白珊珊而随便找的由头。

让所谓的“一米六大佬”痛哭流涕地抱着他的大腿叫爸爸，才是他此行的真正目的。

思及此，于老耿可谓是热血沸腾、斗志昂扬。

看着眼前这位吃着棒棒糖、一双大眼亮晶晶的“校服妹”，于老耿得胜的信心更强了。他眼底流露出一丝显而易见的不屑和轻蔑，阴阳怪气地道：“哟，这不是一中的珊姐吗？久仰大名啊！”

白珊珊闻言，礼貌而不失尴尬地笑了下，说：“那真是不巧了，你的名字我在今天之前听都没听过。”

话音刚落，于老耿的一帮小老弟瞬间稳不住了。其中一个左耳戴着四个耳钉，看起来挺厉害的“耳钉哥”脸色一变，把烟往地上一扔，恶狠狠地指着她说：“我警告你，站在你跟前的是中景于老耿——耿哥。你说话给我客气点儿！”

白珊珊看了一眼“耳钉哥”那两只全是耳钉的耳朵，觉得眼睛有点儿花。她移开目光点了下头，很给面子地道：“哦，耿哥好。”

于老耿一听“耿哥”俩字，僵硬的表情总算是自然了点儿。他调整了一下自己的面部表情，重新找回之前那种热血感。他视线越过白珊珊，往巷道入口处的高大身影瞥了一眼，冷哼道：“我知道你断不可能就带了一个帮手。把你带的人都叫出来吧，免得传到江湖上，说我们中景以多胜少，欺你一介女流之辈。”

这是什么神奇的措辞？他《射雕英雄传》看多了，当是在华山论剑啊？

白珊珊一脸茫然地看着这位大哥，说：“我没帮手啊。”

于老耿抬手，往白珊珊身后一指：“那个人是谁？”

闻言，白珊珊狐疑地扭头看向身后，只见数米远处果然有一道人影，安安静静的，就像一棵生长在黑夜里的乔木。

她反应过来站在那儿的是谁了。

白珊珊老实巴交地回答：“哦，那是我同桌。”

于老耿问：“他来干什么？”

“过来纳凉吧。”

于老耿一时不知该说什么。

一众中景小老弟也不知该说什么。

上了一天的学，白珊珊眼皮耷拉着，有点儿累又有点儿困，咬着棒棒糖伸了个懒腰、打了个哈欠，懒洋洋地说：“好了，聊也聊得差不多了。都快点儿吧，别耽搁时间，我朋友涮着麻辣烫等我呢。赶紧完事儿，我好去吃饭。”

闻言，从见面到现在，一直被“一米六大佬”无视的一群浑身涌动“尊严之战”信念的不良少年，彻底怒了。

“耳钉哥”指着她，愤怒地道：“死丫头，跟这儿装什么啊？找抽吗？”说着，他抡起胳膊就朝白珊珊的脸蛋儿招呼过去。

白珊珊面无表情地站在原地。她正要后退时，一只大手自她脑袋上方横空出现，不偏不倚，一把抓住了“耳钉哥”的手。

白珊珊一下怔住了。

视线微转，她看见夜色下的商迟不知何时已经到了她身后。少年的脸被笼罩在老灯昏暗的光线中。他好看的唇微抿着，脸色依旧平静，素来冷静无波的眼却森寒阴冷，带着某种教人毛骨悚然的狠戾。

现在他看着一点儿不像平日里那位尊贵的、纤尘不染的，还有重度洁癖的豪门大佬……

对了，这位同桌不是有重度洁癖吗？白珊珊嘴角抽了抽，难以置信地瞪着那只抓住“耳钉男”胳膊的修长大手，脑子里的思绪不受控制地乱飞。

再看看对面的“耳钉哥”。他被商迟抓着手，剧痛之下脸色已经惨白，微张着嘴半天发不出声音。

商迟面无表情地看着他，语气很轻也很淡：“谁准你碰她？”

话音刚落，他反手一拧。

小巷子里安安静静的，腕骨断裂的清脆咔嚓声尤为清晰。

“嗯！”“耳钉哥”从喉咙深处挤出一阵痛呼声。

商迟松手，“耳钉哥”顿时虚脱一般倒在地上，他捂着右手手腕，大汗淋漓，脸色惨白，看上去痛苦到了极点。

所有人都被眼前这一幕给镇住了。

白珊珊低头看了一眼倒在地上抽搐的“耳钉哥”，又看了一眼身旁冷漠到连眉毛都没动一下的商迟，微微皱眉，只觉胆寒。

巷道里有几秒钟的死寂。

半晌，一贯仗着干爹和家里关系在B市横着走的于老耿才回过神来。他抬头看向商迟，夜幕下，对方安安静静的，身上的白衬衣不沾丁点儿灰尘，下着深色一中校裤，一副淡漠、高高在上的富家公子哥儿模样。

于老耿拧眉。

商迟动手的过程他看见了。这个看上去冷漠的优等生，心狠手辣，快、准、狠一样不缺。于老耿跟着他干爹，也是有见识的人，瞬间看出这人的冷漠凶残是从骨子里透出的，仿佛打娘胎里带来的。

他绝不是一个寻常富家子弟。

于老耿再仔细打量这个人一番，瞳孔忽地一缩，面露惊诧。对方衬衣领口的扣子松散地开了三颗，昏暗的光线下，胸口处依稀可见几道明显的陈年旧伤。

鞭痕、刀伤。

见状，于老耿心一沉，看向商迟的目光里平添七分忌惮三分探究，好半晌才开口，带着几分客套的语气："兄弟，这是我们和白珊珊的事儿。你这么替她出头，和她什么关系？"

商迟没有情绪地说："她是我的人。"

白珊珊嘴角抽了抽，用一副"兄弟，你能不能说一次人话"的表情望向身旁的豪门大佬，整个人蒙了。

相较于白珊珊的震惊，有"校霸"之称的于老耿倒是淡定多了。他以为商迟和白珊珊是男女朋友关系，没多想便道："虽然这丫头是你的，但我劝你最好还是别多管闲事。我们这儿足足十几个人，你占不了什么便宜。我们这次找的是白珊珊，你如果不插手，我们也不会为难——"

话还没说完，又是一声刺耳的痛呼声。

一个顶着一头鸡窝般的黄毛的人倒在地上，捂着肚子面容狰狞地打滚儿。他想要偷袭商迟却被商迟出于正当防卫踢了一脚。

商迟的视线移向于耿。他非常平静地说："她饿了，速战速决。"

这人轻蔑的姿态与白珊珊相比，简直有过之而无不及。于老耿彻底火了，咬咬牙掏出兜里的手机扔给边上的人，脱了身上的T恤衫，露出一身疙瘩肉，壮硕紧实的胸肌、臂肌一览无余。他显然打算亲自动手。

白珊珊心一沉，上前轻轻地扯了扯商迟的衣摆，低声说："谢谢你商同学，你义薄云天、拔刀相助，我记下了。走吧，于老耿不是省油的灯。之后的事，你就别管了，我应付得来。"

令白珊珊没想到的是，商迟闻言只是垂眸，神色平静地看了会儿她捏住他袖口的细白小手。

然后，他弯了弯唇，轻轻地笑了。

白珊珊被这笑弄得一愣，不明所以。

下一刻，商迟抬眸看向她："刚才的话，我理解成你在担心我。"

白珊珊有时候真的很想知道，为何这位大佬这么喜欢给自己加戏。

商迟的视线离开白珊珊。他冷漠地看向几步之外的于老耿，淡淡地说："站远点儿。"

白珊珊不明所以。

"这些蠢货会弄脏你。"

白珊珊不禁内心吐槽：大佬，请问你的台词本是从哪儿借的？

于是这天晚上，白珊珊全程当了一名围观群众。

商迟面对于老耿的突袭，正当防卫。一群不良少年，最后被商迟惊人的抗压能力震慑到，伤的伤，逃的逃。领头的于老耿则在离开途中一脚踩空掉进未盖井盖的下水道，被送进了医院。

反观那位修罗场的缔造者，尽管两只手和白衬衣的衣角上都沾了污渍，但面容淡漠，竟还是那副身处高位者才有的优雅贵族样。

白珊珊震惊得说不出话。

风吹散了乌云，月亮出来了，挂在树梢上，替沉睡中的城市盖了一层薄雾似的纱，将巷道温柔地笼罩其中。

"吓到你了？"冷冰冰的嗓音在她耳畔冷不丁响起，温柔得可怕。

白珊珊瞬间回神，有些尴尬地摇了摇头："没……没有。"她的眼神无意间扫过商迟放在一旁的水。她反应过来什么，赶紧找了个话题道，"你之前买这瓶水，是要用来洗手？"

商迟紧紧地盯着她，点了点头。

"我帮你吧。"白珊珊在这样的注视下心跳不禁加快。她定定神，上前几步把那瓶水拿了起来，拧开瓶盖，然后举着回到商迟跟前。

两人面对面站定。

白珊珊将瓶身微微倾斜，矿泉水流出来，冲刷商迟沾着污渍的双手。他眉眼低垂，脸上面无表情，整个人看起来非常平静，与之前大开杀戒的恶魔判若两人。

月很凉，夜很静，连风都是轻柔的，四周有一种说不出的静谧和诡异的气氛。

"今天的事，"半晌，白珊珊开口，没有伪装也没有假笑，展露出她最真实的一面，"谢谢你。"

"怎么谢？"对面淡淡地传来一句。

她微微一怔。

商迟抬眸，比夜色更黑的眼睛直直地盯着她："怎么谢？"

白珊珊被问住了。这个问题来得突兀，寻常人帮忙，一般不可能反问这么一句。她毫无准备，一时不知道说什么。

两人静默片刻。"既然你想不到，那我自己拿了。"商迟淡淡地说。

他修长冰冷的手指捏住了少女的下巴，抬高。白珊珊眼眸闪动，来不及做出反应，便看见他低下头。

短暂的震惊之后，白珊珊回过神来怒不可遏，想也不想便伸出双手抵在商迟的胸前用力推搡，嘴里挤出几个字："商迟你干什——"

她连一句完整的话都还没说出来，商迟便单手捏住她两只纤细雪白的手腕，反扣到她背后。

少年的手指是冷的，唇是冷的，就连呼出的气息都是冰凉的。

他闭着眼，神色平静柔和，渐渐逼近。

此举令本就错愕的少女整个身子僵住了。

白珊珊长了一张乖巧可爱又漂亮的脸蛋儿，招人喜欢。她从小学六年级开始，便经常收到同学的告白小字条，甚至还遇到过红着脸站在她跟前、紧张得连一句话都说不清的高年级男生。面对这样的情况，白珊珊从没在意过。

她虽年纪小，又生了一副“单纯阳光美少女”的长相，但骨子里的性格完全和她外表不同。父亲的突然离世，母亲嫁入豪门后对她的漠视，那些所谓的上流社会人群看她的鄙夷与嘲笑眼光，陌生的生活环境……种种巨大变故，令这个小姑娘远比外表看上去成熟。

经历这些后，白珊珊看上去还是那副可爱的无知少女样，内心世界却变了个底朝天。她学会了戴面具，学会了伪装，学会了对身边百分之九十的事物漠不关心，学会了看淡人世间的七情六欲、离合悲欢。

因此，当商迟靠近的时候，她就像电脑死机了一样，大脑一片空白，全身僵硬。

其实认真地说，换成正常的青春期美少女，面对这样一个出身豪门、智慧超群、长得帅会打架的“冰山”校草，早就被他迷住了，即使是被靠近后推搡，那也是因为害羞和慌张。

然而，白珊珊并不是一个正常的青春期美少女。面对如此霸道强硬、不容她抗拒的同桌，她眯了眯眼，眸子里蹿起来两团小火苗，十分愤怒。于是，盛怒之下的白珊珊往后一躲，随后猛地一用力将自己的额头狠狠地撞了商迟的脑门一下。

这一撞不是试探，而是下了狠心，力道极重。

月色下，少女的脸蛋儿雪白小巧。她眼中的怒意不仅驱散了她眸中积累的暖意，还驱散了她隐藏在背后的阴暗，使她越发明艳不可方物。

白珊珊仰着脖子，挑衅地看向商迟，等待他接下来的暴跳如雷。

然而，她想象中的画面都没发生，商迟只是盯着她，将怀中少女的表情一丝不落地收入眼底。

白珊珊窥见他的神情，一愣，敏锐地察觉到空气里弥漫着的危险气息。

他挑了挑眉，黑漆漆的眼睛里生起一丝兴味。

十年前的无数画面，在白珊珊的脑子里不受控制地回放，如走马灯一般。突然，一声惊雷巨响将她的思绪拉回现实。

黑漆漆的书房，满室的冷兵器刀光，坚硬冰冷的钢琴顶盖，还有将她的下巴牢牢禁锢在指掌之间的男人。

“这次还敢撞我吗，白同学？”对方和她只隔两指距离。他呢喃低语，姿态如贵族般优雅，每个字都是几乎挨着她的唇说的，仿佛只需一个停留就能吻上她。

这过分的亲昵姿态令白珊珊浑身汗毛倒竖，不禁想起了被同桌支配的恐惧。

但是，白珊珊毕竟是白珊珊。一眨眼，她整个人就已经平静下来，又恢复成那种淡定的心态了。

白珊珊平静地看着商迟那张被月色笼罩着的俊脸，语气冷淡，缓慢地开口：“商总，我这次来找你，就是想明确告诉你……你们向KC提出的那几个要求，我全部拒绝。我不会当你的私人心理师，不会搬进商府，更不会和你有除‘心理师与来访者’以及‘老同学’之外的任何关系。”

话音落下，屋子里很安静，静得连人的呼吸声都异常清晰。

闻言，商迟没有说话，面色平静。他捏着姑娘下巴的手指没有松，微微用力，将她的脸蛋儿往上抬。

双方力量悬殊，白珊珊拧不过他，只得被迫将脖子仰得更高。于是，她纤细漂亮的脖颈整个露出来，光滑细腻，线条优美，被月光一照，在黑暗中越发显得洁白无瑕。

商迟微微低头，高挺的鼻梁轻轻贴上她颈动脉的位置。

白珊珊察觉，眉头无意识地微皱。

“别紧张。”商迟闭上了眼睛，似乎能感受到她皮肤下面血管里血液的流动。四下无声，死一般沉寂，他怀里的姑娘是唯一鲜活的存在，散发着勃勃生机和水果清香似的甜美气息。他语气温柔：“继续，我在听。”

白珊珊已经有点儿控制不住自己抽搐的脸和嘴角了。她甚至开始后悔今天一时冲动，拿着《南城旅游城项目开发方案》直接找上门来和商迟谈判。

商迟的思维、节奏，正常人根本就跟不上。她能指望和他谈什么？弹棉花吗？

短短几秒时间，白珊珊内心深处的“弹幕大军”再次滚过。在把商迟腹诽一番后，她心里才舒服了。

于是，她做了一个深呼吸，继续冷声道：“所以，请商先生不要再做出一些奇怪的举动来为难我。”

闻言，对面静了片刻。

“白珊珊，纠正你的一个说法。关于你南城的老宅，我从始至终并没有为难过你。”商迟缓慢地站直，手指松开，垂眸盯着她，非常平静地说，“我是在威胁你。”

闻言，白珊珊已经完全没有耐心了。她侧过头，面无表情地望向落地窗外漫无边际的夜色，没什么语气地说：“南城老宅和我要不要当你的私人心理师根本是两码事，请商总不要混为一谈。而且那不过是一个破宅子，我爷爷已经去世，卖还是留，我根本就不在乎。”

话音落下，屋子陷入片刻安静。

商迟忽然勾了下唇角，直勾勾地盯着她，眼神带着一丝深意。

这种极其专注又平静的注视，令白珊珊感到烦躁不安。她淡漠地盯着他，几秒后也是一笑：“怎么，我刚才说的话很好笑吗？”

商迟淡淡地说：“不是。”

白珊珊沉下声，一字一顿地道："那么，商先生，您在笑什么？"

商迟垂眸，目光在她的脸上流转。须臾，他伸手捏住了她的后颈，另一只手慢条斯理地滑过她细腻的脸蛋儿，像骑士虔诚地触摸自己视为瑰宝的公主，又像主人抚摸自己专属的宠物。

白珊珊突然感到心惊，身子一僵，挣扎了一下试图躲开他的触碰。但只是徒劳地动一下，她便被对方轻而易举地制住了。

"知道吗？"商迟淡淡地说，语气轻缓，温柔似水，"我的小猫不管是反抗我还是对我撒谎的样子，都让我爱不释手。"

商迟和正常人的思维大约隔了一个银河系的距离。因此，这场谈判毫不意外地以白珊珊的失败告终。

但是，她不死心。思来想去，白珊珊只能使出缓兵之计："那这样吧，你让我考虑考虑，我一个月之后再给你答复。"

商迟说："三天。"

白珊珊气得差点儿没吐出血来："十天，不能再少了。"

"白珊珊，"商大佬的眸里没什么情绪，语气平而淡，"我没有和你商量。三天，是我耐心的极限。"

白珊珊踩着公主鞋离开商府时，已经是夜里九点半了。按照惯例，依然是商府派车，江助理陪同她回家。

白珊珊才经历一场没有硝烟的恶战，整个人跟跑了三千米长跑似的，蔫蔫的，没精力扮演平日里乐观向上的样子。她索性脑袋一仰、眼睛一闭，打算去找周公下棋，排解心中忧愁。

她正睡得迷迷糊糊，耳畔冷不丁响起江助理的声音，一贯的清亮儒雅、彬彬有礼："白小姐，还是回东郊白宅吗？"

白珊珊让这个问句惊得瞬间回神，揉了揉惺忪睡眼，打了一个哈欠，懒洋洋地道："嗯。"

副驾驶座的江助理听出她语调里的疲乏，回过头，有些抱歉地啊了声，尴尬地道："白小姐在睡觉？真是太不好意思了。"

"没事儿，没事儿。"白珊珊随意一摆手。这一醒，再睡也就睡不着了，她耷拉着眼皮，掏出手机点亮屏幕，正准备玩游戏。

叮一声，屏幕上弹出一行小字："电量不足百分之十。"

白珊珊只好把手机收回来，闭目养神。她百无聊赖，鬼使神差地问："你们商总不工作的时候好像挺闲的，都不用陪女朋友吗？"

听完这句，前排的江助理明显愣了下，然后才笑着回道："白小姐说笑了。先生没有女朋友。"

白珊珊抬眼，挑挑眉，换上一副好奇的模样，低声问："那你知不知道，商总和他上一任女友是什么时候分的？"且不论商家富可敌国的财力、百年贵族的家庭背景，单单凭商迟那张脸，她都不相信那个男人身边会缺女人。

"我跟在先生身边四年，从没见他身边出现过一个关系亲近的异性。事实上，除了格罗丽大管家之外，先生似乎很排斥跟女士接触。"江助理说着顿了下，笑盈盈地看向白珊珊，"白小姐是我所见过的第一个和先生牵过手、跳过舞的女性。"

白珊珊有些难以置信。

提到这个话题，江助理明显很兴奋。他原本单手托腮一副深沉的表情看向窗外，现在突然变成一副"迷弟脸"，抒发来自内心深处的感激之情："说起来还真是要谢谢白小姐，如果不是你的出现，我估计商氏上下，这辈子都可能看不到先生跳华尔兹。那仪态、那身段儿，每一个旋转、每一个舞步，跳得太好了，对吧？"

白珊珊讪讪地笑了下。常言道"拿人手短，坐人车嘴软"，因此，她非常给面子地点头，啪啪鼓掌："是啊是啊，商总跳得可真是太好啦！"她竖起大拇指称赞，"太好了！"

"嗯！"得到赞同的江助理心情更好了，白净的脸上满是笑意，又忍不住感叹，“有钱有权，有头脑有颜值，豪门大佬，商界巨鳄，身材好，还会跳舞，世界上再也找不到像先生这么完美的人了。”

白珊珊继续尴尬而不失礼貌地干笑，一双小白手也继续啪啪啪鼓掌，敷衍地附和：“是啊是啊，你家商总最厉害最帅，不接受反驳。”

“我要是个女的，绝对做梦都想嫁给他！”

“是啊是啊，想嫁。”

话音刚落，江助理喜滋滋地摘下无线耳机，直接拿起手机恭恭敬敬而又掩饰不住开心地汇报：“先生，都听见了吧，白小姐其实很喜欢您呢。”

白珊珊一脸茫然。两秒后，她意识到什么，整个人都惊了。她立马起身一把扒住精英小哥的肩，从他手里把手机抢了过来，一看屏幕，赫然显示——

通话对象：boss。

通话已进行：25分08秒。

通话状态：通话中。

白珊珊沉默了。她感觉自己从头发丝儿到脚指头都僵硬了，而副驾驶座的江助理却一副乐呵呵的表情。

接着，江助理从白珊珊手中把自己个儿的手机拿回去放到耳边，聚精会神、一五一十地继续向自家老板实时直播车内情况。

对方不知问了什么，江助理回了一句“稍等”。

然后，江助理扭头，看见了白珊珊目瞪口呆的表情。见状，他略一思索，加入自己的理解认真解读一番后，朝自家老板恭敬地道：“白小姐现在心绪难以平复，非常不好意思、非常害羞。”

闻言，觉得自己好不容易才从惊悚的深渊中爬出来的白珊珊，再次扑通一声跌入绝望的海洋。

先有不正常的大佬，再有奇怪的助理，白珊珊觉得眼前的世界实在是太魔幻了。她很想知道有“商界第一帝国”之称的商氏财团究竟是怎样的风水宝地，才能养出这么一群奇人。

这时，接着电话的江助理再次转过身来，把手机往白珊珊跟前一递，笑呵呵地道：“白小姐，很抱歉打扰你，先生请你接电话。”

白珊珊闭眼，深吸一口气吐出来，在心里飞快地默背了几遍佛经，克制住内心揍人的冲动。最后，她睁开眼，微笑着看向江助理，伸手接过了手机。

“喂。”她不耐烦地招呼了一声。

“江旭聒噪了些。”听筒里的嗓音冰冷低沉，依然很平静，“你别介意。”

闻言，白珊珊嘴角一抽，心想大佬您这么说真是太谦虚啦！您家助理这哪儿是聒噪，分明就是深得您的真传啊！不过，她表面上笑了两声，还是非常给面子地说：“没有，江助理人挺好的，很是幽默。”

“虽然知道你刚才说的不是真心话，”商迟语气淡淡的，说着略微顿了下，低声说，“但我很开心。”

白珊珊眼眸闪了下。不知为什么，这直白的表述与温柔的语调，通过手机听筒传入紧贴着的她的耳朵，令她心尖一颤。

听筒那头有两秒钟的安静，随即传来淡淡的笑声，低沉的嗓音响起：“令我惊喜的是，我的公主还如此有趣可爱。”

白珊珊抿了抿唇，一字一顿地反驳：“商先生，我想您的记性可能不太好。我已经跟你说得非常清楚了，我是你的心理师，你是我的病人，除此之外，现在的我们没有任何关系。”

听筒那头的人却像是根本没听见这番话似的，又淡淡地道：“三天后，我会派人去接你。”

白珊珊一滞，沉默片刻，决定做最后一次尝试。她的语气中带点儿好笑和不可思议：“商先生、商总、商同学，我就纳闷儿了，我只答应你考虑三天，你怎么就觉得我一定会同意搬进商府？”

商迟说：“结果都一样。”

“你说什么？”白珊珊怀疑自个儿耳朵出毛病了。

商迟很冷静地回道：“让你考虑三天，是我尊重你，至于你同意与否，结果都一样，不会有任何区别。”

白珊珊向来自诩泰山崩于前都能面不改色的心态，在大佬这儿又碎了。她郁闷、纠结、愤怒，一气之下，胳膊肘一挥，打在了江助理的后脑勺上。

江助理捂着脑袋嗯了一声。

白珊珊对着江助理的手机，彻底爆发了：“硬要我搬到你家去为什么啊？别跟我说什么方便处理突发状况。我是心理师又不是家庭医生，能处理什么突发状况啊？你到底要干什么啊？来来来，你给个理由，我听听！说吧说吧，你要干什么，说清楚啊？！”

她一嗓子一气呵成地吼完，整个车厢都静了。

司机安静了。

揉着脑袋的江助理也安静了。

两人都被白珊珊这一长串几乎没有停顿的“灵魂拷问”给镇住了。他们的脖子一个朝左边扭，一个朝右边扭，两人对视一眼。

司机一脸惊恐，用眼神问：老板和准夫人怎么突然就吵起来了？

江助理定定神，揉着脑袋一面感叹白小姐不愧是大佬的女人，别的不说，光这肺活量都不是一般人能比的，一面思索了一会儿，用眼神回：淡定，打是亲骂是爱。

司机一副不怎么相信的表情。他再悄悄地透过后视镜瞥一眼后座的姑娘，只见他们公认的准夫人正腮帮鼓鼓地握着小拳头，一双眼睛瞪得大大的，浑身都散发着一种怒火中烧又霸气威猛的气场。

此刻，司机觉得全世界像被按下了暂停键。

相比被镇住的司机和江助理，白珊珊就自然多了，只是面无表情地举着手机等对面的大佬回话。

良久的静默之后，对方淡淡地说道：“我要每天都看见你。”

言简意赅的八个字，一下就把白珊珊全身上下熊熊燃烧着的愤怒之火给浇灭了。

她怔住，一时间脑子竟乱糟糟的，理不出头绪也说不出话。

“我要每天都看见你，这就是理由。”商迟说。

“你——”

“三天之后，我会派人去接你回来。”不等白珊珊说话，他便再次开口，嗓音低沉，语气倨傲，“如果你拒绝，那么我会亲自登门，拜访你的父母。”

白珊珊一脸茫然地看着前方江助理似乎已经起了个包的后脑勺，问：“你没事儿拜访我父母干什么？”

商迟答道：“提亲。”

白珊珊还来不及说话，电话就挂断了。

“喂？！”白珊珊愤怒之下没控制住肢体动作，胳膊肘再一次砸在了江助理的后脑勺上。

江助理只能默默地摸摸自己的后脑勺。

故事的发展太超乎想象，白珊珊已经有点儿难以招架了。在她看来，商迟最后用来威胁她的应该是老宅，结果竟然是提亲。这是什么操作？

片刻，白珊珊闭眼，吸气吐气，吸气吐气。她努力调整自己的心态，内心暴怒的小火苗总算是下去点儿了。睁开眼，她把手机扔给了捂着脑袋的江助理。

“不好意思啊。”白珊珊指了指精英小哥的后脑勺，有些抱歉地说，“我刚才有点儿激动。”

江助理把手放下来，微微一笑：“没关系。”为了老板的终身幸福，夫人你打我一下算什么？

白珊珊身心俱疲，连说话的力气都没了，摆了摆手重新躺回后座靠椅上。她调整好坐姿后一扭头，江助理还是笑着看她。

白珊珊问："还有什么事儿吗，江哥？"

江助理笑眯眯地说："白小姐，难道你没有看出来，先生在追你吗？"

话音刚落，白珊珊直接被自个儿的口水给呛到了。一言不合就亲她手又摸她脚，还费尽心机用"提亲"威胁她搬进商家，这也叫"追"？

她摸着额头缓了缓，说："行了，江哥你歇着吧。我有点儿累，先眯会儿，到了叫我啊。"

江助理还是笑着："据我所知，先生没有亲人，没有朋友。他性子孤僻，不近女色，感情经历也是一片空白。所以白小姐，如果先生有任何让你感到费解的行为，都是因为先生并不懂得要如何与女孩子相处。"

白珊珊冷冷地笑了下："别的暂且不说，请问谁能接受这样另类的追求过程？"

"这不重要。请相信，结局不会有任何改变。"江助理又说，"先生不是一个注重过程的人。"

不知为什么，白珊珊觉得这句话意味深长。思索着，她微微皱眉，看了江旭一眼。

江旭还是那一副笑颜迎人的和善模样，但眼神锐利而精明，一双眉微微上挑。他一副老奸巨猾的样子，和几分钟之前的他仿佛不是一个人。

白珊珊顿悟，刚才那句话的潜台词是"无论你是什么态度，我家先生要的东西，是不可能得不到的"。

她还真是大意了。堂堂商氏帝国的高层总助，能在一代铁血暴君身边一待就是四年的人，怎么会是一个平凡角色？

她轻轻地挑了下眉："江助理的意思是……？"

"我的意思是，与其徒劳地抗拒，不如欣然接受。"江旭淡淡地笑，"事实上，我从未见过先生对一个人这么上心。"

闻言，白珊珊垂眸，静默几秒。随后，她弯弯唇，勾起一个浅浅的笑："是吗？"

她早在十年前就清楚地知道，残忍冷漠的商迟，连身体里流着的血都是凉的。

他根本没有常人的感情。他有的是偏执到病态的占有欲，似罂粟让人上瘾，对你宠爱到极致，也危险到极致。

即使生活被不正常的大佬搅乱，白珊珊的日子也照样飞速地过。貌似形同虚设的"三天考虑时间"，眨眼就过了一半。

白珊珊十分郁闷。

在家躺了整整三十六个钟头后，她意识到自己不能这样坐以待毙。于是，她小白手一挥，扯下脑袋上蒙着的棉被，一个鲤鱼打挺从床上坐了起来。她拍拍脸，甩甩脑袋，打起精神，拳头一握，拿起手机发出求救信号。

求救信号的接收对象是当年高中的"狐朋狗友"团。

当年高中毕业后，成绩优异的白珊珊考入了B市本地一流大学的心理学专业，顾千与去了云城学播音主持。相较两位女同志，昊子和刘子的成绩就不行了，好在两人家庭条件都挺优越，一个花钱出国镀了趟金，一个直接在B市寸土寸金的闹市区开了一个整整三层楼的火锅店，当起了甩手掌柜。

微信群"一中四剑客"。

白珊珊是小超人："兄弟们，江湖救急！！！"

不到五秒钟，受到召唤的三位小老弟集体上线。

顾千与："在！！！"

刘子：“大哥，我在！”

昊子：“大哥又和拆迁？！”

昊子：“不好意思，太激动，手抖了……”

昊子：“有何差遣……”

白珊珊是小超人：“唉，事情是这样的。”

屏幕那头的三位小老弟当即屏息凝神、全神贯注，等着他们的“一米六大佬”一声令下，便准备行动。

一秒钟过去……

五秒钟过去……

整整两分钟过去。

刘子：“大哥你睡着了？”

白珊珊是小超人：“事情的复杂程度已经不是区区几条消息能阐述的了。一言难尽，我们还是见面详谈。”

于是这天傍晚，刚到饭点儿，一辆拉风的豪车就非常高调地停在了闹市区某三层火锅酒楼门口，以白珊珊为首的四人组就这么下车了。

许久没见，顾千与还是那副文静温柔的文艺女青年形象；刘子穿了一身灰西装，头发梳得整整齐齐；昊子则是一副标准的暴发户打扮，戴着大金链子、大金表，生怕没人知道他腰缠万贯似的。

吃饭的地方是昊子的火锅店。大家难得聚一次，嘻嘻哈哈地聊着天，都把今晚的正事儿给忘到了脑后。

“大哥，你今儿咋这么猛啊？”看着桌上整整六个空了的果酒瓶子，昊子瞠目结舌，“你平时不是不喝酒的吗？抡起膀子就灌六瓶，行不行啊？”

白珊珊仰起脖子喝完最后一口酒，把杯子一撂，表情如常，很淡定地说：“还不够我塞牙缝。”

话音刚落，在座几人纷纷鼓掌：“厉害。”

这时，顾千与总算后知后觉地想起什么，问道：“对了珊珊，你这次叫我们出来，到底有什么烦心事？谁惹你不开心了？”

“哦。”白珊珊脸蛋儿红红的，打了一个嗝儿，手伸进裤兜里掏出手机。在众人不解的目光中，她点开通讯录，找到一个名为“变态大佬”的号码展示给大家，很淡定地说：“就他。”

三个小老弟你瞅瞅我、我瞅瞅你，都在想这是谁。

就在这时，令小老弟们万万没想到的一幕发生了。

他们的“一米六大佬”低下头，很淡定地看了那个手机号码一会儿，很淡定地哼了一声，然后又很淡定地打了个酒嗝。最后，她在众目睽睽之下，很淡定地摁下了拨号键。

过了几秒钟，那边应该是接通了电话。

“一米六大佬”依然很淡定。她脸色平静，对着手机话筒念了两个字：“商迟。”

三个小老弟听到这个名字都蒙了。

电话那一头很安静，没有人说话，也没有任何回音。

然后，在这家店三楼吃饭的群众，听见了从最里侧的包间里爆发出的一阵吼声：“来啊！打一架！”

三个小老弟更蒙了。

片刻后，电话里传出一个声音，冰凉，没有温度：“白珊珊。”

“叫爸爸干吗？”

对方嗓音沉得发冷：“你在哪儿？”

“爸爸在清源街这儿的川渝老字号火锅。”已经完全处于迷幻状态的“一米六大佬”无所畏惧，非常高贵冷艳地道，“我给你十分钟，出现在我面——”

“前”字儿还没来得及说出口，手机便被顾千与一把夺去挂断。

白珊珊皱眉，站起身，像踩在棉花上似的虚晃了一下，口齿有点儿不清：“干吗抢我手机？还回来……嗝！”

昊子都要哭了："可饶了咱们吧，爸爸！你喝醉了找谁单挑不好，非得找爷爷！"说着，他上前一把扶住白珊珊的小肩膀，看了顾千与一眼，"珊珊喝多了，先送去你家？"

"成。"

车停在大道旁的小路上，路灯昏暗，行人稀少。昊子拉开车门，正要把自家已经开始打醉拳的"一米六大佬"放进去，背后传来一个淡淡的声音："放开她。"字里行间透出一种不容置疑的威严和冷漠。

几人同时一怔，回过头。

西装笔挺的男人安静地立在夜色中，身形挺拔。他脸上没有任何表情，淡淡地看着他们，眼神冰冷。

一个熟悉的名字浮现在顾千与等人的脑海中。

昊子的脸色忽地变了，他眼珠一转，笑起来："哎呀，误会误会！刚才珊珊喝多了摁错了你的号，都是老同学，商总您……"

商迟漠然地重复了一遍："再说一次，放开她。"

就在这时，被几人架着的白珊珊忽然醒了过来。她睁开眼，迷离的目光把周遭的景物匆匆扫过。她一面挣扎着推开几人，一面断断续续地咕哝："我没喝多，都撒开，撒开撒开……"

她边说边晃晃悠悠地往后退。喝醉的人力气奇大，顾千与紧跟几步，根本抓不住她。最后，顾千与只能嘴角一抽，眼睁睁地看着"一米六大佬"毫无所觉地撞上了几步外的男人。

白珊珊一个趔趄，下一秒，双脚离地被抱了起来。

商迟将姑娘轻轻地抱入怀中，垂眸，面无表情地端详着那张绯红滚烫的小脸。须臾，他将唇贴近她同样红红的耳朵，微微挑眉，问："喝酒了？"

白珊珊可能是觉得痒，小猫似的缩缩脖子躲了下，迷迷糊糊地说："嗯……商迟吗？"

商迟点头道："是我。"

闻言，白珊珊忽然笑了，小猫似的歪了歪脑袋，盯着他。她又细又白的食指一勾，示意他靠过来。

这副娇柔又可爱的模样十分勾人，商迟的眸色逐渐变深。他低头贴近她红艳艳的唇瓣。

"单挑啊！打架啊！"白珊珊一把抱住他的脖子，恶狠狠地怒吼，"捶死你！"

四周突然安静了，除了商迟和白珊珊，其他人都是大眼瞪小眼。

小老弟三人组和白珊珊从高一开始就是死党，关系比亲兄弟还亲，几乎能穿一条裤子轧马路。因此，他们当然清楚白珊珊的真面目：心性淡漠，好像天底下就没一件她打心眼儿里在乎的事儿；打架厉害，和人动起手来又冷又狠，不管是谁都不会讲半分情面；天不怕地不怕，无论面对什么人、什么场面都不会胆怯。

总结一下就是四个字：十分厉害。

在那个少年挥斥方遒的青春时代里，全B市的学校，大佬虽多，却几乎没有不卖一中珊姐三分面子的人。

当然了，人生在世，凡事没有绝对，凡事都有例外。

在顾千与等人的记忆中，唯一能制得住白珊珊、令白珊珊发自内心觉得怕的人，有且仅有一个——商迟。

陈年往事不可追，但小老弟们怎么都没想到，时隔十年，他们的"一米六大佬"非但没有在岁月的流逝中变得淡泊如水，还以二十七岁"高龄"发起了"少年狂"：她直接骑到了商大佬这个大佬的脖子上……不，是躺在商大佬的怀里，抱着商大佬的脖子，扬言要捶死他！

看着不远处身着西装、高大笔挺的男人和躺在男人怀里奓毛的"一米六大佬"，顾千与三人目光中写满敬畏。大哥就是大哥，永远都不走寻常路，世上估计也找不出第二个敢直接赖在商迟怀里找他单挑的人了。小老弟们佩服得五体投地。

时间一分一秒地过去，夜色越发浓。忽然，起风了。

刚吃完火锅，火锅料和各类香料的味道沾了白珊珊满身。风一吹，辣味儿四散，她就跟一个移动的火锅底料包似的。

几米外的陈助理闻见了那阵儿浓烈的火锅味，看了一眼自家老板的背影，又想了想自家老板的重度洁癖，上前几步，沉稳而恭敬地道："先生，我先带这位小姐去清洗。"

"不必。"商迟淡淡地说。

陈助理向来无波无澜的眸中闪过一丝诧异："可她身上……"

"我的小猫很干净。"非常平静的嗓音，却带着一丝不容置疑。

陈助理不说话了。他意识到自己说错了话，垂着头毕恭毕敬地退回到之前站的地方，不再说一句话。

一旁，江旭侧目，挑着眉头看一眼身旁的陈助理，问："几时回的国？"

陈肃面无表情地回答："今天凌晨。"

江旭又问："西班牙那边的事儿处理完了？"

"嗯。"陈肃说，"具体事宜我已经跟先生详细汇报过。"

"百足之虫，死而不僵。"江旭的两手交握在身前。他依然是那副儒雅的精英模样，面容温和，眼神却阴沉沉的，"布兰特在商氏任高职数年，全球各分部都有他的心腹，欧洲不过是冰山一角。先生说过，布兰特的残党余孽务必彻底清除。"

"布兰特家族的所有人都已经从商氏族谱除名。"陈肃淡淡地说。

闻言，江旭唇角一勾。他温文尔雅地扭过头，笑弯了眼睛："辛苦了，陈助理。"

陈肃和江旭共事多年，自然习惯了这只老狐狸的虚与委蛇。他听完这话后并没有任何反应，只是抬眸看着某一处，问："那个女孩儿是谁？”

江旭顺着他的视线看过去，夜色下，高大冷峻的男人和他怀中沉沉睡去的姑娘，一刚一柔，和谐至极，像是一幅画卷。

江旭慢条斯理地说：“先生的心肝。”

陈肃猛地侧目看向江旭，一贯的“冰山面瘫脸”裂开了一道缝，掩不住惊讶。

江旭笑了：“很不可思议？”

陈肃不语。

“所有人都觉得不可思议。”江旭又笑了下，“格罗丽说，一束光回来了，重新照亮了暗无天日的深渊，所有人都应该用最诚挚的心去感谢主，这是上帝对商家为数不多的恩赐。”

陈肃眉眼平静，点头，忽然也笑了：“那应该欢迎她的到来。”

数米外，商迟垂眸，静默不语地看着怀里的姑娘。他面容沉静，乌黑的眼眸却锐利逼人。

显然，刚才那通喊话已经耗完白珊珊最后一点儿力气，她闭着眼，似乎困得厉害，毛茸茸的小脑袋跟小鸡啄米似的一点一点。她俏丽的小脸红红的，粉嫩的唇在迷糊间动着，不知在说些什么，两只小手还无意识地搂着他的脖子。

她整个人小奶猫似的乖乖地窝在他怀里，说不出的柔顺可爱。

透过上方昏暗的路灯光线，商迟专注而冷静地端详着怀中姑娘的脸。他的视线依次扫过被碎发微微遮挡的额头、小小的鼻尖、开开合合的唇瓣和小巧微翘的下巴。

半秒后，他目光停留，找到了下口的位置。

处于半睡半醒间的白珊珊并没有察觉到异常。她觉得此时自己的脑子晕乎乎的，跟糊了几团糨糊似的。她想睁眼看世界，眼皮却似有千斤重。因此，她只能继续迷迷糊糊地闭眼咕哝。

恍惚间，她隐约知道自己躺在某个冰冷而坚硬的怀抱中。周围的空气也被某种清冽的男性气息侵袭，似一张无形的网，将她整个笼罩住。

“嗯……”她费尽力气抬起右手，揉了揉眼睛，很轻地皱了下眉。

这个怀抱似乎很熟悉……

是谁？

头好晕。我是谁？我在哪儿？我在干什么？

突然，她感觉嘴角有什么东西轻轻地贴了上来，柔软湿润，类似嘴唇，温度却又是冰冷的。

白珊珊吃力地掀开眼皮，无奈，眼皮上跟压了两块大石头似的。此时的她使出了吃奶的力气，两张眼皮中间也只开了一道缝。

几毫米的狭窄视野，开了又合。

最后，在白珊珊完全昏睡之前，印在她脑海中的唯一画面就是男人虔诚微合的双眸和那浓黑细密的睫毛。

此时，将这一幕收入眼中的顾千与三人惊恐到连眼珠都差点儿掉出来，已经完全蒙了。

他们原以为今晚会等来两位大佬的世纪之战，万万没想到等来了国王与公主的嘴角之吻。

鉴于这两人的优越长相以及商大佬与生俱来的贵族气质，这幅画面还挺唯美。

就在小老弟们的脑海里掀起滔天巨浪时，他们又看到吻了“一米六大佬”嘴角的商大佬直起身，继续安静地注视着他怀里娇小的“一米六大佬”。而“一米六大佬”在商大佬怀里猫咪似的不安地蹭了蹭，调整了下睡姿，又睡过去了。

商大佬抱着“一米六大佬”面无表情地转过身，迈开长腿向前。

一个助理眨了眨他的狐狸眼，微微侧身，恭恭敬敬地拉开了纯黑色豪车的后座车门。

商大佬弯腰，抱着“一米六大佬”上了车，动作轻柔地将“一米六大佬”放在腿上。他一只大手环过“一米六大佬”细细的腰，另一只手穿过“一米六大佬”的乌黑发丝，使“一米六大佬”的脑袋稳稳地贴在他胸前。他眉眼低垂，动作轻柔。

“等天亮之后，给白岩山去一个电话。”商迟的指尖轻轻地抚过白珊珊的脸颊，他面无表情，冷漠地说，“告诉他，白珊珊昨晚在我这儿。”

江助理闻言略一思索，瞬间了然于心，垂眸道：“是。”

轰——汽车引擎声响起，黑色豪车绝尘而去，很快便没入了夜色。

三个小老弟一脸茫然，看着豪车消失在夜色中。

过了一会儿，三人才后知后觉地回过神，集体哀号：“天哪！大哥，你打不过他的，快回来啊！！”

陈肃目送豪车离去，片刻之后，道：“先生是想让白家主动把女儿送给他？”

“换一个动词或许更准确。”江旭说。

陈肃不解。

江旭意味深长地笑了：“先生是想让白家主动把女儿嫁给他。”

人们总是容易对与自身截然相反的事物抱有偏执的欲望。

地狱渴求天堂。

极致的黑暗，渴求璀璨的光明。

腐烂的灵魂，渴求神圣的救赎。

就像商迟，病态般渴求着白珊珊。

黑色豪车平稳地行驶在夜色中。车窗外，城市的街景一闪而过，排列整齐的路灯因车速而连成了片。

晚上九点多，这座城市才苏醒，霓虹灯光华灿灿，给漫无边际的夜色平添光彩。

司机目不斜视地开着车。

后座，商迟安静地抱着怀里嘀嘀咕咕、扭来扭去的小家伙。他垂眸，薄唇轻轻地抵着姑娘太阳穴的位置，大掌规律而轻柔地抚着她的背。

七月的B市，就连晚上的气温也高达三十摄氏度，空气燥热黏腻，吹的风都是热的。白珊珊之前在火锅店门口撒了回酒疯，消耗不少体力，加上她衣服穿得多，这会儿早已满身是汗。

她的脑子昏昏沉沉的，全身上下也被高温烤得黏糊糊的。虽然车上有冷气，身处的怀抱也冰凉，缓解了她强烈的不适感，但她还是有些不舒服。

白珊珊闭着眼，软绵绵地睡在商迟腿上。不知是热还是其他什么原因，她忽然皱眉，不满地鼓了鼓腮帮，一双小白手抵着他的胸膛挣扎了几下："放……放开。"

"嘘，乖一点儿。"商迟的眸色逐渐变深。他钳住她两只纤细的手腕，唇贴着她藏在黑发下的小耳朵，轻轻地哄着，语气温柔得可怕，"别动。"

她这副小模样，娇柔得仿佛连骨头都是软的，他看一眼都受不了，更别说她还这么一而再、再而三地扭了。

"嗯……"

一股气息从白珊珊耳根处拂过去，一片清凉，夹杂着一丝若有似无的烟草味。她觉得痒，下意识地歪着脑袋缩了缩脖子。这个动作刚好将她滚烫的整个脸蛋儿送进商迟的掌心。

男人的手也是冷的，掌心和虎口处还结着一层薄而硬的茧。

她正觉脸颊烫得厉害，接触到男人冰冷的手掌，顿时弯了弯一双迷蒙的眼。她的脸蛋儿蹭蹭对方的手心，人跟猫咪般发出了一阵舒服的呼噜呼噜声，乖巧柔顺极了。

“乖。告诉我，是不是哪里不舒服？”商迟盯着怀里的“小猫”，眸色逐渐深沉，大手轻轻地抚摸她又软又滑的脸颊。

白珊珊这会儿脑袋不清醒，只是闭着眼抬手敲了敲额角，细细的眉毛皱成一团，老老实实地说出了自己此时的感受：“头晕……”

下一刻，男人原本放在她脸蛋儿上的大手便移向了她的脑袋，轻轻地揉着。

“你喝醉了。”商迟注视着她。

“晕晕的……”她口齿不清地自言自语，坐在商迟腿上，又困又昏。忽然，她脑袋一歪，倒在商迟肩膀上嘀咕：“难受……我觉得好晕……”

商迟的嘴唇紧贴她的眉心，他轻轻地吻了下，低声说：“格罗丽已经准备好了醒酒汤。乖，睡一会儿，我很快带你回家。”

人在醉酒状态下的一切行为都是没办法用科学解释的。白珊珊也不知道自己满是糨糊的脑袋怎么就接收到了这句话。男人的嗓音冰冷而低沉，每个字都非常清晰地传进她的耳朵。

她整个人突然一愣，先是皱眉，再是展颜。半秒后，她趴在商迟的怀里嘴角一弯，笑起来。她脸红红的，眼睛也半闭半睁，看起来有几分傻乎乎的。

“没有的。”姑娘嘟着唇瓣嗫嚅着。

商迟环着她柔若无骨的细腰，大手轻抚着她脑后黑发，不语。

姑娘又笑了下，一副很开心的样子，嗓音还是轻轻的、柔柔的。醉酒的缘故，她的发音并不是那么清晰，听起来含混又迷糊：“我没有家呢……十三岁的时候就没有啦……”

话音落下，整个车厢顿时一片死寂。

不一会儿，白珊珊就感觉自个儿的下巴被两只冰凉的手指给捏住了，手指力道并不重，甚至带着几分轻柔，将她的下巴微微抬高。

白珊珊被迫仰起了脖子，吃力地想睁开眼。于是，她在酒精作用下幻想出的满世界的草莓慕斯和云朵棉花糖就突然消失了，取而代之的是一张英俊而冷漠的脸，五官凌厉，视线逼人。

她醉醺醺的，大脑迟钝得无法思考，只能缓慢地眨了眨眼，一脸茫然地看着眼前这张熟悉但是半天反应不过来是谁的脸。

商迟直勾勾地盯着她。半晌，他才淡淡地喊了一声她的名字："白珊珊。"

"嗯？"白珊珊打了个哈欠，两只手揉了揉因打哈欠而流出来的眼泪。她一只眼睁着一只眼闭着，含糊地随口应了句。

"做一个……安分……"

对方薄唇开开合合，盯着她平静而专注地说了些什么。

话音落下，商迟继续直勾勾地盯着怀里的姑娘。姑娘也睁着一双乌黑、亮晶晶的眸子看着他。

一秒钟过去……

两秒钟过去……

十秒钟过去后，姑娘对着他打了一个大大的哈欠。

其实，白珊珊并不是故意无视这番话的。这会儿，她被酒精支配的大脑形同虚设，语言接收能力断断续续。因此，商迟的那番话，她努力地听了半天也只听见几个"安分""生气""我负责"之类的词，零零散散的，根本连不成一句完整的话。

听完之后，她的脑子里只剩下了深深的疑惑。

须臾，在内心进行了一番激烈的心理活动之后，白珊珊终于放弃了与瞌睡虫大军奋战到底的决心。她眼睛一闭，再次把脑袋瓜埋进了商迟的怀中。

商迟由于一直抱着一只移动的"火锅小底料包"，原本不沾丝毫人间烟火味的黑色西装也染上了刺鼻的火锅味。

商迟像丝毫察觉不到这个气味，两只修长有力的手臂收拢，抱紧了怀里迷迷糊糊的"小底料包"，帮她调整了一个更舒服的睡姿。然后，他低头轻轻地吻了吻“小底料包”的脸蛋儿。

“小底料包”在他怀里拱了拱，忽然抬起一双小胳膊抱住了他的一只手臂，毛茸茸的脑袋贴上去，咕哝：“不要离开我，哪儿都别去啊。”

商迟垂眸，目光专注地盯着她略微不安的睡颜。他抬起手，冰冷的指尖描画出她鼻尖、唇瓣的轮廓，低声说：“我不会。”

“谢谢你，”“小底料包”终于放心，在睡梦中勾了勾唇，甜甜地小声说，“爸爸。”

闻言，商迟沉默片刻。

前面驾驶座上的司机徐玮似乎没听见一样，继续开车。只是他手一抖，方向盘一歪，差点儿把车开进绿化带。

商迟抬眸，透过后视镜扫了徐玮一眼。

“咯……”徐玮心下一沉，用力清了清嗓子，平复心绪把车开稳了，“抱歉，先生。”

之后，在开车回商府的路上，徐玮满脑子都是白珊珊之前的言行举止。他不禁对白珊珊这位商氏准夫人生出了一种发自内心深处的敬佩和尊敬。

数分钟后，黑色豪车驶入商府大宅，停稳。

格罗丽在之前便接到了江助理的电话，早已吩咐厨房熬好了醒酒汤。她等在别墅门口，听见汽车引擎声后抬眼一瞧，只见黑色豪车缓缓地驶进铁门停在了花园前的空地上。驾驶座的车门先开，司机徐玮下了车，绕到后座车门前，微垂着头，恭恭敬敬地拉开了车门。紧接着，高大挺拔的男人抱着怀里小猫似的姑娘下了车。

格罗丽迎上去，看了一眼在自家先生怀里睡着的姑娘。空气里那股刺鼻的辣油味令格罗丽微微皱了下眉，片刻，她便收回视线微微垂眸，脸色已恢复如常。她语气平稳地说：“先生，中东的Tiotu集团刚才来过电话。他们对您突然取消为期一月的考察一事感到费解，希望能和您视频通话洽谈相关——”

“让江旭去处理。”商迟面无表情地打断她，脸色冷漠，目不斜视，脚下步子不停。

格罗丽平静地道：“是。”

商迟抱着白珊珊径直上楼走进位于别墅二楼的主卧，将她放在床上。格罗丽从外面跟进来，淡淡地说道：“先生，您先休息吧，我会负责帮白小姐清洗身体。”

“不用了。”商迟站在床侧俯视着白珊珊，平静地说，“格罗丽，送一套干净的衣物进来。”

“是。”格罗丽退出了卧室。

约五分钟后，格罗丽拿着一条崭新的黑色连衣裙重新回到主卧内，道：“先生，衣服送来了。”她又把手里端着的一碗汤药放在床头，“这是醒酒汤。”

“出去吧。”

“是。”

主卧门开启又关上，轻轻一声响，走廊上的灯光被门板隔绝在外。室内只剩下落地窗外洒进来的月华，以及商迟、白珊珊两人。

屋子里安安静静。

片刻后，商迟脱下西装外套，扯下领带随手扔在一旁的沙发上，单手解开了黑衬衣领口往下的三颗扣子，露出小片肌理紧实的胸肌。

这时，窝在床上的白珊珊忽然动了动，扭扭脖子、踢踢腿，嘴里咕哝着什么，整张娇红的脸蛋儿都埋在被窝里。

商迟弯腰俯身，两只手臂支撑在她身体两侧，低头，微微贴近她，指尖沿着她的脸颊缓缓往下滑，语气温柔而平静：“喜欢我的卧室吗？”

白珊珊根本没听见他在问什么，皱着眉，动动唇，像某种在吃胡萝卜的毛茸茸的小动物。

商迟一手扶住她柔软的脖子，微微抬高，另一只手端起醒酒汤，喂到她唇边。

“张嘴。”他道。

白珊珊整个人还晕乎乎的，无意识地张开嘴，舌尖伸出来，试探性地沾了沾碗里的汤药。她似乎被苦到，整张脸顿时皱成了一个小包子，飞快收回舌头，闭上嘴，一脸拒绝的表情。

“我说，张嘴。”商迟命令道。

“嗯。”他怀里的“小底料包”表示宁死不从。

“白珊珊，”商迟嗓音低了些，“听话。”

“小底料包”这回脖子一扭、脑袋一偏，直接转向了别处，满脸都是嫌弃。

商迟一手端着醒酒汤一手抱着白珊珊，垂眸，非常平静地看着她。

片刻后，商迟将盛着醒酒汤的白瓷碗送到唇边，喝了一口，而后捏住白珊珊的下巴，略微抬高，低头闭眼，高挺的鼻梁贴近她浅粉色的柔软唇瓣，轻轻嗅了嗅。淡淡的果酒清香混合着草莓奶糖的味道，似海啸般席卷他的每根神经。

如果是平时，向来天不怕地不怕的“一米六大佬”早就感知到空气里弥漫着的危险气息了。但此时的“一米六大佬”是个喝醉了的大佬，是个扬言要捶死商迟却被叼进狼窝还能呼呼大睡的大佬，是个在醉酒状态抱着商迟的手臂喊“爸爸”的大佬。因此，白珊珊还处于云里雾里的状态，脑子接收不到任何红色危险预警信号。

不一会儿，商迟便吻住了她的唇。与之前的优雅温柔不同，这个吻仿佛压抑太久，攻城略地……最终，苦涩的醒酒汤被喂进了白珊珊嘴里。

不知是缺氧还是其他原因，她的心跳控制不住变快，呼吸也跟着乱了节拍。她下意识地推搡那个夺走她空气的元凶。

苦涩过去，商迟随之感受到的是带着丝丝酒香的甜。

良久，商迟才抬起头。

白珊珊还闭着眼。她的唇已微肿，泛着一层亮晶晶的光泽。她的脸颊不知是因为醉酒还是短暂缺氧，越发娇艳绯红。

商迟垂眸，摩挲着她的唇瓣，黑眸中满是盎然的兴趣，好似在欣赏自己的作品。

须臾，商迟轻轻地抚她的发："喜欢我的味道吗？"

白珊珊没有回答。

他声音低而柔，又道："我带你去洗澡，好吗？"

睡梦中的小猫似乎从缺氧和醒酒汤的苦涩中缓了过来，不知梦见什么，嗯了声，傻乎乎地笑了。

商迟优雅地弯了弯唇："乖女孩儿。"

浴室内，薄薄的水蒸气犹如白雾，蒸腾在浴缸上方，水流声哗啦哗啦。

白珊珊头疼得厉害，不知是醒酒汤还是热水的作用，远去的感官重新回归。她隐约察觉到什么，慢慢地睁开眼睛。室内没有开灯，只有月光。

她皱眉，视线缓缓往下一移，发现自己坐在浴缸旁边，两只白嫩的脚丫子泡在水里。她愣住，视线再缓缓往上，上身只穿了件黑色衬衣的男人进入视野。他的衬衣扣子松开了几颗，因此她非常清楚地看见了那肌理分明的胸肌，还有胸前皮肤上的各色伤疤，野性十足。眼前一幕给她带来的视觉冲击太大，白珊珊顿时目瞪口呆。

"醒了？"她的头顶上方平静地传来两个字。

她机器人似的慢慢地抬起脑袋，看到商迟面无表情地在拉她薄外套的拉链。他的动作自然得像是在给自家养的哈士奇换尿布似的。

老实说，商迟这张脸配上这一室的朦胧月色，着实是一幅非常赏心悦目的画面。如果不是他正要给她脱衣服的话，白珊珊说不定还会再次由衷地赞叹一番。

因此，刚睁眼不久的“一米六大佬”目瞪口呆之余，条件反射地使出“洪荒之力”，将可爱的小脚丫子踢了出去，不偏不倚，狠狠地踹在了商迟的脸上。

被白嫩小脚丫狠狠一脚踹中左脸的大佬沉默了。

刚狠狠一脚踹完大佬左脸的“一米六大佬”也沉默了。

于是，身着黑衬衣、脸色冷峻的男人和坐在浴缸旁边的姑娘同时一愣。仿佛被谁摁下了暂停键，整个画面定格了0.379秒。

须臾，商迟先有了动作。他缓慢地抬起左手，碰了碰刚才被白珊珊突然一脚袭击的脸颊。他侧过头盯着她，冷静的眼睛里闪过一丝诧异。

白珊珊被酒精浸泡了一晚上的大脑还是有些晕乎乎的。在这位大佬的审视下，她先是愣了下，瞅了瞅商大佬那张俊脸，又瞅了瞅自个儿抬在半空中还来不及放下的脚丫子。她最后竟然冒出一个想法：这位大佬脸上的皮肤还挺不赖……

但这个念头只存在了片刻，便被及时回归的理智给拍走了。

“那……”白珊珊有些尴尬，把脚放下来，坐在浴缸边挠了挠脑袋，看着商迟说，“商总，我这人一受刺激就喜欢高抬腿，一不留神就抬高了，砸到了您老人家的脸，真是不好意思啊！”

商迟已经把手从脸上放下来了。他站在原地，垂着头盯着她，半晌不说一句话，也没有其他动作。

事实上，商迟刚才给白珊珊喂的醒酒汤只发挥了一点儿作用，白珊珊这会儿虽然已经从昏睡中醒来，但她的大脑依然处于醉醺醺的状态。

有些人醉了之后，会直接睡大觉；有些人醉了之后，会非常激烈地发酒疯；还有些人醉了之后，会非常淡定地发酒疯。

白珊珊就不一样了，她的醉酒状况别具一格，是三者状态的结合体。她通常是先淡定地发酒疯，例如之前她一脸淡定地给商迟打电话并非常清晰地报出自己的坐标；再是激烈地发酒疯，例如之前她摇摇摆摆地撞进商迟怀里，抱着他脖子大吼“捶死你”；接着就是再睡一觉，例如之前在商迟怀里呼呼大睡；最后，再突然醒来继续淡定地发酒疯，例如现在。

这会儿的白珊珊镇定自若，完全跟一个没醉酒的人似的。她淡定地看着不远处浑身散发着低冷气压的商迟，淡定地眯了眯眼睛，心理活动却是十分激烈。

过了几秒钟，一脸淡定的白珊珊撑着浴缸边沿站起了身，往前走了几步，带着满身的火锅底料味儿站在了商迟面前。

商迟直勾勾地盯着眼前的姑娘，眸子黑而亮，带着一丝兴味。

“小底料包”整个人吊儿郎当地站在他跟前。两人的身高差距太大，为了能瞧他瞧得更仔细，她不得不吃力地仰起小脖子，连一双粉嫩的脚丫子都踮得高高的。

片刻，一双又细又白的小手举起来，在他眼皮子底下挥了挥。她故意做出一副很担心、很诚恳的表情，浅粉色的嫩嫩的唇瓣开开合合，嗓音轻软：“商大佬，您没事儿吧？”顿了下，她又相当认真地补充，“以您这体格，这身体素质，在下刚才那一脚应该还不能把您给踢伤吧？”

商迟抬眸，视线往上，从“小底料包”的嘴唇移向她的眼睛。

与面部表情表现出的友善和关心不同，她亮晶晶的眸子里满是得意扬扬与幸灾乐祸，像只狡黠调皮的小狐狸。看来，她还没有完全清醒。

商迟将她的眼神收入眼底，微微挑眉，黑眸深处浮起一丝兴味。他伸手捏住她的下巴，没什么语气地说：“白珊珊，你敢踢我？”

“嗯……”“小底料包”闻言低下头，指尖敲着下巴，一副很认真沉思的样子，很赞同地点了点头，由衷地道，“我确实不应该踢你脸。”

商迟的视线在她娇嫩的脸蛋儿上流连。他指尖一挑，把她的小下巴抬起来，低头贴近几分。他闭上眼，薄唇若有似无地扫过她脸颊上那层细细的绒毛，嗓音温柔："那你知道错了吗？"

"嗯，我错了。"此时的白珊珊完全就是心里想什么便直接说什么。她抬起眸，举起两只小爪子，非常真诚地握住了商迟捏她下巴的大手，大眼睛看着他，非常恳切地继续道，"对付色狼，我就应该踢你下面。"

闻言，商迟脸色变得阴沉。

白珊珊完全没注意到男人阴沉沉的脸色，说完，她扭过脑袋往边上一瞧，刚好看见已经蓄满了热水的浴缸。水蒸气腾腾往上冒，整个浴室里一片氤氲，似乎起了一层雾。

她伸手指了指浴缸，好奇地道："放这么多水干吗，商同学你要游泳吗？"

商迟的耐心快被这只醉醺醺的"小底料包"消磨殆尽。他侧过头，面无表情地静了几秒，松开她的下巴，转而捏住了她指着浴缸的手的纤白手腕，一拽。

喝醉酒的人本就重心不稳，白珊珊又毫无防备，踉跄半步便被商迟扯进怀里。她先是一愣，然后挣扎起来。

男人的手臂修长而有力，死死地扣住了她的纤腰，不让她动弹。

被限制自由的"小底料包"皱起了眉毛，仰头瞪他："你要干吗？"

"脱你的衣服。"商迟面无表情，一只手搂紧她，另一只手继续去拉她薄外套的拉链，淡漠地说，"给你洗澡。"

"小底料包"虽然在发酒疯，但脑子里也还剩几分理智。尤其是在商迟面前，她的基本防线还是非常坚固的。

白珊珊伸手拽住自己的衣服拉链，力气奇大，脑袋摆得像拨浪鼓，非常不满："不脱，不洗，走开。"

商迟沉下嗓音，语气低沉得让人感到危险：“白珊珊，给我乖一点儿。”

“凭什么要我脱了，你给我洗啊？啊？！”这种半带威胁式的话语成功点燃了“一米六大佬”内心暴躁的小宇宙，她彻底怒了，“那我多亏啊！为什么不是你脱了，我给你洗啊？啊？！”

“一米六大佬”说着话，目光往下一瞄，男人黑色衬衣的最上面几颗扣子松着，衣料下紧实性感的肌肉线条若隐若现。见状，她脑袋下垂，盯着地面，冷笑一声，一双小白手以迅雷不及掩耳之势抓住他的衬衣，往两边狠狠一扒。她表情霸气威猛，动作一气呵成。

于是，空气里刺啦一声，大佬身上那件天价衬衣被撕烂了，彻底敞开，几粒金属衬衣纽扣噼里啪啦落在浴室的白色大理石地砖上。

商迟一时愣住了。

扒衣完毕，“一米六大佬”高贵冷艳地摸到墙上的电灯开关，啪嗒一声摁亮，最后抬起脑袋。

浴室的灯亮了，纯白的光线驱走黑暗，男人高大修长的身躯进入视野：冷白的肤色，紧实的肌理，肩膀很宽，腰很窄，胸肌、腹肌、人鱼线都相当漂亮。

然而，前胸、腰腹和肩部依稀可见各种陈年伤疤。白珊珊不禁怔了一下。

不过在“一米六大佬”眼中，商迟的身体依旧非常美，那是一种野性的，阳刚的，又带着一丝残缺的美。这腰、这肩、这胸、这身段儿，难怪他跳舞这么好看。

鬼使神差一般，白珊珊伸手轻轻地碰了碰商迟左肩那道伤痕。她微微皱了下眉，声音很轻：“受伤的时候，一定很痛吧？”

商迟安静地盯着这个姑娘，沉默无言，黑色的眼睛里带着一丝深意。

白珊珊有点儿难过又有点儿同情的声音响起：“受过这么多伤，

肯定好痛好痛。痛了好多次，难怪你心理这么不正常。”

商迟沉默不语。

醉酒的人的思维通常是非常跳跃的。因此在一番感慨后，白珊珊脑瓜子一转，又回到了之前那个洗澡的问题上，抬眸看向商迟。

灯光下，男人的面容英俊而冷静，他也垂眸看着她。

白珊珊盯着他，眼眸清朗，举起两只手圈住嘴巴，做话筒状，小声地问：“你还需要脱吗？”她扫了一眼他敞开的黑衬衣和黑色长裤。

“什么？”商迟没听清，弯腰，侧耳贴近她。

白珊珊跟小狐狸似的弯了弯眼睛。下一刻，她的眼底闪过一丝狡猾之色。她的两只手抵住商迟用力一推，想把他推进浴缸。在这短短的零点几秒之间，她甚至想象出了很多场景。

然而，想象和现实还是不同的。浴室有的地方沾了水，白珊珊伸手推商迟时预料到了，独独没有预料到自己会一脚踩进水里滑一下。这一滑，她重心不稳，低呼一声，整个人便朝蓄满水的浴缸倒去。

商迟脸色一变，怕她摔倒，右手一把搂住她的腰。然而，白珊珊因为惯性，直接带着商迟一起跌进了浴缸。

伴随着扑通一声巨响，浴池内水花飞溅，白珊珊和商迟一同倒进浴缸中。

好在浴缸内水不深，白珊珊扑腾了几下就被一双有力的大手握住腰身捞了起来。她噗一声，吐出了灌进嘴里的热水，咳嗽几声，甩甩脑袋，抬手去抹脸上的水。

“你有没有受伤？”头顶上方传来一道声音，语气不似往日淡漠，而是透出一丝紧张。

白珊珊没有答话，抹掉眼皮上的水珠后睁开眼睛。商迟的脸近在咫尺，他的衬衣在水的作用下紧贴着肌肤，黑色短发垂下几缕，淌着水，眼睛漆黑湿润。这副模样，使他看起来很有少年感。

对方直勾勾地盯着她，眉头微皱。

白珊珊有点儿呆滞地看着眼前的一幕。

几秒后，大约是两人此刻的“湿身形象”令白珊珊的女性本能感知到了危险，她没有答话，摇摇头便胡乱地挣扎起来，嘴里不停地说：“你放开我……”

挣扎之下，她再次一滑，身子一歪，差点儿头撞墙上。

商迟接住她，大手护住她的脑袋：“小心，别乱动。”

白珊珊本来就觉得情况不妙，在他怀里待着非但不觉得安心，还感觉更加不安。于是，她挣扎得更厉害了。

她已经全身湿透，夏季衣物本就轻而薄，一沾水就勾勒出她曼妙迷人的身体曲线。

商迟制住她，低声威胁，嗓音沙哑：“我再说一次，别乱动。”

她在怀里这么挣扎扭动，他受不了。

“儿子，叫你放开爸爸听见没？”见这人不听使唤，“一米六大佬”顿时火冒三丈，瞪大了眼睛怒道，“谁许你对本爸爸这么——”

话音未落，一个吻毫无预兆地压下来。

白珊珊还不清醒的大脑一下子让这个吻弄蒙了。她的眼睛瞪得更大了，她身子一僵，一时不知道要做什么反应。

咫尺距离，商迟闭着眼，发狠似的吻她的唇，手臂用力到像要把她勒进骨肉里。

浴室内水雾迷蒙，周围静谧无声。

不知过了多久，就在白珊珊以为自己要缺氧窒息而亡时，商迟终于放过了她微肿的柔软唇瓣，意犹未尽地啄着她的嘴角。

白珊珊还是怔怔的，半晌回不过神。

片刻后，她看见男人起身，踏出浴缸离开了卧室。

咔嗒，她听见卧室门打开的声音，然后是一阵交谈声。

“把她洗干净。”男人的语气平稳而冷漠。

“是。”一个中年女人的声音恭恭敬敬地回道。

再然后是远去的脚步声，卧室门关上的声音，逐渐靠近的脚步声……

这天晚上，最终还是格罗丽帮助“一米六大佬”洗的澡。

等“一米六大佬”入睡后，忙活了大半夜的管家这才松了口气，抹了抹额角的汗珠。她刚扭头，便看见了靠在一幅油画旁的高大男人。商迟已沐浴完，身着黑色浴袍，脸色淡淡的，看着床上恬静的姑娘。

片刻，他动身走过去，俯身在姑娘光洁雪白的额头上轻轻地吻了下。

格罗丽道：“已经很晚了，先生也快休息吧。祝二位好梦。”说完，她便转身准备出去。

突然，一道声音响起。

“将客房整理出来。”商迟的指尖温柔地滑过姑娘的脸蛋儿，他平静而专注地盯着她，怕将她吵醒，说话的声音低而柔，“今晚我睡那儿。”

话音落下，格罗丽眼中的惊讶一闪即逝，应了声便退出去了。

一室之内，幽暗无光。

商迟坐在床边盯着白珊珊看了会儿，握住她的手，抬高，送到唇边，依次细细地亲吻那五根纤细柔软的指头。

睡梦中的姑娘似乎觉得痒，皱着眉毛咕哝了声，并没有醒来。

他闭眼，轻轻地咬了她的无名指一口。他再睁开眼时，眸色已如窗外夜色。

商迟自幼便是一个冷血且极度理智的人。

多年以前，商氏一族的继承人之争愈演愈烈，布兰特为了培养出一个傀儡掌权者，相中了当年由一个妓女所生的私生子——商迟。

布兰特将年幼的商迟带离拉斯维加斯黑市，命令女佣为少年换了干净衣物后，摆了三样东西在这个少年面前。

多数少年人梦寐以求的变形金刚全球限量版礼盒、十万美金、一把锈迹斑斑用来防身的刀。

贫民窟出身的少年冷漠地看着面前的三样物品，最终拿起了那把刀。

布兰特很惊讶，问他："不喜欢另外两个礼物吗？"

少年说"不是"。

布兰特问："那为什么不选模型和钱？"

少年抬眸，冷冷地看着他，说："世上没有平白无故的好意，告诉我，你想从我这里得到什么？"

彼时，布兰特拊掌大笑，摸着少年的脑袋感叹："果然是商家之后。你们商氏一族的冷血和理智，真是长在骨子里的东西。"末了他一顿，又道，"很好，商迟，做一个寡欲的人。人一旦有了欲望，就会有弱点，而弱点一旦被敌人拿捏，你就会死无葬身之地。"

此时，商迟安安静静地看着睡梦中的姑娘。

今晚，他原就不打算碰白珊珊。他的小猫是骄傲的女王，不会喜欢他在她醉酒之时乘人之危。他以为自己能做到方寸不乱，哪怕是替她洗澡、拥她入睡。但之前在浴室，他看到她浑身湿透、娇娆妩媚的模样，自制力与理智片刻之间就崩溃了。

商迟想起了布兰特当年说的那个词——弱点。

他的目光在白珊珊脸上移动。他忽然觉得有趣，他的"弱点"，有雪白的皮肤、乌黑的长发，像月牙又像小狐狸那么妩媚的眉眼和可爱柔软的唇。

死在这样一个"弱点"手上，那该是多甜美的死法。

第四章

夏花沼泽

第二天清晨，一缕阳光自窗帘微开的一条缝隙内进入，照在主卧内的大床上。

蒙在黑色被子里的一小团东西拱了拱，再拱了拱，从棉被里头露出了一颗毛茸茸的脑袋。身下是柔软的床铺，室内温度也是令人体最舒适的温度，白珊珊翻了个身，打了个哈欠，被尿给憋醒了。

在“起床上厕所”和“继续睡”之间纠结了几秒钟后，她选择了前者，手撑着床打算起来。然而，这个动作刚进行到一半便忽地卡住——伴随着空气里那脆脆的一声咔，她的腰扭了。

白珊珊倒吸一口凉气，小心翼翼地调整了一会儿才勉强把腰给打直。

一宿醒来，她浑身都疼，跟打过一场群架似的。处于宿醉状态的白珊珊还有点儿迷糊，缓慢地抡抡胳膊、扭扭脖子，好半天才勉强掀开重如千斤的眼皮。

她左瞧右看：黑白色调的卧室，光线昏暗，陈设冷硬，看上去极其干净、单调。

白珊珊一脸茫然地环顾四周，瞬间愣了。

这儿很显然不是白家自己的房间。

过了一会儿，白珊珊罢工多时的大脑重新恢复运转，驱使着记忆倒流：昨天自己约了顾千与、刘子和昊子吃火锅，吃火锅的时候她喝了几瓶酒，然后貌似就……给商迟打了个电话？

再然后发生了啥？别告诉她，她昨晚做的一系列和大佬有关的梦都是真的。

脑子还有些晕，不过白珊珊这会儿顾不上了。仿佛有成群结队的羊驼从她头顶呼啸而过，她嘴角一抽，眉心一抖，胡乱地甩了甩脑袋，掀开被子跳下了床。

因为宿醉，此刻的她不仅头昏脑涨，还四肢无力。她扶着墙站了会儿，抬眼观望，发现偌大的卧室里只有她一个人。壁灯投落昏暗的光线，墙上映出她的影子，拉得长长的，看上去有些恐怖。

没来由地，白珊珊脑子里浮现出了某些恐怖片开头的惊悚剧情。

一通胡思乱想后，她整个人都不好了，赶紧定定神直接朝大门走去。步履匆忙间，她忽然被什么给绊住了，闷呼一声跌倒在深色地毯上，雪白纤细的右手腕重重地擦过地毯。白珊珊吃痛，低头一看，手腕已被磨得有些发红。

这时房门开了，一阵脚步声越来越近，不徐不疾，沉稳而有力。

她愣了下，抬头便看见了商迟冷峻平静的脸。

他面无表情地弯下腰，微微低头，捏住她微红的手腕，举到眼前。在白珊珊发愣之际，他便在她微红的手腕上轻轻地落下一个吻。

白珊珊完全没料到对方这个举动，震惊之余，她的脸忽地红了。

然后，商迟用手托着她的腰背和腿窝。男人夹杂淡淡烟草味的气息从白珊珊的脸颊拂过。

她脸上发热，动了动唇正要说什么时，他已经把她抱了起来。又是一个公主抱造型，白珊珊持续震惊。

商迟脸色很淡，没有说话，把她重新放回了床上。

白珊珊这会儿已经完全醒了。身处他的卧室，躺在他的床上，整个人都被他身上那股陌生又熟悉的男性气息笼罩，这令白珊珊全身滚烫，感到非常不自在。因此，她几乎是刚一沾床就飞速跳了下来。

她光着脚噔噔噔地退到角落里，一手捏衣领，一手指商迟，满脸戒备，大声质问："你怎么在这儿？！"

与她截然相反，商迟的表情和语气都非常冷静："这是我家。"

白珊珊顿住，哦了声，紧接着便再次大声质问："我怎么在这儿？"

话音刚落，房门哐哐两声被人从外面敲响。

"先生，早餐送来了。"是格罗丽的声音。

"进来。"商迟淡淡地说。

白珊珊警惕地看过去，只见沉稳的白人管家阿姨端着餐盘很淡定地走了进来。管家阿姨微垂着头，镇定从容，仿佛丝毫感觉不到屋子里剑拔弩张的气氛。她很淡定地将装着早餐的餐盘放到位于卧室门边的餐桌上，很淡定地说了句"请慢用"，又很淡定地关门走了。

白珊珊又警惕地看回来，继续和几步之外的商迟对视。

两秒钟后，商迟的视线从白珊珊脸上收回来。他坐在沙发上，微微侧目，餐盘里放了一碗燕窝粥、几样精致糕点和小菜。他把粥端起来，拿白瓷勺舀起一勺粥送到唇边吹凉。他依旧是西装笔挺、一丝不苟、眉眼冷峻、侧颜如画。

白珊珊没想到，此时她居然还能注意到他比白玉瓷还干净漂亮的手指。

商迟头也不抬，没什么语气地说："过来。"

白珊珊的警惕心一丝不减，她也没什么语气地道："干什么？"

"格罗丽做了你喜欢的早点。"

对方脸色冷冷的，按照白珊珊之前积累的经验，这种表情恰好说明这位大佬此时心情还算是不错。

“过来，我喂你吃。”

白珊珊很想知道，这位大佬怎么可以做到在把她掳过来一整晚后，还能这么淡定地面对她，以及她怒发冲冠的质问声。

花了两秒钟，白珊珊才控制住自己快要抽筋的嘴角。在认清自己和这位大佬之间的“代沟”是无法逾越的后，她选择放弃和这位大佬磨嘴皮子。

她有些无力地抬起胳膊冲他随意地挥了挥，面无表情地道：“算了。昨儿喝多了给商总添麻烦了，对不住。现在我酒也醒了，先走了，早饭您自己慢慢吃，拜拜。”说完，她就往卧室门口走。

白珊珊昨晚虽然喝高了，做出的种种行为不受大脑掌控，但并不是那种完全断片儿，什么印象都没有。她记得自己确实是给商迟打了一个电话，至于她后来为什么会被他带到商府，其实也不是特别重要。

毕竟，她觉得除了宿醉的乏力感之外并没有其他异常。由此可见，商迟昨天晚上并没有把她怎么样。

因此，比起弄清楚自己到底是怎么来的商府，白珊珊更想原地消失。

然而，她的手刚碰到门把还没来得及拧时，背后传来一道声音，像玉石沉入了冰冷的溪流中。声音没有丝毫情绪起伏：“半小时前，江旭给白岩山打过一个电话。”

闻言，白珊珊脚下的步子猛地一顿。她转过头，眸子里带着一丝诧异，一下猜到了什么：“你告诉了他们，我在你这儿？”

商迟把粥放回餐桌，靠坐在黑色的单人沙发上。他身姿笔挺修长，坐姿慵懒随意，整个人宛如一尊优美而冰冷的雕像。他直勾勾地盯着她白皙小巧的脸蛋儿，淡淡地补充：“整晚。”

白珊珊目瞪口呆。

之前赵氏晚宴上，她和商迟的那支舞就已经够让人们浮想联翩了。在围观群众眼里，他和她的关系微妙奇幻。“晚宴门”几乎成了全B市名流圈茶余饭后津津乐道的话题。

若不是她最近以忙工作为由早出晚归，白岩山和余莉早就要找她麻烦了。现在可好，又莫名其妙地来了个“深夜留宿门”。白珊珊现在的情绪又不淡定了。她现在只想解决某人。

卧室突然一片安静。

须臾，白珊珊深吸一口气吐出来，眯了眯眼，大步流星地朝商迟走了过去。站定，弯腰，她握住两旁的沙发扶手靠近商迟，嘴角勾起，眼睛里却没有笑意，看着对方一字一顿地问：“商先生，请问你做这些无聊透顶的事到底想干什么？想得到什么？想要什么？”

商迟说：“我要你。”

商迟专注的目光落在她的脸上，低声说：“只要你。”

大脑空白了一会儿，白珊珊眼皮忽地一跳。她后知后觉，这才意识到两人之间此时的距离近得几乎危险。心跳突然漏掉半拍，她抿了抿唇，迅速地起身准备从他的空间里撤出去。

可她后颈一紧，被一只大手给捏住。白珊珊瞬间一僵，瞪大了眼睛，保持着弯腰贴近他、无法动弹的姿势。

“昨天晚上你喝多了，有些话可能没有听清楚。那么，我不介意再重复一遍。”商迟优雅地坐在沙发上，右手轻轻地摩挲姑娘的脖颈，同时，左手轻轻地捏住了她的下巴。他湿润的唇贴近她的耳朵，呼出的气息吹在她敏感的耳后皮肤上。

他继续开口，语气温柔得不可思议：“十年前那个赌约你赢了，所以我给了你逃的机会。这个机会你已经用过了，不会有下次。”

白珊珊用力挣了下，徒劳。

她的下巴被猛地抬高。她微微皱眉，被迫仰起头看向商迟冷峻的黑眸。他似冷漠又似温柔地说：“所以小猫，乖乖地留在我身边，安分一点，别再惹我生气。听清楚了吗？”

说完，商迟将姑娘明显微僵的身子抱进怀里。他的大手有规律而缓慢地抚她的背，像在爱抚珍贵的宠物。

阳光被隔绝在外，屋子里昏暗而静谧，气氛诡异而和谐。

片刻，白珊珊压下内心那股悸动，定定神，笑了下，再开口时又是那种礼貌又温柔的语气，道：“抱歉，商先生，我听不懂你在说什么。一晚上没回家，我家里人很担心，我该回家了，再见。”说完，她抬起双手想挣脱出去。

这时，房门第二次被人从外面敲响了。随之响起的是江旭的声音，他温和而恭敬地道：“先生，白家少爷来了。”

商府一楼的会客厅内。

桌上摆着一杯没动过的西湖龙井和一份没动过的茶果点心。白继洲一身灰色西装，领带没系紧，有些松垮地挂在脖子上。他两手撑腰，抿着唇、面无表情地看着商府花园内郁郁葱葱的绿植。

楼梯方向传来脚步声，一轻盈一沉稳，明显属于两个人。

白继洲回头，看见一男一女肩并肩下了楼。男的西装笔挺，沉稳冷漠，女的娇软可爱，明艳动人。早上的阳光照在两人身上，这么一瞧，居然般配得很。

一对璧人——白继洲脑子里莫名其妙地蹦出这么个词儿。

“哥哥。”白珊珊径直走到白继洲身边。

白继洲扭着脑袋、上下打量自家妹妹，眼神里透露出一丝担忧，想问什么。但余光看见不远处的冷漠男人，他又把话给压了回去，只点了点头，紧接着便看向商迟。

白继洲笑了下，语气很客气：“商总，昨儿我妹妹在您这儿打扰了一晚，给您添麻烦了。多谢您照顾，下次我再专程登门致歉致谢。”说完侧目，他给白珊珊递了个眼色，“还不谢谢商总昨儿晚上收留你。”

白珊珊内心深处一个白眼翻到了天花板上，表面上却还是挤出了一个温柔的笑容。她看向商迟，一双眸子亮晶晶的，说："谢谢商总啦。"

商迟站在原地安静地看着兄妹二人，勾了勾嘴角："白少爷不必客气，照顾白珊珊是我分内的事。"

闻言，白继洲脸色微变，但眨眼之间便恢复如常，笑着说："那我们就先回家了，爸妈都还等着呢，不打扰您了。走吧，妹妹。"说完他便带着白珊珊转身离去。

于是，兄妹二人一前一后离去。

商迟面无表情地看着两人的背影，直至他们消失于视野中。

江旭也目送着白氏兄妹离去，须臾，他笑了笑，道："听说，白小姐和白少爷并不是亲兄妹，两人异父异母，没有任何血缘关系。真难得，他们感情居然能这么好。"

商迟侧目，扫了江助理一眼，眼神冷得没有丝毫温度。

"不过据我所知，白少爷倾心的对象另有其人。所以，先生并不需要担心。"江助理低头垂眸，一副恭恭敬敬又老实本分的样子。

"江旭。"商迟说。

"是。"

"我的东西就是我的东西，谁也拿不走。"商迟眼中严霜密布，收回视线径直离去，只留下一句话，"但是记住，我不喜欢他人拿我的白珊珊开玩笑。"

闻言，江旭脸色一变，心底暗呼不妙，这回是真老实了，恭恭敬敬地道："抱歉，先生。"

随后，脚步声渐渐远去了。

江旭这才拍着胸口长松一口气，惊魂未定道："好险，我还以为自己看不到明天的太阳了。"

陈肃瞥他一眼，满脸看傻子的表情："居然在先生跟前开玩笑，我看你真是疯了。”

“唉，我是看先生最近的心情一直都很好，一时松懈下来，大意了。换成以前谁敢啊！”江旭有点儿忧伤地感叹，“看来老板的温柔仅仅对白小姐。”

在其他人，包括他这个“贴心小棉袄”面前，先生都是那个杀伐果断、冷血狠戾的暴君啊。

一辆豪车在马路上疾驰。

白继洲一上车就坐不住了，皱着眉头看白珊珊，问：“哎，我说你一姑娘家怎么回事儿啊，大晚上的，怎么会跑去商迟那儿？”

“具体怎么回事我也不清楚。”白珊珊这会儿身心俱疲，烦躁得很，闭上眼睛没什么语气地说，“只知道昨儿我喝多了。”

“什么？”白继洲瞠目结舌，缓了好几秒才艰难地吸收并消化掉这个消息，有点儿结巴地说，“白珊珊，你可千万别告诉我，你和商家那个大佬酒后乱性了啊。”

“没有。”白珊珊漠然地道。

白继洲眯眼：“真的？”

这时，白珊珊兜里的手机忽然响了。她拿出电话一看，是一条微信消息，顾千与发的：“您还活着吧，爸爸？昨晚的电话你一个不接，发几十条微信也不回，还活着的话能不能吱个声儿，爸爸？爸爸？爸爸？！”

白珊珊是小超人：“……”

白珊珊是小超人：“健在。”

她刚回复完顾千与，白继洲的声音又从边上传来了。他说：“没有就好。另外，商氏的江旭今早给我爸打了电话，说你昨晚夜宿商府，让我爸不用担心你的安全。”

白珊珊语气没有波澜：“我知道。”

"知道？"

"商迟跟我说了。"

"那我不往下说，你也知道自己摊上什么麻烦事儿了吧？"白继洲叹了口气，"我知道，以你的性子不可能让我爸摆布。但是，以老爷子的性子，免不了会给你添不少堵。"

白珊珊抿了抿唇。

白继洲伸手拍了下她的肩膀："山雨欲来风满楼，趁没到家，先想想怎么对付我爸吧。"

闻言，白珊珊闭上眼深呼吸，在心里默背佛经平复内心那股暴躁感。忽然，她抬手把手机狠狠地往后座垫子上一砸，爆了一句粗口。

白继洲被这动静给吓了一跳。

司机也被"乖乖女小姐"这句粗口给惊到了。

车内顿时鸦雀无声。

几秒后，白继洲干笑了一下，试探性地开口，向处于发飙边缘状态的"一米六大佬"说出了一个馊主意："要不，哥给你介绍一个靠谱儿的对象？你赶紧谈恋爱嫁人得了，省得这么多烦心事儿。"

白珊珊眼也不睁："不要。"

白继洲诧异地道："那你要谁？商家大佬？"

"不要。我谁都不要。"她睁眼看白继洲，轻轻一挑眉，傲慢轻蔑、桀骜不驯，眼角眉梢的光耀眼如骄阳，"男人这玩意儿，不仅影响我悟道，还会影响我拔剑的速度。"

上午十一时，司机将车驶入了白宅大门，停稳。

白继洲侧头看了白珊珊一眼，微微皱眉道："公司还等着我开会，你自己进去吧。"

"嗯。"白珊珊面无表情地应了声，接着便推开车门下了车。小白鞋的鞋尖刚碰到地面，她听见白继洲的声音从车里传来，带着几分不确定：“哎，你也别害怕，最多就是和他们吵一架。要是不知道怎么应付的话，我——”

砰！白珊珊已经反手把车门关上了。

白继洲的后半截话被硬生生地堵在喉咙里。

白珊珊宿醉才清醒不久，又坐了将近一个钟头的车，全身上下都有点儿僵，她便站在原地扭扭脖子、转转手腕儿。活动完筋骨，她又从包里摸出一根草莓味的棒棒糖，拆开糖纸放嘴里，面无表情地看着不远处雕梁画栋的大宅。

白继洲降下半段车窗，探出脑袋瞧她，皱着眉还是有点儿不放心：“你一个人，行不行啊？”

白珊珊回过头再看向白继洲时，眼底深处那层淡漠又厌世的冰霜已不知何时退得干干净净。金灿灿的阳光照在那张雪白的小脸蛋儿上，连细软的绒毛都清晰可见。她眉眼弯弯，嘴角上扬，一双眼睛乌黑清朗，又是那副不食人间烟火的纯良无辜样。

白珊珊满脸笑容，吃着棒棒糖很开心地冲他挥了挥小白手：“哥哥去忙吧，再见！”说完，她便挎着她的小包转身蹦跳着走向了别墅，跟只刚采完胡萝卜的可爱小兔子似的。

见状，坐在车里的白继洲僵硬了一会儿，三秒钟后才回过神。他抬起右手往脑门上一拍，忽然失笑。

他爹白岩山从他爷爷手里接过白氏时，整个公司早已经金玉其外败絮其中了，长达十个月的财务危机几乎让老爷子向银行申请破产。他爸能在半年时间内让千疮百孔的白氏起死回生，并且在B市豪门家族中站稳脚跟，自然不会是一个简单人物。

至于他那个继母，心机、手段就更不必说了。

白继洲原本还有些担心，白珊珊会扛不住他爹和她妈火力全开的联手镇压。但这会儿他忽然觉得，自己的担心是多余的。

白珊珊是什么人物，那心理素质、那“戏精”操作、那脾气、那手段，天底下谁有那本事让她服软、吃亏啊？

那头，白继洲用一系列心理活动向自家“一米六大佬”表达着最高敬意。这头，咬着棒棒糖、哼着动画片主题曲的“一米六大佬”已经进屋了。

她抬眼一瞧，周婶正带着一个用人在饭厅打扫卫生，动作极轻，几乎连半点儿脚步声都听不见。而距离饭厅数米远的客厅里，一身宝蓝色修身旗袍的余莉坐在沙发上，两手交叠放在腿上，沉着脸皱着眉，仪态优雅，脸色不善。余莉身边则是戴着一副老花镜看报纸的白岩山。

偌大的一层大厅安静极了。因此，那阵突然打破死寂氛围的轻盈脚步声和异常欢快的歌声便显得尤其突兀。几人都不约而同地扭过头，往大门方向看过去。

“周婶好呀。”白珊珊拿下棒棒糖，歪了歪脑袋，笑眯眯地跟周婶打了个招呼。

“小姐回来了。”周婶有点儿尴尬地朝白珊珊挤出一个笑，悄悄地看了一眼沙发方向，几步走到白珊珊跟前，用只有她能听见的音量焦急地道，“小姐，你闯大祸了，老爷刚才发了好大脾气，连他最喜欢的紫砂壶都给砸了。听周婶的话，赶紧去认错。”

白珊珊闻言，瞪大了眼睛惊讶地道：“爸爸这么生气呀？除了紫砂壶还砸了其他东西吗？”

周婶被这个奇怪的问题给问得一愣，一脸茫然地想了想，摇头道：“好像没有了。”

“哦。”可惜了，白家这么多古董，白岩山怎么就没把余莉最喜欢的那个八宝琉璃瓶给砸了呢？

白珊珊在心里叹气，又笑着跟周婶打了声招呼才去客厅。

“爸爸、妈妈。”白珊珊边吃棒棒糖边喊了声，嗓音甜美柔软，“找我有什么事吗？”

余莉掀起眼皮子，皱着眉头看了女儿一眼。白珊珊身上穿着简单的白衬衣和黑色百褶裙，脚上还踩着一双娃娃头的小白鞋，这副打扮，再配上那张原本就过分漂亮的脸，乍一瞧，跟一个还没毕业的大学生似的。皮肤雪白，笑容纯美，她看起来乖巧懂事极了。

余莉动了动唇，刚要说话又顿住了，试探性地看了看身边的丈夫。白岩山这会儿已经把手里的报纸放下了。他脸上的表情很严肃，似乎在尽力压抑心里的怒意，冲余莉微微抬了抬下巴，示意她先说。

余莉便重新看向白珊珊，道："说吧，你昨晚去哪儿了？"

白珊珊诧异地眨了一下眼睛，笑着，语气依然软软的："听说商氏的江助理之前给你们打过电话，我以为你们知道我在商家。"

余莉眉头顿时皱得更紧了，厉声道："那你又为什么会在商家？"

"昨天我约了几个朋友吃饭，"白珊珊神色、语调丝毫不变，仿佛压根儿感受不到对方的盛怒，"不小心多喝了几杯。"

话音落下，白岩山的脸色顿时黑了下来。

余莉也气愤不已，怒道："多喝了几杯？你也好意思说？多喝了几杯就跑到商家去了？就这么不明不白地和男人共度一夜？如果传出去，满城的人会怎么看我们白家？会怎么议论我们白家？会怎么在背后嚼舌根？他们一方面会说堂堂白家千金不知羞耻，一方面还会说是我没有把你教好！"

白珊珊闻声抬起头，一双亮晶晶的眸子笔直地看向典雅的贵妇，认真地问："你教过我吗？什么时候？我怎么没印象？"

余莉被这话堵得脸都绿了，深吸一口气吐出来，说："这些年，你吃好的、穿好的、用好的，活得风光又体面，你以为这些东西是哪儿来的？大风刮来的吗？不是我和你爸爸给你的吗？做出这种让白家蒙羞的事，不仅不悔过、不认错，还这种态度，你对得起我吗？对得起你爸爸吗？"

白珊珊盯着余莉，语气很认真：“妈妈，你说的是我哪个爸爸？”

“你！”余莉气结，盛怒之下扬起右手便要打白珊珊。

白珊珊的嘴角轻轻地勾出一个弧度，她眸色如冰，站在原地，丝毫没有往边上躲的意思。

一旁的周婶倒是吓出了一身冷汗。周婶看着白珊珊长大，面对这种情形当然不可能坐视不理。她当即飞快地冲过来，拦在了余莉跟前，劝道：“夫人，消消气，消消气……小姐跟您赌气，说气话呢。您别跟她动怒，气坏了身子不值当！”

余莉气得浑身发抖，瞪着白珊珊看了会儿，终于还是把手放了下来，抚着额头脱力似的跌坐在沙发上。她捂住脸，一双纤细柔美的肩隐隐地抽动。

白珊珊则面无表情地看着眼前一幕。

“闹得乌烟瘴气。”片刻，始终没说话的白岩山终于开口了。他垂头捏了捏眉心，过了一会儿才将目光落在白珊珊身上，沉吟道，“珊珊，我就问你一句，你和商迟是不是在交往？”

“不是。”白珊珊答道，连半秒钟的思考时间都没有。

与没见过世面的余莉不同，白岩山心头虽然也憋了火，但说话的语气和姿态都沉稳平和许多。他说：“但据我所知，商迟喜欢你，并且在追求你。”

白珊珊没有说话。

见她不回答，白岩山也没有追问，只是端起桌上的茶杯喝了一口茶，把茶杯往桌上一放，才接着说：“我知道了。你上楼洗个澡休息休息吧。”

白珊珊转身走了，背后隐约传来白岩山和余莉的交谈声。

余莉的嗓音里夹着明显的哭腔：“你看看她是什么态度！同样是我生的孩子，小洋那么听话，她成天就知道气我！我怎么生出这么个没良心的东西！”

接着是白岩山的声音：“把心放宽点儿，不是什么大不了的事。”

“我想不明白。我给她这么好的生活，为她创造这么好的物质条件，她还有什么不满意？”余莉委屈极了，越哭越厉害，几乎泣不成声，“我做错什么了？”

白岩山又敷衍地安慰了几句。

“昨晚的事你打算怎么办？如果传出去，那……”

“如果珊珊真的在和商氏CEO交往，这对我们来说反而是一件好事。如果能和商氏结亲，白家……”

白珊珊拐过二楼的楼梯拐角，后面的话就听不清了。

白珊珊回到卧室关上门，靠在冷冰冰的门板上，面无表情地看着天花板发呆。自从“商迟”这个名字重新入侵她的生活，她的生活节奏便被严重地打乱破坏了。

他们简直是八字不合的典型。

几秒后，她闭眼、定定神，拿出手机给顾千与发了条微信：“射箭去。”

B市的体育中心位于城南，占地面积极广，各类运动设施都十分齐全。和顾千与约好时间后，白珊珊又洗了个澡，便爬进被窝里睡觉。其间，只有周婶送午饭来的时候她醒了一次，吃完之后她就一觉睡到了下午四点。

她换了身衣服，化了个淡妆便出门了。

虽是周末，但市里面的交通依然拥堵。白珊珊没让司机送，自个儿骑了个共享单车，慢慢悠悠地骑到了离白宅最近的一个地铁口，坐地铁直奔目的地。

到体育中心时，顾千与已经换好运动服在射箭场门口等她了。

白珊珊进更衣室换衣服。

之后，两个从高中开始就穿一条裤子的姑娘便开始边射箭边闲聊。其间，白珊珊忍不住把商迟之前那番“她不搬进商府，他就上门提亲”的威胁言论给好友说了。

顾千与听了后，眼睛都瞪直了。震惊之余，她手一抖，箭直接从弓上掉了下来。她难以置信地道：“还有这种操作？”

嗖一下，白珊珊一箭射出去，没吱声。

顾千与好一会儿才从惊讶中回过神，琢磨了会儿，凑近白珊珊，试探性地小声说：“其实吧，你有没有想过，如果……我是说如果，商迟是真的喜欢你呢？”

白珊珊的注意力都在箭靶上头，展臂用力拉开弓弦，用一种非常淡定的语气说：“没有如果。”

一箭射出去，5.1环。

顾千与皱眉：“你怎么这么肯定？”

白珊珊还是那副不上心的表情，继续淡定地说：“商迟不会爱任何人，包括他自己。”一个连正常人的喜怒哀乐、七情六欲都没有的人，怎么可能会喜欢谁？

“说起来……”顾千与抱着弓顿了下，“高三那会儿你们同桌一年，你成天对着那么一张脸，真的没动过心？不可能吧？”

白珊珊静了0.3秒：“没有。”她又是一箭射出去，6.4环。

顾千与哼了声，一副不相信的表情，冷冷地说：“当年高三的元旦晚会，你跟昊子打赌输了，所以去学生会那边报了个独舞，我怎么记得你还专程在网上搜索了‘有钱又帅的学霸都喜欢看什么舞’？”

白珊珊一箭射出去，2.3环。

白珊珊沉默片刻，扭过头看着顾千与格外认真地问：“你今天是不是很闲？”

顾千与不答话，只意味深长地看着白珊珊。几秒后，她忽然一笑。

白珊珊被她笑得有点儿心虚，但还是淡然地问：“笑啥？”

顾千与说：“你宁肯承担被你爸妈逼婚的风险，也不愿意搬进商府当商迟的私人心理师，真正原因是什么，你自己难道不清楚吗？”

白珊珊回答得很认真：“当然清楚，因为我不想再和他有任何牵扯。”

顾千与竖起食指，摇摆，道：“错。”

白珊珊的心头突然生出一丝异样情绪。她抿抿唇，像要掩饰什么似的又搭上了一支箭，眯起眼睛，强行把所有注意力都集中在远处的箭靶上。

她催眠自己：你是一个没有感情的弓箭手。

耳畔传来好友的声音，轻飘飘的，慢条斯理的：“承认吧，白珊珊，你对商迟唯恐避之不及，是因为你怕时隔十年，自己又喜欢上他。”

白珊珊手里这一箭射出去，直接脱靶了。

顾千与给了她一个微笑。

几秒后，白珊珊鼓起腮帮子吹出一口气，觉得有点儿渴，心里也有点儿乱。于是她抬起又细又白的手往顾千与肩膀上一拍，道：“你先待着，我去买两瓶水。”然后她就转身走出了射箭场的大门。

外头烈日当空，金灿灿的阳光直接刺向白珊珊的眼睛。她抬手去挡，光影交错之间，余光瞥见了不远处在篮球场上运球飞奔的几道身影。

光太强了，她眯了眯眼睛去瞧。

球场上不知是附近哪个学校的学生，一个个穿着校服，青春年少，意气风发，浑身都散发着蓬勃生命力。

白珊珊有些出神。

这时，顾千与跟了出来，顺着她的目光抬眼一瞧，叹了口气，啧啧感叹，故意用一副伤春悲秋的口吻说：“老了老了。一眨眼，咱们的高三都是十年前了，多少故事都埋进了岁月。”

白珊珊看着远处阳光下的少年少女，不知想到了什么，眼眸忽地一闪。

顾千与凑过来：“在想什么？”

“没什么。”白珊珊回过神。阳光下，她雪白的脸上露出一个微笑。

可不是吗？那些年，多少故事埋进了岁月。

当年他们高三。

被商迟强吻之后，白珊珊也不知自己是太过震惊而导致武力值急速下降，还是大脑缺氧导致智商变成了负数。反正，她并没有做出“一巴掌扇商迟脸上”之类的符合她“一米六大佬”风格的一系列举动。

她只是瞪大了眼睛，伸出手用尽全身力气一把将他推开了，大声吼了句“你发神经啊！我讨厌你”，之后就转身跑走了。

反应之俗套、台词之傻气，让白珊珊在事后回忆起来，觉得当时的自己就是个傻子。

总之，自打夜色小巷内的强吻事件后，白珊珊就无法直视自个儿那位豪门大佬同桌了。

不，这个说法不准确。“无法直视”这个词根本不足以表达白珊珊内心对痛失初吻的愤恨之意，对一言不合就夺走她初吻的商迟的仇视之情。

白珊珊纠结、郁闷、愤怒，陷入了一种前所未有的消沉情绪中。

她消沉了整整一个星期。

其间，为了避免和商迟有任何的肢体、语言甚至是眼神接触，白珊珊甚至威逼利诱最后一排的两位同学把课桌往后拉，多空出了整整三十厘米的距离，保证她每次都能在不跟商迟有任何交流的情况下回到自己的座位。

这种情形一直持续到了当月的某次数学测验。

那是一个月黑风高之夜的晚自习。

铃声刚响，教室里依旧闹哄哄的。同学们有的把耳机塞在袖子里听着歌，有的咔嚓咔嚓吃着零食，有的则和自己的前后左右桌聊着天。紧接着，章平安就进来了。

“今天晚上考试。”章平安手里拿着一摞厚厚的试卷，在一片哀号声中把卷子分别发到每个大组第一排同学的桌子上，道，“这张卷子上的题，一半都是我上课讲过的易错题，如果有谁做错了，哼！”

轻蔑的一声哼之后，全班顿时噤若寒蝉，十分安静。

卷子发下来了。

教室里静悄悄的，只剩下笔尖和纸张摩擦的唰唰声。

考试的时间总是流逝得异常快。白珊珊埋头做卷子，做着做着就做到了倒数第二道数学大题，然后就卡住了。

她对这道解析几何题有印象，是某年高考试卷的压轴题。当时，章平安让他们练习的时候她就没做出来，后面评讲试卷的那节课，她一直在哀悼自己猝不及防失去的初吻，根本就没有认真听。

白珊珊沉默了。在来来回回看了题目三十来遍、依然做不出辅助线之后，她默默地抬头看了眼教室正前方的挂钟——距离考试结束还有二十分钟。

她有点儿慌了，眼神无意识地往右边瞟了一眼。商迟早就把整张卷子做完了。他垂着眸，正面无表情地看着手里那本英文版的《悲剧的诞生》。与此同时，他浑身都散发着一股“千山鸟飞绝，万径人踪灭”般的冰冷气场。

她再一扫，瞄到了他放在课桌左侧的试卷。

一本书压在试卷上，刚好挡住了白珊珊没写出来的那道大题。

一时间，白珊珊内心纠结万分。时间一分一秒流逝，教室里依然安安静静。

白珊珊看向挂钟，距离考试结束只剩最后十分钟。她又唰一下转回来，看向商迟压在书本底下的试卷。

她眯了眯眼，终于做出了一个为了知识而大义灭自己的决定。求学的道路是艰辛的，总是要克服无数困难的！周总理说过，要为中华之崛起而读书！

再说了，他都强吻过自己了，虽然失败了，但难道不应该交出答案表达内心的愧疚吗？！

这么一想，白珊珊的内心瞬间变得无比坦然。于是她抬头，一脸平静地看向正在教室里巡逻的章平安，桌子底下的脚往右侧挪挪，再挪挪。她碰到了商迟素来纤尘不染的白色板鞋，然后踢一脚。

商迟察觉到什么，低眸，看见一只干干净净的黑色小皮鞋，小小的，圆圆的。由于腿伸展开，校裤底下露出一小段儿雪白纤细的足踝，羊脂玉似的。

商迟的视线往上移，落在姑娘白皙小巧的脸蛋儿上。

“倒数第二题。”她盯着他，红艳的唇一开一合，发出的声音轻轻的，又细又柔。

商迟直勾勾地盯着她浅粉色的唇瓣。他记得这勾人唇瓣的温度，和果冻似的触感，软得不可思议。

见他不答话，也没有任何动作，白珊珊皱起眉，有点儿急了：“快点儿，倒数第二题！”

“想抄？”商迟淡淡地说。

“借鉴！借鉴而已！”白珊珊小拳头一握，为自己辩解，“我就看一眼辅助线怎么画！”

商迟直勾勾地盯着她，冷静地说：“那么，说你不讨厌我。

“说，你是我的。”

听完同桌大佬的两句话，白珊珊握着笔，左边嘴角不受控制地抽了抽，整个人蒙了。

商迟倒是冷静自若得很。他微微侧头，冷淡而慵懒地瞧着她，不出声，也不催促。他的右手食指有一搭没一搭地敲打着桌面，发出嗒嗒声。

这声音和教室前方挂钟秒针的嘀嗒嘀嗒声遥相呼应，就跟催命的丧钟二重奏似的。

不远处的章平安正手持教鞭，表情严肃地进行着第三十八回全教室无死角式的巡逻。忽地，他余光一扫瞥见了什么，眯起眼，教鞭就重重地砸在了第三组第四排某同学的课桌上。

平地惊雷，一声巨响。啪！

同学们都被那声响动一惊，吓了一跳，不约而同地抬起头。章老头儿两道眉毛在那张方方的脸上形成了一个倒写的“八”，他凶神恶煞般地道：“你在干什么？”

承受暴喝攻击的是一个清秀、个子瘦高的“小白脸”男生。这“小白脸”看起来就是胆子很小的那类人，让章老头儿这么一吓，手一软，夹在虎口之间的钢笔直接砰的一声掉在了桌子上。他颤着声，支支吾吾地回答：“没……没干什么啊……”

章平安的教鞭再次砸在“小白脸”的桌子上，怒喝：“交出来！”

闻言，“小白脸”原本就很白的脸瞬间连最后一丁点儿血色都没了。他都快哭了，但还是咬紧牙关、竭尽全力地做着垂死挣扎：“老师，我真的什么也没干……”

章平安这次倒是没吼人了。教书育人多年，见过各类学子，深谙各种作弊之道的人民教师表示自己已看穿一切。他冷冷地哼了声，伸手揪起“小白脸”的领子，把他跟拎小鸡崽似的提起来，甩了甩“小白脸”的袖子。

于是，大家看着一个指甲盖儿大小的小纸团从他袖子里掉了出来。

真相大白，铁证如山。百口莫辩的“小白脸”闭眼，在心里流下了悔恨的泪水。他捂着脸哭道：“老师我错了，我一时鬼迷心窍，我再也不敢了……”

章平安攥着那个小纸团，痛心地别过头摆了摆手：“明天写两千字检查出来。”

“哦。”“小白脸”绝望地低下头，坐回座位。

大家纷纷对他投去同情的目光。

“哼，都给我看好了！知识是自己的，自己的卷子自己写！要诚实！”章平安站在教室正中间，举起小纸条展示给全班看，“谁敢作弊，下场就跟这张纸条一样！”话音刚落，他用力地撕扯几下小纸条，单手举高，潇洒地往空中一挥。

小纸条的碎片，风中雪花儿似的飘落下来。

白珊珊的校服领子里忽然灌进来一阵冷飕飕的风。她缩了缩脖子，瞪着满地的小纸条残骸，干巴巴地咽了口唾沫，心里感叹：啧，残忍，实在是残忍。

考试中的小插曲很快翻过，章老头儿继续背着手，迈着步子巡逻一、二大组去了。

白珊珊又瞄了一眼墙上的挂钟，距离考试结束只剩最后六分钟。

她额头的冷汗沿着太阳穴滑下来，凉凉的、痒痒的，滴在面前的数学试卷上。眉毛皱得紧紧的，她咬着笔，内心还在天人交战。她沉思着自己究竟是应该做一个诚实的好学生，还是委曲求全，向万恶的大佬低下高傲的头颅。

白珊珊纠结不已。

商迟则还是以那种冷淡又漫不经心的姿态盯着她。

一秒钟过去，两秒钟过去……

章平安低头看了一眼手腕上的表，很好心地给大家报时：“还有五分钟交卷，请大家最后再仔细检查一遍你们的试卷。”

这声报时成了压死骆驼的最后一根稻草。

白珊珊深吸一口气吐出来，咬咬牙，心一横，在千钧一发之际，身子微动，朝商迟的方向凑近几厘米，语速飞快地说：“我不讨厌你。”

姑娘的嗓音细细的，轻而软，音量也低得几乎听不见，像江南水乡上那片棉花糖似的雾，像吴侬软语，无须刻意，便痒进人骨头缝里。轻声细语的五个字似羽毛般从商迟心上擦过去。

商迟盯着她轻轻开合的浅粉色唇瓣，眸色微微沉下去。

他低声说：“还有一句。”

“我只看辅助线，不看解题过程。”姑娘一双大眼亮晶晶的，看着他，以一种非常理直气壮的语气说，“所以我只说第一句。”

商迟不语，左侧眉峰轻轻一挑，黑眸中漫上一丝兴味。

白珊珊没闲工夫跟这位大佬鬼扯了。她又瞥了一眼挂钟，焦急不已地催促：“江湖救急啊，大哥！快点儿！”

商迟把压在试卷上的书拿开了。

白珊珊定睛一扫，看清楚了，顿时眼眸一亮，朝他比画出一个“OK”手势，埋下头笔尖狂舞，唰唰地解题。写到某个计算环节时，她懒得打草稿，又抬头扫了一眼商迟的卷子。又遇到要计算的了，她再看一眼，再动笔。

商迟的整张试卷，字迹刚劲有力，解题步骤列得整整齐齐。每一道题落笔即成，均没有任何涂抹修改的痕迹。

不一会儿就要交卷了，原本安静的教室又重新苏醒过来。一时间，挪板凳的声音、打哈欠的声音、扣笔帽的声音、拉笔袋拉链的声音，错落响起。

然而在某个瞬间，这些声音又突然消失，重归一片死寂。

白珊珊正抄得不亦乐乎，没有注意班上的动静。最后一小题了，她垂着头认认真真地列出计算过程，又扫了一眼商迟放在课桌左上角的试卷。

嗯？怎么和她列的有点儿不一样？

于是，她皱眉，一面重新看题一面用笔尖在商迟左边肩膀上敲了敲，抱着“钻研学术问题”的心态小声地提出质疑：“商同学，你第三小问是不是写错了啊？AD是垂直GE的，所以这两个多边形的面积应该是相等的啊。”

一个浑厚的声音在她耳朵边上响起，慈祥和蔼：“商迟同学是对的，你动什么脑子啊，照着抄就行。”

“是吗？……哦，我看错了一个地方。谢谢啊。”白珊珊很有礼貌地感谢了一下说话的那位不知名的好心人，把自己的错误解法给涂掉了。

刚要继续动笔，她察觉到什么，忽地一僵，白生生的小脖子跟机器人似的缓慢转动。她抬眸，一张放大的人脸猝不及防地进入她的视野：浓眉大眼国字脸，笑得和蔼可亲。但是她知道，这是暴风雨前的宁静。

章平安弯着腰背着手，笑眯眯地对她说：“抄年级第一的卷子，放心吧。”

白珊珊沉默了。

章平安又扭过头，笑眯眯地看向一旁面色平静的商迟，说：“被年级前十的人抄卷子，骄傲吧？”

白珊珊继续沉默。

片刻后，章老头儿站直身子，面无表情地宣判：“你们两个，明天各自写一份三千字的检查交给我，题目就叫《领头羊们是怎样一起堕落的》。另外，今天放学之后把操场的卫生打扫干净才能回家。”

试卷一交，下课铃声响起。整栋高三教学楼瞬间炸开锅，学生们收拾好书包，勾肩搭背、说说笑笑地离开教学楼往校门方向走，浑身轻松。

抄试卷被逮了个现行的白珊珊可就一点儿也不轻松了。她耷拉着脑袋，小肩膀垮垮的，有气无力地把练习册、文具盒之类的往书包里塞，脑子里循环播放着章平安那句“三千字检查”。

这时，“小老弟三人组”过来了。三人安慰了白珊珊几句，之后便抄起扫帚表示要与自家大哥共患难，和她一起去打扫操场卫生。

白珊珊随意地摆摆手，拒绝了。

小老弟们拗不过，只好又安慰她几句便各自回家。

很快，高三（1）班教室里便只剩下白珊珊和商迟两个人。

收拾完东西，白珊珊把自个儿的碎花小书包往背上一背，捡起放在角落里的扫帚，攥在手里捏来捏去。她终于忍不住扭过头，往右手边一瞧，商迟微垂着头正在看手机，眼神冷峻，面无表情。

过了大概两秒钟。“喀……那个，”白珊珊干巴巴地咳嗽了一声，一手抱扫帚，一手挠挠头，怀抱着十二万分的歉意支吾道，“我抄你答案，结果连累你又要写检讨又要打扫卫生，对不起啊。”

商迟没听到似的，脸色平静没反应。

白珊珊见他不答话，以为他生气了，心头的愧疚更是汹涌如潮，接着说：“要不，你就先回去吧。操场我一个人去打扫就……”

“东西收拾好了？”商迟眼也不抬，还是那种淡漠的语气。

白珊珊下意识地掂了掂背上的小书包，点点头：“嗯，好了。”

商迟没再说什么，关闭手机屏幕，起身拿起靠在黑板报旁的另一把扫帚便转身准备走出教室。他只迈出两步又顿住，似乎想起什么，回头径直走向站在他身后的小姑娘，在她跟前站定，低眸瞧她，面无表情。

就在白珊珊一头雾水的时候，商迟伸手捉住了她左肩上的书包肩带，直接把她的书包从她背上给取了下来，单手拎在手上，转身走了。

白珊珊愣了下，回过神后赶紧抱着扫帚追上去：“商同学，我的书包……”

“沉。”商迟拎着书包往前走，眼皮也没动一下，语气很淡，“你会累。”

白珊珊也不知道为什么，在这位大佬用这么平淡的语气说出这句话的时候，她向来泰山崩于前也不会加速半秒的心跳，加快了两拍。

扑通、扑通、扑通扑通。

看着商迟被笼罩在夜色下的侧脸，她愣了愣，莫名其妙地想起了之前的那个吻——暴力、强硬、野蛮、贪婪。

如果不是亲身经历，白珊珊怎么也不会相信，这样冷漠禁欲的一个人，竟然会那样疯狂地亲吻她……

血液随着乱飞的思绪涌上脸蛋儿。她的两颊热热的，耳根子也有点儿烫。忽然，她回过神，连忙移开目光看别处，暗自做着深呼吸以平复凌乱的心跳。

两人一前一后地走在路上。

此时，一中校园已经没什么人了。路灯昏暗，不足以照亮偌大的操场和周围空地，四处都黑漆漆的。放眼全校，只有门卫室和零星几个班主任办公室还亮着灯。

起风了，白珊珊有点儿冷，缩了缩脖子。她的脑袋无意识地往左一扭。操场左侧是一片荒草地，据说，当初学校圈这块地的本意是修建大型室内体育馆，但项目上报之后，上级单位一直没批下来，整片地也就荒了。

白天看还不觉得什么，此时四下漆黑没有什么人，乍一瞧跟恐怖片取景地似的瘆人得很。

白珊珊有点儿害怕，看了一眼走在前面的高大背影，无意识地加快步子跟紧了些。她两手抓紧扫帚，紧张地左顾右盼，扫帚有一搭没一搭地在地上扫着。

就在这时，远处忽然出现了一个黑乎乎的人影。白珊珊吓了一跳，慌乱之下连扫帚都扔了，下意识地往前胡乱一拽抓住了什么。

人影走近了她才看清，原来是穿制服叼着烟的保安大叔。

罚学生扫操场，让学生们在劳动中悔过自新是一中名师们的共同爱好。保安大叔见怪不怪，看了他们一眼之后就走过去了。

人影渐远，白珊珊心头一松，长长地呼出一口气。

这时，前边冷不丁响起一个声音，语气在夜色下听着竟显出几分温柔："害怕？"

"没有。"白珊珊心虚，脸蛋儿热热的，几乎是脱口而出。

商迟垂眸。少女毫无察觉，她雪白纤细的两只小手已无意识地抓着他的衣角，紧紧的、牢牢的，像一只怕被主人抛弃的小奶猫。

商迟的食指无意识地一弹。心脏有蛛网似的东西在蔓延，血液里、骨骼里、神经里，有什么在肆虐咆哮着，想挣脱某种束缚。

那种感觉又上来了，但他面色依然冷淡而平静，说："怕的话，就伸手抱住我。"

白珊珊一下呆住了。

商迟抬眸，视线落在少女柔婉娇美的脸上，淡淡地说："你不安的样子，会让我心疼。"

和顾千与射了一会儿箭、回忆了一会儿高中生活后，白珊珊又回家睡觉去了。一夜多梦，睡不安稳。睡梦中，她脑海中反反复复回响着顾千与的话："承认吧，白珊珊，你对商迟唯恐避之不及，是因为你怕时隔十年，自己又喜欢上他。"

第二天一大早，顶着一双熊猫眼的白珊珊掀开被子猛地从床上坐了起来。面无表情地和对面的巨型多啦A梦公仔对视十分钟后，她拳头一握，做出了一个伟大的决定。

然后，她洗漱换衣服，叫司机老陈出门。

老陈发动引擎，问："小姐，去哪里？"

"商氏总部。"

市中心，一栋摩天高楼直入云霄，纯黑色的多面玻璃外观，造型独特而不可一世，将后现代建筑的天马行空风格发挥得淋漓尽致。这栋高楼犹如天生的帝王，永远站在制高点俯视着红尘中的芸芸众生。这相当符合其主人一贯的做派。

白珊珊下车，站在商氏集团的楼下仰着脖子打量了这座庞然大物几分钟后，觉得饿，于是拿出了之前在路上买的包子咬了一口，又喝了一口豆浆，晃晃悠悠地走进了商氏集团的大门。

整栋二十六层高的大厦归商氏所有，大门口处还设置了安检设备。安检人员一个个西装革履、面色冷峻，钉子似的扎在地面上。

白珊珊过了安检，走向了礼宾台。

"您好，请问有什么可以帮助您？"金发碧眼的英籍姑娘说着一口流利的中文，笑盈盈地问。

"我要见商总。"白珊珊也笑盈盈的，"如果他在忙的话，劳烦你帮我找一下江旭江总助。"

英籍前台依然笑着，道："请问您有预约吗？"

白珊珊说："没有。"

"没有预约的话，很抱歉……"英籍姑娘的面上显出几分为难之色，她沉吟着正要开口婉拒时，一个西装笔挺的英俊青年从外面进来了。

看见站在礼宾台前的纤细身影，江旭眼中闪过一丝诧异，问："白小姐，你怎么在这儿？"

白珊珊回头，冲江旭弯了弯唇，笑容甜美地道："我来找商先生。他有空吗？"

“先生正在会客。不过也没什么，”江旭微微一笑，“整个商氏不会有比白小姐更重要的客人。请跟我来。”

白珊珊笑着道了声谢，接着便跟在江旭身后进了直达顶层CEO专属办公区的电梯。

乘电梯的过程中，白珊珊闲着无聊，边吃包子边问商总在见谁。江旭告诉她，这会儿在商迟办公室里待着的是星光传媒文化有限公司的老总钱大岳和他们公司旗下的一个女艺人秦莎，两人来找商迟谈一部中法合资电影的投资问题。

白珊珊不认识那个钱总，但是对那个叫秦莎的女艺人略知一二。

秦莎是当红女星，白珊珊之前看过她主演的一部古装神话电影。这位女星虽然演技差了点儿，但那双腿是真长，腰是真细，模样也是真漂亮，在当今娱乐圈被誉为“四小花旦”之首，人气极高。

两人正聊着，电梯停了。

门开，首先映入白珊珊眼帘的是宽敞明亮的秘书办公区。数位常春藤名校毕业的精英坐在各自的办公桌前忙着手里的事，神色冷峻。

白珊珊见了，忍不住在心里吐槽。这么低气压的工作环境，得多压抑啊。想着，她随手把装豆浆的杯子扔进垃圾桶。

果然，整个集团，从上到下、从里到外，从建筑外观到每个工作人员，都很符合“商氏”风格。这企业文化灌输得真成功。

她正思索着，江旭已经带着她走到了一扇紧闭着的红木双开门前。

嘭嘭两声后，江旭恭恭敬敬地道：“先生，白小姐来找你了。”

片刻，门内传来一个声音，没什么语气地说：“进来。”

江旭拧了拧门把将门推开，朝白珊珊伸手比了个“请”的手势，笑了笑示意她进去。

白珊珊有点儿尴尬，迟疑道：“商先生在见客人，我这么进去，是不是很不合适啊？”

“不会。”江旭说，“见到你，先生会很高兴。”

于是，白珊珊就这样顶着“一头黑线”进了门。

会客厅空间极大，开阔而明亮，整体装修风格和商宅的书房极其相似。厅内依然是黑白色调、陈设整齐、简约单调，没有丝毫人情味。

不知是室内冷气温度开得太低，还是别的什么原因，白珊珊觉得凉飕飕的。她伸手搓了搓胳膊，抬眼一瞧，只见一身纯黑色西装的高大男人坐在沙发上，两条大长腿随意地交叠着。他靠着沙发靠背，坐姿慵懒，脸色冷漠，整个人看着似乎有些不耐烦。

而商迟对面，分别坐着一男一女。男的四十来岁，身材矮胖，也穿着正装，挺着即使是宽大的西服外套也掩盖不住的啤酒肚。他肥头大耳，目测起码有两百斤，十分油腻。

女的年纪看着和她差不多，甚至比她还小一些，长发乌黑，皮肤雪白，长得非常漂亮。一袭紧身的抹胸红色礼服包裹着前凸后翘的妖娆身体，礼服裙摆短得过分，堪堪遮住女人雪白的大腿根部。

秦莎——白珊珊脑子里冒出这个名字。

秦莎明显不自在，垂着头抿着唇，两只手紧紧抓着自个儿的手拿包，骨节处用力到泛起青白色。

白珊珊的突然到来令三个人的目光都落在了她身上。

白珊珊沉默片刻，下一刻便落落大方地一笑，道：“我是来找商先生的，你们继续、继续。”她说完弯腰，规规矩矩地坐在了一旁。

这时，星光娱乐的钱大岳回过神，笑起来：“商总，你也知道，我们秦莎现在正当红，票房号召力很高，只要是她出演的电影，盈利率都非常高。她业务能力很强，会演戏、综艺感也强、唱跳俱佳……”说着，他顿了下，暗示性十足地说，“要不这样吧，让秦莎现在就给您跳一段儿？”

闻言，秦莎脸顿时白了。

钱大岳扭头给秦莎递眼色："莎莎，你愣着干什么？"

秦莎还是僵着没有动，低下头把嘴唇咬得几乎出血。

见状，白珊珊挑起眉毛，看了一眼钱大岳，又看了一眼秦莎这身几乎能用"暴露"来形容的修身礼服。她一琢磨便懂了这个钱总的心思：不管投资后续如何，先送一个大美女以表诚意。

这是娱乐圈的常规套路。不过，这个二百斤的钱总长成这副模样，还这么作死，她可是堂堂"正义使者"，怎么能忍？

思及此，白珊珊对这个钱大岳鄙夷至极。她面上笑了笑，一脸天真无邪地说："其实比起秦莎小姐，钱总跳舞应该更有趣吧。"

钱大岳愣住了。

秦莎眼眸忽地一闪，诧异地看向白珊珊。

钱大岳扭头看向这个突然出现的年轻女孩儿，强颜欢笑，说："这位小姐……还真会开玩笑。"

始终一言不发的商迟也侧目，盯着她，微微一挑眉："你说什么？"

然后，商迟便看见他的白珊珊嘴角轻轻地弯着，起身慢悠悠地走到他身边坐了下来，一双大眼看着他，亮晶晶的，纯洁无辜极了。

她盯着他，声音软软的，带了几分连她自己都没察觉到的娇羞："怎么办，我就是想看钱总跳舞。"

话音落下，钱大岳的脸彻底黑了。他皱着眉道："这位小姐，请问你是谁？我们这会儿正在谈事情呢，你——"

他的话没说完，便被一个冷冷的嗓音打断："我女朋友说，比起秦小姐她更想看钱总你跳舞。跳给她看。"

钱大岳完全蒙了。

商迟直勾勾地盯着白珊珊，指尖顺着她雪白微红的脸蛋儿滑下来，轻描淡写地道："一分钟，一千万。"

事实证明，办事不在话多，有钱就行。商迟语气平淡的一句话，让整个会客厅陷入了一种极其诡异的寂静。

钱大岳蒙了。

秦莎愣住了。

白珊珊的第一反应就是大佬太不把钱当钱了。这么多的钱就为了看一个胖子跳舞？在心里吐槽了一会儿后，她才记起了那句“女朋友”。她动了动唇想解释什么，最终还是把话咽了回来。

算了，商迟喜欢给自己加戏也不是一天两天的事了，不理就好。至于会客厅里的钱大岳和秦莎，就更不用理了。原本就是两个无关紧要的人，白珊珊才没那闲工夫跟他们解释。

相比纠结那句“女朋友”，她眼下有更感兴趣的事。

白珊珊的内心尽管在疯狂地进行着一系列心理活动，吐槽、腹诽如排山倒海般袭来，但她表面上始终淡定，还是那副眉眼弯弯的甜美小模样儿。

一旁，商迟坐姿随意，高大的身躯慵懒地靠着沙发靠背。他一手撑额一手轻轻地托住白珊珊的下巴，继续直勾勾地盯着她看。

姑娘穿着一身无袖泡泡摆连衣裙，两只细胳膊和纤细小腿暴露在空气中，白生生的，肤如凝脂，光洁似玉。细细的眉，弯成月牙似的眼，目光灵动。她嘴角微微勾出一道弧，天真可爱，像个精雕细琢的洋娃娃。

随后，商迟便看见他的洋娃娃脑袋一侧，不着痕迹地避开了他手指的触碰，他便轻轻一挑眉。

“既然商总都开了价，那我也不能白看才对。”白珊珊乌黑的大眼睛眨巴一下，边说边从自己的包里掏出钱包，从里头摸出一张一百面额的纸币放在了桌上。雪白的小手摁在钱上，她轻轻地往前一推，笑盈盈地道：“钱总，一分钟，二十块。”

闻言，钱大岳整张脸的颜色几乎跟锅底没区别了。

白珊珊却跟没看到钱总脸色似的，又很天真地问道：“怎么了，钱总不想跳吗？”她边说边凑近钱大岳几分，跟他认真分析，“钱总你想，跳个舞而已，一分钟就挣一千万零二十块，你随便跳个几分钟，别说一部电影，几部电影的拍摄经费都够了！仔细想想，是不是觉得自己赚了很多？”

钱大岳满脸的横肉抽了抽，看了一眼这个看似天真无邪的小姑娘，微微抿唇，又扭头恶狠狠地瞪向坐在边上的秦莎。

秦莎明显有些怯懦，低着头根本不敢和钱大岳对视。

白珊珊伸手啪啪啪地鼓了鼓掌：“钱总加油！超期待！”

其实到了这个节骨眼儿上，已经不是钱不钱的事儿了。钱大岳在娱乐圈算高层，虽然和商氏这种真正的豪门不能比，但几千万的资产还是有的。换作平时，受此大辱，钱大岳早就甩脸走人了。但他没忘记自己这会儿面对的是个什么人物。商迟，他是万万得罪不起的。

钱大岳不敢得罪各方势力都要对其退让七分的商氏大佬，自然也就不敢得罪这位被商氏大佬捧在手掌心、不惜掷千金博一笑的美人。因此，一番纠结之后，他只得咬了咬牙，起身走到屋子中央，挺着圆滚滚的啤酒肚，强颜欢笑地扭了起来。

白珊珊看得津津有味，秦莎则向白珊珊投去了感激的目光。

钱大岳一共扭了将近两分钟。

这位欺压新人无数、只手遮天、号称“娱乐圈大哥”之一的星光传媒老总在白珊珊这儿栽了个大跟头，之后便向商迟告辞。

看着那道二百斤的背影，白珊珊吹了一声口哨，乐呵呵地说：“钱总，跳得真棒！夜店小王子就是你！”

钱大岳胖胖的身体被地毯绊住，差点儿摔个狗吃屎。他狠狠地咬了咬牙，头也不回地走了。

两人离去，会客室内只剩下白珊珊和商迟两个人，空气陷入安静。

白珊珊站在原地，拍拍手，脸上那抹无辜小白兔式的笑容逐渐退下去。随后，她听见背后传来商迟低沉又漫不经心的声音：“满意吗？”

闻言，白珊珊没答话。她静默片刻，回头，面无表情地看向沙发上西装笔挺、英俊冷漠的男人。而后，她勾了勾唇，笑容礼貌而甜美：“商先生，您的事忙完了，现在我能说我的事了吧？”

商迟的两条大长腿优雅地交叠着，两手放在膝上，没有其余动作。骨血中带冷的人，只是安安静静地坐那儿，便已将“贵族”一词诠释得淋漓尽致。他盯着她，神色冷而静，语气也淡：“洗耳恭听。”

白珊珊深吸一口气吐出来，道：“我这次来找你，是想告诉你，我同意搬进商府成为你的私人心理师。不过在正式搬过去之前，我要求与你约法三章。”

话音落下，商迟似觉有趣，黑眸深处有极浅的笑意在弥漫。他盯着她，眼神示意她继续。

白珊珊便接着说：“第一，没有我的允许，你不能随意进出我的卧室，不能与我有任何超出正常范围的肢体接触。第二，没有我的允许，你不能向白家提出任何过分要求，即使是白岩山主动提出想与商氏结亲，你也必须拒绝。第三，除以上两条外，我可以随时补充任何新的条款。”顿了下，她抬眸，眼神无波无澜，“以上三条，如果你同意，我们就算达成共识，我会尽快搬进商府。”

偌大的会客厅再次陷入沉寂。

商迟没有答话，白珊珊也不催促，站在原地一脸淡漠地看着他。

片刻，商迟垂眸，点了一根烟，慢条斯理地道：“如果，我不同意？”

白珊珊有时不得不承认，这个男人的骨子里天生就有侵略的本性，教人畏惧、教人不安。此时，分明只是没有起伏的一句话，她却感到无形的压迫感瞬间向她席卷而来。

但她面上并没有丝毫露怯："如果你不同意，那么就当我今天没有来过商氏。提亲也好，逼婚也罢，商总您要怎么做都请自便。"

商迟眼中，姑娘的脸蛋儿还是那个柔婉娇美的脸蛋儿，笑容也还是那个温和无瑕的笑容，眼神却满是无所谓，像极了她在十七岁时的潇洒恣意、傲慢不羁。

她一字一顿，轻轻地说："咱们就骑驴看唱本儿——走着瞧！"

室内又是长达数分钟的安静。

良久的安静后，商迟淡淡地说："好。"

白珊珊被这一个字的回答弄得一愣，一时没反应过来："什么？"

商迟盯着她，嘴角勾了一道弧线，漠然地道："白小姐提出的三项条款，我照单全收。"

白珊珊显然没料到这位大佬会答应得这么快。残忍暴戾、铁血冷漠的商迟，何时变得这么善解人意、好说话了？

她心里在打鼓，皱起眉，难以置信地道："你……你就这么同意了？"

香烟在修长有力的冷白色手指间安静燃烧。商迟吐了口烟圈儿，隔着淡白色的烟雾瞧着站在不远处的姑娘。她一双雪白的小手无意识地绞着衣摆，明显狐疑又不安。

商迟将这可爱的小动作不动声色地收入眼底，视线回到她脸上："回去收拾东西。"

白珊珊一脸茫然。

他弹了弹烟灰，说："今天晚上，我就要在商府看见你。"

坦白地讲，白珊珊有点儿怀疑商迟今早出门的时候脑袋被门夹过。否则，她实在是想不到其他理由来解释，商迟居然会同意跟她约法三章这么离奇的事了。不过怀疑归怀疑，总的来说，谈判大获成功，白珊珊还是挺愉快的。

她甚至打了一个电话给涂岚分享她的喜悦。

“喂，兔兔，我有一个好消息要告诉你！”

电话那头的女总裁表示对这个不正常的好友要分享的好消息不感兴趣，没什么语气地道：“你下周一能不能正常上班？”

“我从下周开始就不要来上班啦！”白珊珊很开心地说。

涂岚抚额：“你要分享的好消息就是这个？”

“不，我要分享的好消息是我已经同意当商迟的私人心理师了，今天晚上就搬进商府。”

电话那头，涂岚脸上流露出一丝迷茫，对这一状况极其费解：“我怎么记得你不久前还怒斥商氏那边的要求无理又无礼，并且斩钉截铁地表示自己不会同意？”

白珊珊顿了一下：“嗯……总之我今天晚上就要搬了，具体情况太复杂，等下次见面我再跟你详说！好了，我要回家收拾东西了，拜拜！”说完，她便挂断了电话。

KC总部。

听筒里只剩下嘟嘟的忙音，涂岚看着手机微微挑眉，忽然明白过来什么似的，有点儿无奈又有点儿嘲讽似的摇头失笑。她收起手机，注意力回到电脑屏幕上。

助理小姑娘进来给涂岚送咖啡，随口道：“对了涂总，最近怎么都没看到白老师？”

“你们之后估计都看不到白老师了。”涂岚淡淡地说。

小助理皱眉：“为什么呀？”

“白老师和她的超级霸道总裁前男友和好了，估计马上就要嫁入豪门结婚了。”涂岚敲着键盘以一种聊天气的口吻道，“通知一下大家，可以开始准备份子钱了。”

按照约定，白珊珊当晚便要搬进商府。

得知她要搬进商府当商迟的私人心理师后，白岩山和余莉皆是一惊，但惊讶之余，并没有任何阻止的意思。他们只按照惯例叮嘱了几句要她照顾好自己，在商府不比在白家，要时刻谨记着家教礼数，谨言慎行。

白珊珊听这两人说了几分钟，很快便将这些冠冕堂皇的话翻译成了接地气的人话：好好表现，别丢白家的脸，争取早点儿把商迟迷得神魂颠倒，娶她进门。

她对白岩山、余莉的算盘心知肚明，心底冷笑，表面上却还是乖乖地应着好。

其实，若是白继洲在家的话，白珊珊觉得她搬进商府的事没准儿还会受一番阻挠。但此时，那位平日里以给她添堵为乐趣、暗地里却总是处处维护她的继兄，正在日本进行为期一个月的考察。

就这样，白珊珊在一个寻常的傍晚收拾好东西离开了白宅。

照例是江旭来接她。

车上，江旭笑盈盈、絮絮叨叨地说着话。白珊珊一边听，一边玩着手机游戏。白家大宅的轮廓随着距离的拉远变得逐渐模糊，直至完全消失于视线中。

白珊珊就这样搬进了商府。

也许是商迟早有吩咐，白珊珊进门便看见格罗丽和两个女佣站在门口，接过她的行李领着她上了别墅二楼，将她带进一间卧室。

白珊珊环顾四周，发现这间屋子无论是家具的颜色还是整体风格，都透着一股诡异的感觉——黑色的窗帘、黑色的沙发、黑色金属鸟笼式样的圆床、暗黑色系的衣帽间，还有悬挂在衣帽间内的数十件裙子。

她微微皱眉，走进衣帽间，随手拿出其中几条裙子打量。

纯黑色、蕾丝、束腰、泡泡裙摆，裙摆长度或及踝或及膝，全部是充满了欧洲中世纪宫廷设计感的公主裙。

白珊珊的眉头皱得更紧了。不知为何，眼前这一切让她生出一种错觉——这个房间很早之前就被布置成这个样子，这不像是一间寻常的客房，更像是这庄园的主人用来养宠物的屋舍。

宠物……

这个词令白珊珊的心忽地一颤。她甩甩脑袋，定定神，强迫自己忘掉这个古怪的念头。

转回身，她便看见跟随格罗丽进来的女佣们正安静地帮她整理着从白家带出来的衣物和用品。白珊珊有点儿不好意思，上前几步说："你们去歇着吧，我自己来就好。"

"这是我们的本职工作，小姐不必客气。"管家格罗丽站在圆床旁，面无表情，语气恭敬而淡漠。

白珊珊继续在屋子里扫视。突然，她看见书桌上摆着一个式样精致的黑色礼品盒，在干干净净的桌面上显得尤其突兀。她不由得愣了下，指着书桌不解地道："那是什么？"

格罗丽答道："是先生给小姐的。"

白珊珊愣了下，干巴巴地笑着说："还准备见面礼，商先生真是太客气了。"

格罗丽性子沉稳，寡言少语，浑身气场低而冷，与商迟有三分相似。若不是知道她的身份，白珊珊会以为她是某个豪门大户的夫人，怎么也不会将她和"管家"二字联系在一起。

白珊珊和这位管家待在一起，浑身都有些不自在，只能东拉西扯地找话题。好在这时女佣们已经把所有物品归置完毕，恭恭敬敬地退到了一旁。

"小姐先休息吧。"说完，格罗丽便带着女佣们退了出去。

轻轻一声，门关上了。

屋子里静悄悄的，灯光也有些暗淡——大概是商迟喜欢黑暗环境的缘故。事实上，整个商府，除了一层客厅外，其余地方的灯光都非常昏暗。

白珊珊站在原地发了会儿呆，视线无意识地落在那个放在书桌上的礼品盒上。片刻，她有些好奇地走过去。

打开盒子，白珊珊眼眸忽地一闪。

照片。她的照片。这个礼品盒里竟装满了她的照片，分为六摞，每一摞都堆叠得整整齐齐。

白珊珊的睫毛颤动着，手指不受控制地颤抖。她拿出其中一摞：第一张照片，是十七岁的她在一中操场上打羽毛球，笑容灿烂；第二张照片，是她在高中门口的一个小卖部门口买棒棒糖；第三张照片，是她高考结束后和朋友一起逛街……甚至还有她在南城祭拜父亲时眼神空洞而迷茫的照片。

白珊珊抬手捂住了嘴，眼底惊恐与喜悦交织，半天都回不过神。

空气里依稀飘来一股若有似无的清冽烟草味，一道低沉的声音在她背后冷不丁响起，语调温柔且平静："喜欢我送你的礼物吗？"

白珊珊吓了一跳，回过头。

商迟不知何时已经进了这间卧室。他似乎刚从公司回来，靠在门框上，身上依然是那身笔挺、精细的黑西装。昏暗光线中，他领带松垮，慵懒随意，指间夹着一根烟，整个人透出一种寂寞感。

片刻的震惊之后，白珊珊回过神，取而代之的是一股无名怒火。她费解，举起几张照片沉声道："商先生，你不觉得应该给我一个解释吗？"

商迟抽着烟淡淡地说："你想听什么解释？"

"听这十年来，我每天都抚摸着这些照片，就像在抚摸你？"商迟的黑眸深不见底，他盯着她，嗓音极轻，"还是听我说，我有多后悔给你逃的机会？"

话音落下，白珊珊一愣。她没料到会得到这么一个回答，脸上骤然间火烧火燎的。

但这也只是片刻，下一刻，她竟鬼使神差地道："知道我为什么答应搬进商府，与你朝夕相对吗？"

商迟不语。

白珊珊垂眸，随手把那几张照片扔回了礼品盒，淡淡地说："十年前，我是你试炼心魔的工具，公平起见，现在请你来当我的工具。"顿了下，她侧目看他，"再来打个赌吧。"

商迟看着他："赌什么？"

"以三个月为期，如果在这段与你朝夕共处的时间里，我再次喜欢上了你，就算我输。反之，就算我赢。"白珊珊的语调很平，没有起伏。

闻言，商迟挑了挑眉，迈开长腿缓步朝她走过去："我只关心，你敢付出什么样的代价，我能得到什么样的利益。"

见他靠近，白珊珊下意识地往后退了半步，面上却依然强装镇定。她说："如果我赢，你与我从此形同陌路。不是给我逃的机会，也不是暂时放过我，而是你彻彻底底从我的世界消失。"

"如果你输？"

"如果这个赌我输了，我就嫁给你。"

闻言，商迟忽地停住，漆黑的眸子里闪过一丝不易察觉的诧异。

白珊珊沉默了数秒钟，深吸一口气吐出来，像鼓起了勇气一般接着说："无论你对我是偏执的独占欲，还是其他任何与'情爱'二字无关的情感，都无所谓了，我嫁给你。"

暗红色的火星一闪即灭。

商迟掐灭了烟，朝她走过去。他语气平静："公主，知不知道我最喜欢你什么？"

白珊珊原本垂着头站在原地，忽然察觉到什么，心一慌，下意识地想往后退，然而已经迟了。

男人修长有力的右臂不知何时已经环过她纤细的腰身，往前一带，不容反抗地将她禁锢在怀里。两人间的距离骤然缩短，她心一颤，抬起头，晶莹眸子里的镇定与淡然逐渐退去，只剩慌乱。

一片昏暗中，商迟闭眼，低头贴近她。他高挺的鼻梁亲昵地摩擦她小巧的鼻尖儿，语气温柔："我最喜欢看你高估自己和目空一切的傲慢。"

姑娘皱眉，用力地挣了挣："你什么意思？"

商迟的手臂用力，让她动弹不得——他真是霸道强硬、不容背逆。他弯了下唇，勾起一道弧线："白珊珊，要你对我动心、疯狂，哪里需要三个月？"

白珊珊沉默。

"知道吗？"商迟的唇贴近她耳边，呢喃细语，"如果回到十年前，南城一夜，我不会放你走。"

白珊珊继续沉默。

他低声，一字一顿地道："我会让你这辈子，哪怕是一秒钟，都不敢有离开我的念头。"

白珊珊眼眸忽地一闪，不知想起什么，她脸上像着了火，滚烫一片。

南城一夜……

无数尘封在脑海深处的记忆碎片翻涌如海啸，以摧枯拉朽之势将她席卷吞没。她怔怔地出神。

商迟的唇就在距离她耳朵不足半厘米的地方。他姿态亲昵，语气也温柔得动人，教人无法将之与那些阴沉到近乎病态的话语联系在一起。

白珊珊绯红小巧的脸陷在男人的指掌之间，细腰被他钳制，整个人被禁锢在他圈出的空间内。她被迫仰着头，感到他的气息拂过自己的脸颊、耳畔。

他轻轻地扳过她的下巴，目光柔和，湿润的唇缓缓朝她微张着的唇瓣贴近。

在商迟快吻上自己时，她眼眸一闪，猛地回过神来。下一刻，白珊珊用力挣开了他。

脱离他的掌控，她感觉呼吸都顺畅了许多。咬咬唇，她吸气呼气，平复狂乱的心跳，面上红潮未退。

室内又是一片死寂。

商迟站在原地，面无表情地盯着她，漆黑双眸透着孤寂的光。

良久，白珊珊侧过头移开了视线，没有语气地说："按照约定，我记得你不能未经我允许进入我的卧室。请回吧。"

商迟的目光没从她面上离开，他淡淡地说："那个赌，你确定作数？"

白珊珊说："作数。"说着她一顿，看向他。此时，她眼中慌乱早已不见，又是那副万事都不在乎的淡漠模样。她道："我跟你赌，一言九鼎，决不食言。"

闻言，商迟轻轻地勾了下嘴角："好，一言九鼎，决不食言。"

沉稳有力的脚步声远去。男人高大笔挺的背影满是寂寥，又有种将万物法则通通踏于足下的傲慢。

男人渐渐地消失在白珊珊的视野中。

房门打开又合上，嘭一声。

白珊珊垂眸，安静了一会儿。忽然，她心底深处生起一股烦躁。她转身去了窗边，推开窗。夜风肆虐，将她一头长发吹得凌乱飞舞，像振翅欲飞的蝶，又像鹰。

白珊珊迎风闭上了眼。

十年前，她沉迷于那个名为"商迟"的人间剧毒无法自拔，如今一切从头来过，她绝不会再动心半分。

不知是之前和他的那番交锋耗费了太多脑细胞，还是睡了那张金丝雀鸟笼造型的床，又或者是其他原因，总之，白珊珊产生了强烈的排斥反应。搬进商府的头天夜里，白珊珊就做了噩梦。

这回，她在梦中的形象不是那只粉红色的火烈鸟了。她成了一只白乎乎、软绵绵的小肥羊，正在青青草原上优哉游哉地吃草莓，眯着大眼睛，一脸满足相。

忽然，一道闪电划破天际，噼里啪啦一阵惊雷之后，那只长得跟商迟一模一样的大野狼再次闪亮登场。

正在吃草莓的小肥羊白珊珊被吓得一个趔趄，胖胖的、圆滚滚的身子跌倒在地，又嗖的一下原地蹦起来，躲到了一棵小树苗背后，探出脑袋。

大野狼还是那副冷酷的样子，居高临下地俯视着她。

小肥羊白珊珊咕咚一声咽了口唾沫，支吾道："这次……我没有吃你的草莓慕斯，你不可以吃我。"

大野狼商迟侧目，冷冷地看向满地的草莓，淡淡地说："你为什么这么喜欢吃草莓？"

小肥羊白珊珊毛茸茸的圆脸上露出一丝迷茫，道："我喜欢吃草莓都不行吗？"

大野狼冷哼道："你身为一只羊，居然不吃草吃草莓！我要吃了你！"

白珊珊愣住了。

然后，她又被咆哮着的大野狼追着跑了一个晚上。

历史总是惊人地相似。第二天清晨，在睡梦中饱受惊吓与摧残的白珊珊身心俱疲，迷迷糊糊地被手机闹铃震醒了。

丁零……丁零……

被子里某团不明物体不安地蠕动了一下，拱了拱，又拱了拱。半秒后，一只雪白纤细的小手从被子里伸了出来，钻进枕头底下，摸啊摸、捞啊捞，然后锁定目标，抓住手机缩回了被子。

白珊珊看一眼时间，早上七点三十。

做了一整宿的噩梦，白珊珊这会儿头昏眼花，困得不行，皱着眉哀号一声。正准备与瞌睡虫大军背水一战、一鼓作气地起床时，她又突然想起自己已经是商迟的私人心理师，不需要再去公司上班的事，顿时放松下来。

没记错的话，之前的那份聘请协议上并没有规定她每天早上几点起床、几点上班。那还是睡到自然醒吧。

毕竟资本家的便宜，不占白不占。对敌人仁慈，就是对自己残忍。反之亦然，占资本家的便宜，就是为广大的劳动人民谋取福利。

在脑子里飞快地思索了一番后，白珊珊心安理得地扔开手机，拉高棉被，重新安详地闭上了眼睛，觉得自己这个懒觉睡得实在是太伟大了。

然而，她刚闭眼没几秒，一阵敲门声忽然响起，嘭嘭嘭，规律而沉稳。

白珊珊皱眉，咕哝着问："谁啊？"

屋外传来格罗丽的声音，恭敬而淡漠，音量不高也不低："小姐，早餐已经准备好了。请你下楼用餐。"

"嗯……"白珊珊打着哈欠揉了揉眼睛，迷迷糊糊地道，"谢谢你，格罗丽阿姨。早餐请你先搁着吧，我现在还不想吃。"说完，她就拉高被子蒙住了脑袋，假装自己是一个粽子。

格罗丽的嗓音继续传入，依然很平静："先生在等你吃早餐。"

闻言，被窝里的"小粽子"骤然一僵。

格罗丽继续道："先生九点整有一个全球视频会议要开，八点钟就要出发前往公司。所以，"顿了下，她平稳的语气中透出不容反驳的强势，“请小姐在五分钟之内下楼到餐厅。”

白珊珊愣住了，心里再次忍不住吐槽。她只是过来治疗心理疾病的，不是过来陪吃饭的，好吗？！

如果是平时，以江湖人称“一米六大佬”的白珊珊的脾气，早就把门外那位管家阿姨给怼回去了。但是，她并没有忘记自己此时身处商府这一残酷的现实。

现在，她在那位“大佬中的大佬”的地盘上。常言道，人在屋檐下不得不低头，在他人眼皮子底下待着，还是稍微夹着点儿尾巴做人比较明智。

于是，她躺在被窝里闭上眼睛，吸气、呼气，吸气、呼气。连续做了好几次深呼吸，她才勉强把濒临爆炸边缘的内心给安抚下来。

四分五十秒后，顶着两只熊猫眼的白珊珊准时出现在了商府一层的餐厅内，面无表情。

商府的整体设计不知是出自哪位能人之手，空间感十足，充满贵族气息的英伦风格与港式现代风格结合得天衣无缝，对美学的运用也登峰造极。

落地窗外，正好是朝日初升的东方。天边泛起了白，晨光将云层镀上一层薄金色，映衬着花园内生机勃勃的绿植树藤，跟一幅风景画似的，一室黑白也温柔了三分。

用人们安安静静地站在一旁。

一身黑色西装的男人安安静静地坐在餐桌前，微微垂眸，正面无表情地阅览手中的文件资料。阳光从窗外洒进来，他高大挺拔的轮廓被镶了一层极淡的金边，冷硬英俊、不怒自威，活脱脱一个画中人。

白珊珊踩着她从白宅带过来的小黄鸭拖鞋，站在距离餐桌几步远的位置，面无表情地看着商迟，忍不住在心里赞叹一声。

上流社会虚与委蛇的酒会晚宴，白珊珊虽参与得不多，但身处名流圈，这些年她见过的商界巨鳄和青年才俊也多如过江之鲫，就是没有一个像商迟这样的。

他长了一副小说中反派男主角的皮囊，俊美、优雅。和那些靠排场、靠衣装虚张声势的富商不同，他是天生的贵族，有拒人于千里之外的冷漠，也有目空一切的倨傲。他即使是安静地看报纸，都能让人感觉到那股从骨子里散发出来的强硬和冷酷。

难怪当年即使是有“天才校草”之称，追这位大佬的人也屈指可数。在青涩的学生时代，商迟的整体气场和“校园”这一背景实在格格不入。女孩儿们迷恋他那张“盛世美颜”和“反派大佬”般冷酷阴鸷的气息，却没几个能真正迈出“追求”那一步。她们不是不想，是不敢。

白珊珊正胡思乱想着，那头看报纸的商迟却已经注意到了她。事实上，她出现的第一秒他就知道了。

因为商迟开口说的第一句话，只有非常淡漠的几个字：“你还要看多久？”说话时，他眼都没抬，目光甚至都没从报纸上移开过。

白珊珊有时候怀疑这人是侦察兵出身，否则，她实在想不通他怎么会有如此强的洞察力和感知力——敏锐到令人恐惧。

白珊珊的脸上挤出了一个标志性的职业笑容。她的嗓音甜甜的，软软的：“商先生，早上好呀。”

商迟扫了一眼她嘴角的假笑，语气很淡：“过来吃饭。”

两秒后，白珊珊打着哈欠、晃晃悠悠地走了过去。她垂眸一瞧，长餐桌上摆着清淡的小菜、式样精致的点心、两份牛肉、两碗小米粥……五花八门，看着丰盛异常。它们都用青花瓷小碟、小碗装着，卖相美观，令人很有食欲。

白珊珊忽然生出一种自己在陪皇帝用御膳的错觉。她眼睛一扫，又注意到两碗小米粥和两份牛肉摆放的位置。

其中一碗粥和一份牛肉摆在主位——商迟的面前，而另一组则摆在商迟右手边紧邻的座位前方。

白珊珊不露痕迹地挑了挑眉。

紧接着，在餐厅内侍立的吉娜等商府用人便看见了这么一幕：

江助理说是他们未来夫人的小姑娘站在餐桌前，左右转动着小脑袋，似乎是在挑选她喜欢的位置。两秒后，她似乎选好了，伸手拖开了距离他们先生最远的一个椅子，弯腰落座。然后，她又伸手把摆在先生旁边座位的小米粥挪到了自己面前。最后，她拿起筷子，夹了一棵青菜放进嘴里，眨巴了下大眼睛，很开心地嚼。

女佣们你看看我、我瞅瞅你，面面相觑，一时间都有点儿手足无措，纷纷看向管家格罗丽。

格罗丽倒是很淡定。这位跟随过两代商氏家主的大管家垂眸，恭恭敬敬地站在现任家主身侧，连眉毛都没动一下。

白珊珊吃完了一棵青菜，忍不住在心里给商府做饭的大师傅点了个赞，紧接着又夹了一块儿小藕丁放进嘴里。

藕丁脆脆的，嚼起来咔嚓咔嚓响。声音不大，但餐厅空间开阔且安静，这声响便显得格外突兀。

商迟还未动筷，抬眸，视线落在距离他整整一个餐桌的白珊珊身上。

姑娘像丝毫没有察觉到他的目光，依旧自顾自地吃着东西。红艳艳的小嘴闭得紧紧的，腮帮子鼓鼓，嚼得开心又认真。吃完藕丁，她又继续夹其他的菜。大概是食物很合胃口，她偶尔还会幸福地眯一下亮晶晶的眼睛，像只可爱的小兔子。

一连尝了好几样菜和点心，白珊珊又拿勺子舀了一勺粥。直到实在扛不住餐桌上那位男人直勾勾的眼神，她才在心里翻了个白眼，像忽然想起什么似的抬起头看向对面。

"商先生，格罗丽管家说你待会儿还要开会。"白珊珊笑容满面地看着他，"为什么不吃东西？"

商迟盯着她，非常淡漠地说："为什么离我这么远？"

白珊珊不禁有些头疼。这可真是个好问题，大家都是成年人了，我为什么离这么远，你心里难道没数吗？

现在，她应该怎么回答？直接回答，还是随便编个理由？

短短几秒，白珊珊脑子里闪过无数个念头。

然而，还没等白珊珊想好，商迟又开口了。他没有喝粥，而是慢条斯理地拿起刀叉，开始切盘子里的牛肉，眼也不抬，语气淡而冷："过来，坐我旁边。"

白珊珊顿了半秒钟，然后勾了勾唇，尽量用一种非常和善、友好的口吻说："商先生，这个桌子这么大，就我们两个人吃饭，我坐哪里都一样的。"

商迟说："不一样。"

白珊珊微微怔了下："什么？"

"你在我身边，会让我感到心情愉悦。"商迟的脸色很平静，语气也淡淡的。

话音落下，白珊珊的视线无意识地往下移了一点。

男人纯黑色的西装笔挺，纤尘不染的西服袖口下是两只修长有力的手，分别拿着餐刀和餐叉。锋利刀刃切割下一块三分熟的牛肉，"血丝"顺着肉的纹理和刀身缓缓流淌下来。

鲜红的"血丝"，银白的刀身，以及优雅得仿佛从中世纪而来的贵族。这血腥而优美的一幕落在白珊珊眼中，令她联想到了存在于欧洲宗教传说中的一种超自然生物——吸血鬼。

吸血鬼神秘优雅，象征罪恶与黑暗……

商迟微微张开嘴，把那块肉放进嘴里。白珊珊干巴巴地咽了口唾沫，无意识地紧盯着他紧闭的好看的薄唇，以及每次的咀嚼动作。

她想象了一下那块肉的汁水在他唇齿间漫延开的画面。然后，她整个人就打了一个冷战，脊梁骨一阵发凉。

"坐过来。"商迟咽下嘴里那块肉，拿起桌上的餐巾擦了擦嘴，抬眼，再次直勾勾地盯着她，轻轻一挑眉，“公主，我似乎提醒过你，不要惹我生气。”

白珊珊也不知道自己后来怎么就坐到商迟旁边去了。

事后回想，她将这种行为归结为人类在面对危险时，本能地向强者示弱的反应，尤其是对方当着她的面切下一块“鲜血淋漓”的牛肉，放进嘴里优雅咀嚼并咽下。被一块肉给唬住，说实话，很丢脸。

此时，白珊珊坐在商迟身旁，眼观鼻、鼻观心，规规矩矩地喝着她碗里的小米粥，目不斜视，十分安静。商迟则继续安安静静地吃他的牛肉。

其间，白珊珊刻意观察了一下他的用餐习惯。她发现商迟从始至终几乎没怎么动过那些清粥小菜。

大概是从小就生活在国外，他不太习惯中餐饮食。

他不吃中餐还让厨房做这么大一桌子的菜，浪费粮食真可耻。还拉着她一起来浪费，让她也变得可耻，他心机真的太深了。

白珊珊腹诽，化愤怒为食量，紧接着便以吃穷他为目标，怒吃了两大碗粥和一大份牛肉。

她结束“战斗”时刚好是七点五十五分。

白珊珊摸了摸自个儿圆滚滚的小肚皮打了个嗝，打完之后，无意识地一扭头，正好撞上一双黑得深不见底的眼睛。商迟早就吃完早餐，正直勾勾地盯着她，目光专注而充满兴味，不知看了她多久。

她有些纳闷，不知他在瞅啥。难道是没见过能吃的姑娘吗?

“记录好了吗？”商迟忽然出声问。

然后，她就听见格罗丽恭恭敬敬地平稳答道：“请放心，先生。今天早餐，小姐一共夹菜103次，其中莲子藕丁14回、糯米虾仁 9回……”

白珊珊就这样一脸茫然地听着格罗丽大管家精准无误地报出了她早餐时夹菜的总次数和分别夹每样菜的次数。

白珊珊皱眉狐疑地问：“格罗丽，你为什么要记录这个？”

“这是先生的意思。”格罗丽淡淡地说，“我们需要知道小姐的饮食喜好。”

白珊珊震惊了，小脖子机器人似的缓慢地扭过去看向商迟，难以置信地道：“商先生，想知道我喜欢吃什么，直接问我不就行了？这么大费周章耽误时间，您最近没其他事忙了吗？”

难怪准备了这么一大桌子菜，原来她才是皇帝，他才是陪吃的！他这么劳民伤财，就为了知道她早餐喜欢吃什么，嫌钱多还是嫌时间多？

商迟的语气很平静：“第一，这样最准确。”

“第二，”商迟抬眸看她，沉声道，“白珊珊，你就是我最在意的事。”

话音落下，白珊珊只觉脸颊一热，跟被人点了把火似的烧了起来，心跳也变得急促。在男人的注视下，她忽然觉得不自在极了，侧过头，故作镇定地看向落地窗外。

这时，一阵脚步声从客厅方向传来，由远及近。

闻声，白珊珊扭头看了一眼，江旭江助理正拿着个什么东西朝他们走来。

“先生。”江旭站定，恭谨地道。他的目光转向白珊珊时明显轻松许多，他道：“白小姐。”

白珊珊也微微一笑，挥挥手：“江助理，早上好。”

“先生，上午的会议需要延迟一个小时召开。芬兰分部的办公系统遭到了黑客攻击，安全部门正在全力抢修，预计需要四十分钟才能抢修完毕。”江旭说，“陈肃已在着手调查这件事。据陈肃初步判断，此次芬兰分部受到的黑客攻击，分工明确，协作性强，有组织并且有预谋。”

商迟面无表情地听江旭汇报完，冷漠地道：“告诉陈肃，我给他两天时间。两天之后，我要知道谁该为这次袭击事件买单。”

“是。”

两人说着公事，白珊珊百无聊赖，打了个哈欠正准备起身上楼再补个觉，却忽然瞥见了江旭手里拎着的一个口袋。那袋子是光面材质，纯黑色，只在袋身的右下角印着一个很小的商标。

白珊珊眼眸忽地一闪。她认识这个商标，是某知名运动品牌的标志。

她有点儿好奇，指着袋子问：“江助理，这是你买的衣服吗？”

“瞧我这记性，白小姐不提我还差点儿忘了。”江旭拎起袋子笑了笑，说，“今年的‘B市常春藤盟校校友篮球联赛’下周正式开打，这是赞助商给先生的母校宾夕法尼亚大学提供的定制校队服。”

白珊珊听完愣了。

B市常春藤盟校校友篮球联赛？篮球赛？

篮球赛……

她的脑海里突然有破碎零星的画面交错浮现，眼神似有刹那茫然。

江旭将手里的篮球服递给商迟，说：“先生，赞助商把球服送到商氏，说请你先试穿一下，看是否满意，如果有不合适的地方，他们再重新制作。”

商迟面无表情地接过篮球服，微微侧眸，看了旁边的白珊珊一眼，姑娘不知想起了什么，整个人怔怔的半天回不过神。

商迟将她的反应不动声色地收入眼底，试衣服去了。

“下周就是正式比赛，真是期待啊，我还从来没见过先生打球呢。”江旭说着说着，忽然眼睛一亮，冲白珊珊笑眯眯地说，“白小姐，到时候我们可以一起去给先生加油，当啦啦队呀！”

听到这句话，白珊珊才回过神，从自己的世界抽离出来。她朝江旭干巴巴一笑，道：“这个篮球联赛是每年都有的吗？”

“对。”江旭点头，“不过先生往年从来没参加过，今年突然吩咐我帮他报名，我也奇怪了好久。”

白珊珊沉默几秒钟，没什么语气地随口应：“是吗？”

两人正说着话，商迟已经换完球服过来了。

白珊珊回头。

男人站在几米外，穿着一身纯黑色的篮球服，身姿挺拔而高大，像松又像柏。纯黑色篮球服使得他深邃冷峻的五官多出一分不羁傲慢。额头碎发垂下几缕，略微遮挡了冷峻的眉眼。

这一刻，白珊珊感觉时光在商迟身上倒流了十年。

没能见到这个人在球场上恣意驰骋的身影，一度是她少女时代最大的遗憾。

她眸中的惊讶转瞬即逝，而后，她侧头，毫不在意地望向别处，当不远处那位风华正茂的冷漠“少年”是空气。

江旭仿佛丝毫没有察觉到两人间的微妙气氛，笑着夸赞：“先生，这套球服很适合你。”说着他一顿，看向白珊珊：“对吧，白小姐，很好看吧？”

白珊珊已经对这位老狐狸助理的一系列操作见怪不怪了。因此，这回她只顿了一下，便将脑袋转回来看向商迟，眸子晶莹如星辰。

商迟神色冷静地与她对视。

两道视线在空气里交会。

须臾，白珊珊打量商迟一圈后，笑着点点头，嗓音又软又甜：“是呢，商先生这样看着真年轻。”

“年轻”一词落地，江旭哑然。

一屋子用人甚至是格罗丽都愣住了。

商迟的脸色不变，他盯着白珊珊，微微挑眉，淡淡地说：“下周我比赛，白小姐有兴趣来看一场吗？”

白珊珊与他对望，目光不躲也不闪，认真地道：“好呀，场地在哪儿？”

“本来在世纪体育馆，但这场联赛最大的赞助商临时把第一轮小组赛的场地改了。”江助理对两人之间的刀光剑影视而不见，从容接话，笑容满面，“在市一中。”

闻言，白珊珊诧异，瞪大眼睛难以置信地看向江旭：“一中？”

“对。”江旭说，“挺惊喜吧，刚好是先生和白小姐的母校。”

白珊珊几乎是脱口而出：“‘B市常春藤盟校校友蓝球联赛’啊，这么大个比赛在一个高中的篮球馆打？有没有搞错？那个最大赞助商的脑子是被驴踢过吗？”

周围空气没来由地降下了几摄氏度。

江助理这才像突然想起什么，啊了一声，有点儿尴尬地摸了摸鼻子，说：“抱歉，白小姐，刚才我好像忘了告诉你，这场联赛最大的赞助商就是先生。”

白珊珊听后，一时气结。她告诉自己：冷静，冷静，杀人犯法，冲动是魔鬼。

这时，她背后冷不丁传来一个低沉的声音：“白珊珊。”

她深吸一口气吐出来，按捺住把这“不正常的主仆二人组”一拳头打到火星去的冲动，又默背了几遍“冰寒千古，万物尤静，心宜气静，望我独神”才平静下来。她微笑着说：“请问还有什么事吗，商先生？”

“过来。”商迟没什么语气地说，迈开长腿转身就往楼梯方向走。

几分钟后，白珊珊也不知道自己怎么就离开了餐厅，鬼使神差地跟着商迟走上了二楼，一头雾水地停在了商府的主卧门口。

商迟开门进去了。

白珊珊透过门缝，看见里头没有开灯，挡光帘也拉得严严实实，将窗外阳光尽数隔绝，什么都看不太清。她心里打鼓，站在门外清了清嗓子，抬高几分音量道："商先生，请问你找我什么事？"

里头没人答话，也没有半点儿声音。

白珊珊迟疑片刻，最终还是定定神走了进去。

然而，她刚进卧室房门便被人从后头给关上了。走廊上的光被尽数隔绝，白珊珊心里一沉，有些慌了，下意识地想反身拉开门夺路而逃。然而下一刻，一只手臂已从她纤细的腰身后环过来将她紧紧地环住。

白珊珊闻到了空气里熟悉的烟草味。

她嗫嚅着动了动唇，试图稳定自己的情绪，但话音出口，尾音又颤又飘："商迟，你又抽什么风？放开我。"

"怎么办？"他语气很平静。

"什么？"

黑暗中响起男人的声音，冷而柔，语气虚无缥缈得像一个虚幻的梦境。薄唇轻轻地擦过她的耳朵，他低声缓慢地道："只是和你坐在一起，看着你，我就会失控。"

他的呼吸喷在她耳后，双臂将她死死缠绕，几乎要将她勒进身体里。

白珊珊面红耳赤呼吸困难，挣扎不开，觉得自己马上就要炸了。

"公主。"他闭上眼，轻轻地蹭着她光滑雪白的脸蛋儿，"十年前的那场球赛，你说如果我赢，就送我一样礼物。"

白珊珊道："那场比赛明明已经——"

"如果我赢，"他打断她，在她耳垂上咬了一口，"我要你吻我。"

当年他们高三。

十月的某次周一升旗仪式上。

十月末，已是深秋，快入冬了，但是今天B市的天气跟吃错药似的，一反常态，气温飙升，温度直接升到了二十好几摄氏度。

学校要求统一着装，因此一中学子们早就换上了厚实的秋季校服。温度这一上升，大家毫无防备，被打了个措手不及，一个个眯着眼垮着肩，顶着大太阳在国旗底下站着听讲话，又是哈欠连天，又是蔫头耷脑的。

人数众多，蔚为壮观，从高处俯瞰，校园操场上就跟种满了被晒干的狗尾巴草似的。

一贯严重缺乏睡眠且有“特困生”之称的白珊珊同学自然也是“狗尾巴草大军”中的一员。

她头天夜里参加网游世界里的武林大会，征战群雄，笑傲江湖，为门派赢得了“天下第一帮”的殊荣，忙活完已经是凌晨一点半了。今儿天还没亮，她就被周婶从被窝里提溜起来扔进了学校。

天晓得，多么顽强的意志力和不屈的求学精神，才能让“困成狗”的白珊珊在没打瞌睡的状态下撑完英语早自习。

此时，听着讲台上校长抑扬顿挫宛如摇篮曲的讲话，被太阳晒得睁不开眼的白珊珊只觉自个儿的眼皮越来越沉。她娇小的身子开始摇摇晃晃，脑袋也开始跟小鸡啄米似的一点一点。

好困……

突然，她耳边冷不丁响起一个低沉的嗓音，语气也淡淡的：“白珊珊。”

白珊珊这会儿困得不行，闻言皱皱眉，迷迷糊糊地撩起眼皮、揉揉眼睛，往左侧看了一眼。只见她同桌就站在她边上男生队伍的末端，面无表情、神色冷漠，浑身都散发着那股万年不变的“方圆三里，寸草不生”的强大气场。

从白珊珊的角度，刚好能看到他的侧面。鼻梁高挺，下颌线明显，睫毛浓而密。阳光从头顶洒落，他的黑色短发呈现出一种极淡的光泽感，耀眼到让人不敢直视。

最引人注目的是那一米八七的身高。他比站在他前面的、倒数第二排的平头男生高出了整整半个头。

平头男的个子其实也不矮，但清瘦纤弱，细胳膊细腿，在宽肩、窄腰、大长腿的商迟跟前，就跟个小鸡崽似的。而且也不知道是什么原因，平头男显然非常拘谨不安，背脊挺得僵直，两只手也紧贴校裤裤缝。他目不斜视，十分安静，站姿端正得像在站军姿。

白珊珊见状，沉默了三秒钟，出于好奇与对同班同学的友好关心，小声地问："宋文强同学，你是不是哪里不舒服啊？"

闻言，叫宋文强的平头男生顿了下，紧接着扭头，冲她故作轻松地说："没有啊，我没有哪里不舒服，感觉好极了。我看起来很奇怪吗？"然后，他努力地调整表情挤出个笑容，不安地试探，"那现在呢，是不是自然多了？"

白珊珊把平头男那张比哭还难看的笑脸认真审视了一番，点头："嗯，你看起来可自然啦。"

"嗯。"宋文强受到了鼓励，顶着那张苦瓜似的笑脸又把脑袋转回去了，继续站军姿。

白珊珊随后又瞟了眼自个儿那位豪门大佬同桌。他安安静静地站在队伍尽头，不看她，却漫不经心地瞧着升旗台上的校长。

白珊珊狐疑，举起一只小白手圈住嘴，压低嗓子说："商同学，找我有什么事吗？"

商迟还是没看她，面无表情地摇了摇头。

那你干吗平白无故打扰我打瞌睡？心理阴暗，报复社会啊？

白珊珊无语，腹诽几句，紧接着便收回视线往前一靠，直接把脑袋瓜枕在前方同学的肩膀上，闭上了眼睛。

就在她闭眼时，一个熟悉的声音便从她身旁响起了。浑厚的男中音，中气十足，非常体恤同学："这么大的太阳还来参加升旗仪式，真是辛苦你了啊，白珊珊同学。"

话音落下，少女整个都僵住了。半秒后，她快速地站直了身子，毛茸茸的脑袋瓜在空中画出了一道弧线。她“正襟危站”，一脸正色地摇头：“不不不，不辛苦、不辛苦。”

章平安微笑道：“这个天气，你压根儿就不该来上学。家里待着多好啊，睡到自然醒多舒坦啊。这么远跑一趟，可真是太为难你啦！”

白珊珊嘴角一抽，差点儿膝盖一软给章老头儿跪了，继续一脸严肃地摇头：“不不不，不为难、不为难。”

下一秒，章平安脸上的笑容消失得无影无踪。他从鼻子里冷冷地发出一个“哼”，撂下一句“待会儿升旗仪式结束，给我到办公室来”后就背着手走了，徒留白珊珊欲哭无泪，十分郁闷。

片刻后，她小拳头一握，怒了。她侧过头，闪烁着熊熊愤怒之火的大眼睛瞪向一旁队伍最末尾的商迟，质问：“商同学，你站在最后，章老头儿从后面过来你肯定是第一个发现的！为什么不提醒我？”

商迟闻言没什么反应，语气也一如既往平静，淡淡地说：“我提醒了。”

白珊珊一愣：“什么时候？”

“刚才。”商迟说着，视线一转，落在姑娘茫然的小脸蛋儿上。

白珊珊皱了皱眉毛，狐疑又不解：“刚才？你哪里提醒我了？怎么提醒的？”

“我说，‘白珊珊’。”

白珊珊气结。

算了，变态的思维是正常人永远都无法理解的，她能指望和一个变态理论出什么？君子报仇十年不晚，反正她跟他已经有一桩“强吻之仇”了，也不差多记这一笔了。

白珊珊在心里把商家祖宗十八代挨个儿问候了一遍，然后朝商迟露出了一个象征和谐友爱的微笑。最后，她转回脑袋，在心中默默地掏出自己的小本给他记下了一笔。

戴着厚镜片的一中校长还在升旗台上进行着自己职业生涯中的第286回朗诵表演，抑扬顿挫地道："因此，为响应国家提倡的'培养综合素质人才'号召，为促进全市青少年德、智、体、美、劳全方面发展，也为提高当代青少年的身体素质，我校决定与B市另外十二所重点中学联合举办本市第一届'十三校中学生篮球联赛'。希望同学们积极参与、踊跃报名、为校争光！"

"好！校长说得实在是太好了！"龅牙教导主任掐着点儿，在校长最后一个字音落下的瞬间用力鼓掌，积极配合校长，调动操场上学子们的情绪，双拳一握，喊口号，"让我们一起'踊跃报名、为校争光'！"

操场上的"狗尾巴草们"都快被太阳晒干了，有气无力地附和："踊跃报名、为校争光……"

"好，非常好！我已经深深地感受到了同学们对篮球联赛的如火热情！"校长一脸欣慰，话筒举在嘴边继续说，"这样，我们先以班级为单位进行报名，各班再把名单交给年级组长，再由年级组长进行汇总。争取在下周一前组建起我们学校的第一支官方篮球队！"

"我们一中从来不是一个只注重学生成绩的学校，我们的同学也绝不是只会读书的书呆子。相信通过这次篮球联赛，我们将发掘出一大批优秀的篮球人才！"教导主任情绪也十分高涨，鼓舞道，"我们鼓励自荐，也鼓励推荐！相信这次篮球联赛，我们一中校队一定能取得优异成绩！"

白珊珊打着哈欠听着校长和教导主任说相声似的一唱一和。听着听着，她忽地灵光一闪，便蹿出一个念头来。

她的余光貌似颇不经意地扫了一眼"海拔高度"异常的某人的方位，然后，她眯了眯眼睛。

商迟一言不发地站在队伍末端，脸色冷漠。忽地，他察觉到什么，微微抬眸。

两道视线便这么猝不及防地在空气中撞到了一起。

商迟盯着不远处的白珊珊。少女沐浴在金色的阳光里，晒得久了，她雪白的皮肤呈现出浅浅的粉红色。一双眸子晶莹透亮，不带丝毫怯意地与他对视，眼神促狭，带着三分不怀好意的笑，像只想出了坏主意的小狐狸。

须臾，“小狐狸”冲他弯了弯嘴角，露出了一个意味深长的、又甜又软的笑容。随之，她便望向别处。

商迟盯着她片刻，眼底浮起一丝兴味，也收回了视线。

君子报仇十年不晚。

当初的强吻之仇和今天的知情不报之仇。

白珊珊看着前面同学圆滚滚的后脑勺，小拳头一握，眯了眯眼，知道自己复仇的号角是时候吹响了。

B市一中是国家级重点中学，百年名校，师资力量雄厚，教学质量极高，每年的升学率就算是放在全国，也从没掉出过前五名。一中虽然升学率在B市各名校里数一数二，但是体育赛事方面的战果并不突出。久而久之，整个B市的名校圈里便流传起了一个说法，说一中的学生只会读书，一个个体弱多病，都是一群手无缚鸡之力的书呆子。

在这样的大前提下，校长自然对这次的“十三校中学生篮球联赛”高度重视。校长甚至还外聘了某知名体校篮球专业的老师做一中的校队教练，励志打造出一支实力强劲的队伍，一洗他们一中的“书呆子”之名。

对此，向来提倡“学生应该全面发展”的章平安表示支持。

升旗仪式结束，章平安把打瞌睡的白珊珊叫到办公室批评了一通，然后就领着她一起回到了一班教室。

第一节课刚好是数学课。

章平安利用上课前的五分钟说起了篮球联赛的事。

“同学们，众所周知，高三年级的学生应该以学业为主。但大家放心，这次的篮球联赛，我绝不阻拦我们班任何人报名参赛。”章老头儿随手把三角板往讲桌上一扔，回身拿起粉笔，唰唰唰就在黑板上龙飞凤舞地写下了五个大字：德智体美劳。

教室里静悄悄的，大家都沉默不语地看着章老头儿圆滚滚的背影。

写完，章平安转回来面朝众学子，拿教鞭敲了敲这五个字，说：“教书育人，‘德’在首位，‘智’在第二，‘体’紧随‘智’之后。那么，我写这几个字是什么意思呢？我是想告诉大家，在不影响学习成绩的情况下，我非常赞成大家消耗体力、增强体质、参与体育赛事。”

“说吧，”章平安抬眼，视线在教室里扫了一圈儿，“这次篮球联赛谁想报名？举手，我记一下名字。”

教室里依然静悄悄的。

同学们你瞅瞅我、我瞅瞅你，半天没任何反应。

章平安等了会儿，皱起眉毛，问：“我们班一个会打篮球的都没有？”

话音落下，整个教室又陷入了几秒钟的安静。然后，章平安就瞧见倒数第二排举起了一只又细又白的小胳膊。

章老师明显愣了下，说：“白珊珊同学，我理解你想为校争光的心情，但是你这身高……”说着他一顿，斟词酌句，思考着怎么样才能不伤害同学自尊心地强调一下“你就算搭个梯子都不一定能摸到篮板”这个残酷的事实，“可能更适合其他体育比赛。”

“老师，我不是给自己报名。”教室安静，小姑娘的嗓音又细又软，听起来就乖乖巧巧的，显得格外悦耳动听又突兀。

章平安不解："那你想帮谁报名？"

这时，商迟的视线终于第一次从那本英文版《权力意志》的某一页上离开。他面无表情地侧目，看向身旁少女。

"我帮商迟同学报名。"少女眼眸转动，雪白的脸蛋儿上挂着纯良温和的笑意，天真无辜，认真地道，"商迟同学个子这么高，打篮球一定很厉害！"

话音落下，商迟轻轻一挑眉。

整个教室则再次陷入了某种诡异的寂静。

大家全都震惊了。一时间，无数道视线齐刷刷地从四面八方汇聚到一起，形成一道巨大的光束，将第四大组倒数第二排整个笼罩住。

白珊珊和她同桌瞬间成了全场瞩目的焦点。

全班，包括由顾千与、刘子和昊子组成的"小老弟三人组"，心头都在打鼓。商迟转入一中快两个月了，班上人对他虽然完全谈不上"了解"，但他的基本生活习惯大家还是知道的。

这位海归大佬是个标准的独居动物，冷漠寡言、不近人情。入学至今，甭说交朋友了，他连跟人说话的次数都寥寥无几。课后和午休时间，他大多用来看书或者处理大家连题目都读不懂的英文文件，从来没人见他在操场上出现过。

从大家观察到的这一系列迹象来看，这位大佬不像是一个会打球的人。或者说，大家也压根儿想象不出，这么高傲冷漠的一个大佬，跟着队友一起追着球跑来跑去会是怎样一幅接地气又诡异的画面。

因此，对于"一米六大佬"的这个推荐行为，同学们都表示不解。

比起同学们的费解和震惊，章平安倒是显得淡定多了。对所有学生一视同仁的章老头儿，并没看出他们班优秀又自律的商迟同学和其他同学有何不一样。所以，听完白珊珊的推荐，章老头儿只是哦了声，转而看向商迟，问：“商迟同学，你会打篮球吗？要不要报名？”

教室里又安静了。

刘子皱眉，伸手撞了撞一旁的顾千与，压低声音狐疑地道：“我们平时打篮球的时候没看到过商大佬啊，像那种天才优等生有几个喜欢运动的？大哥她什么意思啊？”

“恶作剧吧。”顾千与猜测，“大哥本来就看不惯她同桌，八成儿是想让他出糗。”

白珊珊端端正正地坐在座位上，等着商迟回答“不好意思老师，我不会打篮球”。

然而，这次的推荐事件，结局大大出乎白珊珊的意料。

听完章平安的问句，商迟未答话，只是直勾勾地盯着身旁的姑娘。片刻，他低声问：“你想看我打比赛？”

白珊珊呆住了，一时没反应过来。

然后，她就看见她同桌淡淡地勾了勾嘴角，看向讲台上的章老头儿，没什么语气地说：“嗯，我报名。”

等等，这个误会貌似闹得有点儿大啊……

白珊珊原本只是出于恶作剧的心态帮商迟报名的，万万没想到的是，他最终真的进入了他们市一中的校队。

白珊珊对此挺诧异。

在某次中午放学和小老弟们吃午饭的时候，她按捺不住好奇心，咬着苹果旁敲侧击地打听了一下校篮球队的训练情况。

“你们平时都什么时候训练？”

“周三、周五的晚上八点到九点，周六下午四点到六点，周日整个下午。”昊子嘴里塞满了鸡腿肉，边吃边道，“还有两周就是第一场比赛，我们和七中打，时间挺紧，训练强度也蛮大的。”

“哦。”白珊珊点点头，顿了下，左右环顾一番后才接着小声地问，“你们平时和商迟一块儿训练，他真的会打篮球吗？打得怎么样？”

“何止是会？简直厉害！”刘子竖起大拇指，打心眼儿里佩服，啧啧感叹，“大哥你不知道，我和昊子的水平在一中已经是高手了，我俩联手防他一个，根本防不住！他太灵活了，技巧也没的说。你也厉害，慧眼识英雄，我墙都不扶就服你！”

昊子和刘子都是满嘴跑火车的人，平时吊儿郎当没个正经，说的话难免会有些夸大其词。因此，白珊珊听完之后并没怎么往心里去。

直到那个周末，她和顾千与闲着没事，相约去一中篮球馆看了一次校队训练。

一中校董事会财大气粗，拨给校内各教学设施的修建经费也十分充裕。因此，一中的室内篮球馆修得非常大，空间开阔，占地面积极广，划分为三个场地，能同时容纳六支队伍在馆内进行全场比赛。场地周边还配有阶梯式观众席。

白珊珊和顾千与在篮球馆门口晃了一圈儿，随后便去小卖部给昊子和刘子买水。结账的时候，顾千与把两瓶水递给收银员阿姨。

收银员阿姨扫码，说：“八块。”

白珊珊看着那两瓶饮料静默半秒，抿抿唇没说什么，又转身从冰柜里拿出一瓶放到收银台上。

收银员阿姨看了眼：“十二块。”

白珊珊掏钱结账。

顾千与皱了皱眉，追上去：“珊珊，昊子和刘子就两个人啊，你为什么要买三瓶水？”

闻言，白珊珊的脸色明显变了下，但很快她又恢复成平日那副笑盈盈的模样，说：“多买一瓶备用，万一他们不够喝呢。”

她们走进篮球馆，一室通明。午后的阳光从顶层的通风口洒进来，光线良好，整个空间显得格外明亮。

白珊珊站在观众席旁边，一眼便看见了数道驰骋在篮球场上的身影。

男生们穿着黑色的校队队服，分为两队，一攻一守，篮球在他们指掌间灵活起落运转。在数道身影之中，有一道极其醒目——过分英俊又招摇的脸，独一无二的气场，在任何群体中都能让人第一眼就看出来。

金色的阳光洒下，阳光下的商迟修长高挑，长腿笔直，冷白色的胳膊瘦削而有劲，充满了一种阳刚之美。

空气里似乎弥漫开了一股浓烈的荷尔蒙气息。

白珊珊抱着三瓶水，看着场上的那道身影，怔住。她感觉血液里像有什么在涌动，直接侵袭她的心脏，让心跳的节拍变得失序。

视野中，少年面色冷峻，没有一丝表情，传球、过人、扣篮，每个动作都没有半分吃力感。他在金色的阳光下奔跑，汗水顺着纯黑色的短发往下淌。他与队友配合默契，投篮命中率极高。

一记漂亮的三分球，他举手投足间几乎能用"优美"来形容。

教练高声喊了句"好"。

顾千与和观众席上过来围观校队训练的学生都忍不住用力地鼓掌。

一片喧闹声中，白珊珊感觉自己的心跳不自觉地加快两拍。

扑通扑通、扑通扑通。

她强迫自己的视线离开那道高大修长的身影，无意识地伸手摸了下心脏的位置，皱眉，敲两下，再去感受。嗯，很好，心跳频率恢复正常，心脏没再瞎跳了。

两个姑娘随便找了个位置坐下来。

数分钟后，两场模拟比赛打完，一群人高马大的男孩儿大汗淋漓，一边说说笑笑地聊天，一边往休息区这边走。他们的球服都湿透了，手一拧就能拧出水。

顾千与之前给昊子和刘子发短信说了她们在球场的事。因此，这俩人一下场就跑来她们边上坐着了。

汗味扑鼻。

白珊珊随手把两瓶水丢给他们，起身，挪挪，再挪挪，足足和这两个“汗味儿制造机”拉开了四个座位的距离。嗯，很好，空气瞬间清新多了。

顾千与则捏着鼻子做出一副嫌弃的表情，扇扇风：“臭死了。难怪有个说法是‘臭男人’。”

“刚打完球谁是香的？你香，那咋没有个说法是‘香女人’啊？”昊子满不在乎地回应。他撩起衣裳下摆透气，仰起脖子咕咚咕咚就灌进去一大口水。

白珊珊听着好友们你一言我一语地互怼，低头失笑，掏出手机准备听歌。她刚戴上耳机，周围的声音似乎消失了。

白珊珊察觉到周围气场的变化，动作顿了下。她静默几秒，视线挪移，看见了一双纯黑色的篮球鞋，大大的，崭新的。视线往上，她看到了两条修长笔直的腿，足踝处骨节分明，小腿肌肉紧实，充满了美感和力量感。

她边上的“小老弟三人组”已经彻底安静了。

白珊珊的心没来由地一慌，她的脸颊也突然有点儿烫。她定定神，依然维持着平日里那副随意、淡漠的表情。她摘下耳机，仰起脖子，视线越抬越高，终于看见那双黑色球鞋主人的脸。

商迟不知何时已经走到了她跟前，垂着眸瞧着她。他短发已湿，眸子漆黑而沉静。

白珊珊仰着脖子看他。两秒后，她就把视线收回来了，抬手揉揉仰得发酸的脖子——他长这么高不知道坐下来吗？是不是想她得颈椎病……

她腹诽时，眼前人影一晃。商迟在她左边的位置坐下来了。

白珊珊微微一怔。这么近的距离，她原本已经做好了会闻到汗味的准备。

这人明明也浑身是汗，但是他没有汗味，一丁点儿都没有。

此时，空气里只有校园秋日金桂的余香，以及一股极淡的清冽烟草味。

“我的水。”商迟忽然出声，语气很淡。

白珊珊的心尖忽地一颤，但她白净的小脸依然很淡定。她沉默片刻，随手把刚才在小卖部拿的第三瓶水递了过去，没什么语气地道：“刘子是水桶，本来这瓶也是给他买的，不过他好像暂时不需要了，给你也行。”

一旁的刘子腹诽：大哥，在大佬中的大佬面前说这种话，你考虑过你小弟的生命安全吗？

闻言，商迟却并没有什么反应，自顾自地接过水，拧开瓶子喝了一口。

不知为什么，他这种安静令白珊珊心跳的节奏更乱了。全身血液加速流动，她别过头暗暗做了一个深呼吸，抬手扇风。这个篮球馆分明四面通风，她却燥热得慌。

“白同学很紧张。”她耳畔传来一道低沉好听的嗓音，说的并不是疑问句。

“没有啊。”白珊珊脱口而出，干巴巴地笑了，奇怪地说，“商同学，你怎么忽然这么说？”

“不然，”商迟转头，视线落在姑娘娇艳欲滴的小脸蛋儿上，轻轻一挑眉，低声说，“你的脸为什么这么红？”

听商迟说完，白珊珊一脸茫然地抬起头。她脑海中回荡着那句“花儿为什么这样红”……不对，是“你的脸为什么这么红”。

“哦，这里边太热了。”白珊珊回答得十分坦然，边说边把耳机再次塞进了耳朵。

不然还能是什么原因？难不成，她被商迟帅得发烧了？

尽管白珊珊在乱七八糟地想着，但她的面部表情还是很平静。她回答完便收回视线，一副世外高人的姿态。她随意扭头，刚好看见三个女生从篮球馆外边走进来。

白珊珊不由得打量了这“女生三人帮”两眼。她们的年纪应该和她差不多，一个长马尾，一个锅盖刘海儿，还有一个烫了时下非常流行的梨花头。她们模样都长得不错，画了眉毛和眼线，再加上身上漂亮又清新的小裙子，一看就是对着镜子认真打扮过的。

周末的时候，一中的篮球馆是对外开放的，除了本校喜欢打篮球的学生外，时不时还会有其他学校的学生过来打球。这些外校学生只要在校门口的保安室登记一下，就可以顺利进来。

她们仨走进篮球馆，在馆内四处张望一番之后目光忽然定住，望着白珊珊所在的方向，眼睛一亮。紧接着，她们便难掩兴奋地交头接耳、叽叽喳喳。

白珊珊刚开始还有点儿迷茫，脑袋往右一看，空空如也，再往左一瞧，她同桌正拿着她给的水坐在椅子上。于是，白珊珊瞬间就明白了。

就凭她同桌这长相、这气质，引起几个女生的注意算什么？她们就是马上跑过来问他要电话号码，那都不是什么奇怪事。

白珊珊忍不住在心里感叹，她这同桌真是一个招蜂引蝶的人。幸亏这货的性格有些不正常，他要是稍微正常一丁点儿，每天来班上递情书、送礼物的人估计会把他们教室的门给挤坏。

她正思索着，那头的“女生三人帮”已经找好位置坐下了。她们就在离她五六个座位的地方，继续叽叽喳喳。

这时，中场休息时间已经结束。场上的教练吹了一声口哨，拍拍手招呼着正在休息的数名队员：“来，A组，接着上。”

“好嘞！”昊子应了句，站起身，原地跳几下，活动活动，把手里的水扔给顾千与，“帮我拿着。”然后，他就小跑着跑向球场。

刘子也跟着站起身活动活动，随口道：“大哥，你待会儿帮我拿下水和手机……”他边说边准备把手里的水和兜里的手机递给白珊珊。

然而，他刚转过身就被一道高大的身影给挡住了。

他们尊敬的商大佬也在热身。商大佬面无表情地扭了扭脖子，没有任何情绪地平视前方，把他背后娇小玲珑的“一米六大佬”挡得严严实实。

不知为什么，眼前的商大佬一言不发，但此时无声胜有声。刘子就是从大佬冷淡平静的眼神里看到了警告，未说完的话便卡在喉咙。

突然，“一米六大佬”毛茸茸的脑袋瓜从商大佬身后探出来，看着他问：“刘子，你刚才说什么？我在听歌没听清楚。”

刘子挤出一个尴尬而不失礼貌的笑容：“没有没有，我什么也没说。”然后他把水和手机往顾千与怀里一丢，顶着微笑脸上场了。

见没自己什么事，白珊珊又把脑袋收了回来，坐正身子晃悠着一双小细腿继续优哉游哉地听歌。听着听着，她视野里出现一只手，冷白瘦削、修长有力，骨节分明，拿着一瓶水和一个手机。

她非常不解地抬起头。

“拿着。”商迟的语气淡淡的。

或许是这位大佬说话的语气、神态、动作都太自然了，自然到白珊珊一时半会儿都没反应过来，就把这两样东西莫名其妙地接过来拿好了。

姑娘坐在椅子上，皮肤白生生的，眼睛清而亮，两只小手攥着他的手机和水，乖乖巧巧，像只家养的小奶猫。

这副听话又可爱的小模样取悦了商迟。

“公主。”商迟俯身，直勾勾地盯着她，嘴角勾起一道弧。他的指尖若有似无地沿着她雪白滑嫩的脸蛋儿滑下来，捏住她的下巴抬起来。他的语气又柔又凉，音量低得只她可闻："如果我赢，你准备给我什么回报？"

他身形高大，弯腰在白珊珊面前既挡住了她，也隔绝了外界一切视线，这里仿佛无形当中形成了一个异度空间，只剩他们两个人。

两人距离极近，他身上的男性气息铺天盖地地将她笼罩。

白珊珊的心跳突然漏掉半拍。她的心一紧，脸上那股热劲又上来了。她捏住水瓶的掌心沁出了汗水，掌心黏腻打滑，乌黑的眼望着商迟，一时没明白他这话是什么意思，问道："什……什么回报？"

"利益交换。"

这么傻的台词，真的可以吗？

"我听你的话参加比赛，满足了你的心愿。"商迟的唇贴近她的耳边，他淡淡地说道，"现在我想知道，如果我赢，我的公主会给我怎样的回报。"

白珊珊这下真愣住了。她原本只是想让商迟出糗，没想到事情竟然会发展成这样。她更没想到商迟张口闭口就是这么"霸道总裁风"的台词，让她完全不知道怎么接话！

好在商迟并没有逼问她的意思，在说完那句话后，他便松开了白珊珊，直起身，上场继续打球去了，徒留白珊珊坐在椅子上发呆。

她本来是想让同桌出个小糗，结果反而变成了"他满足了她的心愿"。现在，他还理直气壮地要求她为此给出一个回报？

总之，事情的发展实在是太离谱了。

白珊珊陷入了沉思中，只觉头疼。就在她冥思苦想怎么"报答"商迟的"参赛之恩"时，一阵轻盈的脚步声忽然从旁边传了过来，停在她跟前。

白珊珊抬头，看到之前的"女生三人帮"正笑眯眯地瞧着她。

"有什么事吗？"白珊珊一脸茫然。

“啊，你好呀，同学。”首先发言的是锅盖头女生。锅盖头女生长了一张圆圆的脸，皮肤白白的，眼睛大大的，看起来就像一个真人版的洋娃娃。她笑眯眯地说：“我们是隔壁十六中的，很高兴认识你哦！”

白珊珊闻言，认真想了想，说：“十六中不是和我们学校隔了二十个地铁站吗？”

这回复让锅盖头女生明显愣了一下，半晌，她又笑起来，摆摆手道：“差不多。”她说着一顿，目光往球场上某处扫了眼，然后话锋陡转，问道，“请问，刚才和你说话的那个哥哥，你认识吗？”

这话一出口，白珊珊瞬间就反应过来了。她再看向“女生三人帮”时，脑海中自动给这几人的脑门上标记了数个黑体大字：“同桌的外校爱慕者。”

白珊珊点头：“啊。”

锅盖头女生的眼睛顿时变得更亮了，没等她开口，长马尾女生便兴冲冲又有点儿娇羞地出声了，问道：“那他是你们一中哪个班的啊？叫什么？有没有女朋友啊？”

白珊珊实话实说：“高三（1）班的，叫商迟。女朋友肯定是没有的。”

“女生三人帮”难掩激动的情绪：“真的吗？那太好——”

“至于现在有没有男朋友，”白珊珊摸了摸下巴，语气淡淡的，又细又白的右手食指弯下来，正色道，“我就不清楚了。”

闻言，“女生三人帮”蒙了。

梨花头女生惋惜感叹：“我就知道，长得这么好看的小哥哥百分之八十不是直男。”说完，她朝白珊珊投去一个非常感激的目光，说，“谢谢你，同学，把悲剧的苗头扼杀在摇篮里。”

得知这个消息，锅盖头女生顿时伤心欲绝，在好友们的安慰下离开了篮球馆。

“路上小心呀。”白珊珊笑得阳光灿烂，冲三人的背影挥挥手，然后就低下头继续玩她的手机。

忽然，她察觉到一丝不对劲，转过脑袋看到顾千与的脸霍然出现在她的眼前。

顾千与阴森森地盯着她，眼睛眯着，嘴唇抿着，跟一个巫婆似的。

白珊珊被吓了一跳，捂着心口弹开，皱眉道：“你干吗？”

顾千与冷哼道：“说吧。”

白珊珊被她看得心里不安，支吾道：“说什么？”

“为什么要骗商大佬的爱慕者？”

“我是为她们好。”白珊珊义正词严，淡淡地道，“我那个不正常的同桌，是给不了这些可爱小姑娘幸福的。”

顾千与听完，索然无味地道：“这样啊，我还以为……”

“以为啥？”

“以为你看上商大佬了啊。”

常言道：“物以类聚，人以群分。”白珊珊一直是个自我认知非常清晰的人。她清楚地知道，自己那高深莫测、变幻不定，随时可以无缝切换的神秘气场，寻常人类根本无法驾驭。因此，被她的神秘气场吸引到她身边来的也不会是什么正常人。

其中有大佬中的大佬这种不正常之人，也有“小老弟三人组”这种二傻子。

通常情况下，二傻子的话是不具备任何价值的，听听就过了。因此，顾千与在篮球场说的那句“看上商大佬”的话，白珊珊左耳刚进，右耳也就出了，并没有往心里去。

倒是商迟说的“如果我赢，我的公主会给我怎样的回报”，引起了白珊珊的深思。

以前，白珊珊对此只会翻个白眼，置之不理。但是，今时不同往日：其一，商迟参加这次“十三校中学生篮球联赛”，的确是她报名的；其二，有了“强吻事件”的前车之鉴，她已经深刻领悟到这位大佬是个比狠人还狠一点的“狼人”，她如果对他说的话采取完全不理的态度，后果极有可能是她承受不了的。

所以，她还是随便想个“回报”好了，反正商迟看起来也不是很难哄的样子。

就这样，在经过整整三天的深思之后，白珊珊眼睛一眯，想出了一个好点子。

周三，物理晚自习，照例是做试卷。

下课铃声响了起来，物理老师让大家坐在座位上，两位物理科代表分别从教室的一头一尾开始收卷子。交完卷，同学们纷纷跟前后左右桌讨论起之前的选择题和计算题答案，教室里闹哄哄的。

唯独以第四大组倒数第二排座位为圆心的方圆几米内鸦雀无声，和教室其他区域的氛围格格不入。商迟坐在座位上，脸色如布严霜。

在史诗级大佬无形的低气压震慑下，处于圆心周围的同学们都十分安静，甭说交流答案了，他们连喘气儿的声音都不敢太大。他们一个个埋着头，往自个儿包里放东西。

突然，一道又轻又软的嗓门响起来，将这种安静打破：“对了，差点儿忘了。”然后就是一阵哐哐响。

商迟听见响动，视线离开函件往上移，紧接着，他就看见了一只白生生的小拳头。雪白纤细的五指收拢做出敲门的动作，轻轻叩了叩他的桌面。商迟抬起眼。

“商同学，你今天的心情好像很不好，怎么了？”少女又粉又白的小脸蛋儿进入他的视野。她直直地看着他，一双乌黑的大眼晶莹剔透，隐约流露出一丝关切。

商迟直勾勾地盯着她，阴沉的目光不禁柔和几分，摇了摇头。

“好吧，你不想说就算了。”小姑娘见状，只好耸了耸肩，随之从课桌抽屉里拿出了一个什么东西放在桌上，用两只小手推到他的面前。

商迟看了一眼，是一块草莓慕斯蛋糕。一丝疑惑从他冷峻的双眸中闪过。

“给你的。”她解释着，笑了笑，连眼睛都弯成了一对小月牙，“不开心的时候就吃点儿甜食，那样你的心情就会好很多。”她的小手把胸脯拍得啪啪响，竖起大拇指，“亲自测试过，很有效，不骗你。”

商迟看着桌上的草莓慕斯，没有说话。

“这个啊，”姑娘忽然倾身，向他凑近了点儿，举起一只小手圈住嘴，用一种神秘的语气说，“就当是定金。”

少女贴过来，清甜的水果奶香骤然侵袭商迟的嗅觉。他黑色的眼睛深不见底，盯着她，依次扫过她晶莹的眸、小巧的鼻和浅粉色的开开合合的柔软唇瓣。他慢条斯理地问：“什么定金？”

“嗯……”她点头，紧接着便漾起一抹灿烂的笑容，抬手鼓励般地拍了拍他的宽肩，说，“商同学，篮球联赛加油呀！如果你赢了比赛，我就再送你一样礼物。任你选。”

商迟直勾勾地盯着她，重复：“任我选？”

“喀……不要太贵，得是我买得起的。”

话音刚落，顾千与的声音便从门口传来，喊道：“快点儿啊，珊珊！”

白珊珊应了句，拆开一颗棒棒糖放进嘴里，背起书包对商迟说了句“再见”，便高高兴兴地离开了教室。

学校后门处，黑色豪车安静等候在夜色中。

片刻，管家吉鲁弯腰，恭恭敬敬地拉开车门，商迟面无表情地上了车。

车门关上。

商迟透出些许疲乏，闭眼摁了摁眉心，没什么语气地道："情况如何？"

英籍管家习惯性地用他的母语道："布兰特那边刚才来过电话，说阿丽莎夫人经过手术已经脱离危险期。只是她的精神状况还不稳定，随时可能出现伤人或自残行为。布兰特向您请示，是将阿丽莎夫人送回中国，还是送往巴黎疗养院？"

商迟的视线落在黑暗中的某处，他把玩着手里的草莓慕斯蛋糕，静默须臾，冷漠地道："她就是死，也别死在我面前。"

吉鲁垂眸："是，明白了。"

话音刚落，几道穿着校服的身影透过车窗进入商迟的视线。他眯了眯眼睛。

距离黑色豪车约五米的马路上，少女们刚从学校后门附近的一家小超市出来，人手一杯酸奶、一包零食，吃吃喝喝，说说笑笑。不久前送了他一个草莓慕斯的小姑娘走在靠近马路一侧的边缘，笑盈盈的，身旁还有几个同班女生。

就在这个时候，一辆正在马路上平稳行驶的小货车不知怎么了，忽然原地打了个圈，不受控制地朝着路边冲撞过来……

叮一声，正在录音棚里看着台词本、酝酿情感的顾千与收到了一条微信："你还记得当年的'十三校中学生篮球联赛'吗？"

发信人是"白珊珊是小超人"。她看着手机上的那行字回忆了会儿，摘下耳机狐疑地敲字回过去。

顾千与："记得啊。昊子和刘子不是都参加了吗？怎么忽然问这个？"

白珊珊是小超人："你还记不记得，当初有一个人，作为校队核心主力，却一场比赛都没有参加？"

顾千与："记得……开赛前一周，商迟左手臂骨折。"

好几秒钟，对话框里没有新的内容弹出来，又过了一会儿才有动静。

白珊珊是小超人："唉……他是为了救我才受伤没能参加比赛的。"

顾千与："当时我们在校门口，一辆车突然冲过来……现在想起来我两只腿都发抖，实在是太吓人了。不过，他当年报名是为了你，退赛也是为了你，也算有始有终。你怎么忽然想起这件事？"

白珊珊是小超人："下周，B市的'常春藤盟校校友篮球联赛'正式开始。地点在一中的篮球馆。"

顾千与："如果我没记错的话，商迟貌似是宾夕法尼亚大学的？"

白珊珊是小超人："嗯。"

顾千与："我貌似懂了一点儿什么。"

就在这时，录音棚里的配音导演发话了："请大家把手机都收起来，我们认真点儿，先对一遍这部《大秦》的这个片段……"

顾千与赶紧打字："先工作了，回头聊。"

商府内，白珊珊躺在客房里那张金丝鸟笼造型的大床上，摁了手机的锁屏键。吧嗒一声，正面朝下，她把脑袋瓜埋进了软绵绵的黑色棉被里。然后，整个身子都陷进去，她把自己裹成一个粽子，滚来滚去，滚来滚去。

脑子里乱糟糟的像一团糨糊，白珊珊在被子里闷闷地哼了一声，觉得自己好像要炸开了。

十年前，她和顾千与等几个同班同学走在学校后门附近，一辆刹车失灵的小货车忽然就跟无头苍蝇似的冲了出来。

当时，她走在队伍的最边缘，是离马路最近的位置，也是离死神最近的位置。

千钧一发之际，一股力量猛地钳住她的手腕将她拽了出去。她脑子里一片空白，甚至没搞清楚发生了什么便落入一个冰冷的怀抱。

失控的小货车撞上了一中的围墙，终于停下了。

顾千与和另几个女孩儿都吓傻了，死里逃生一遭，有几个甚至直接哭了起来。

她被那人牢牢护在怀中，惊魂未定，全身都无意识地抖着。她抬头便看见了商迟的脸，英俊冷漠，眸色漆黑。

如果按照童话故事的剧情发展，在经历过那次的惊魂一幕后，当年还是一个无知少女的白珊珊应该不可救药地爱上对她有救命之恩的商迟。然后两人携手并进，一起高考、一起毕业、一起走上人生巅峰……

只可惜，生活从来都不会和“童话”二字沾边。之后发生的事，白珊珊怎么也没料到……

回忆被白珊珊强行中断，她抬手覆住了额头，又趴在床上消沉了几分钟。

事实证明，伤春悲秋这种事和她的画风实在是太不搭了。她能怎么办？事已至此，兵来将挡、水来土掩，一切就顺其自然吧。

至于商迟说的赢了比赛就要她吻他的这个要求……

再说吧，看心情。

几天时间眨眼便过。

周六，阳光灿烂，微风拂面。白珊珊和商迟吃完午饭后便一同前往B市一中，同行的还有江旭江助理和徐玮徐助理。

车上，西装笔挺的CEO刚结束全球各分部会议。他神色冷峻，面无表情，一言不发地听着江旭汇报中国总部上半年的投资项目收益概况。

徐玮安安静静地开着车。

白珊珊则没骨头似的窝在汽车后座，玩她的手机游戏。

不多时，江助理汇报完了。

车内霎时安静下来。这一静，白珊珊手机里传出的各种声响便显得尤其突兀。

“加点儿血，加点儿血！奶妈你干吗呢，我这儿打团你回什么家啊？”忽然，在一众音效中蹦出了这么一句话。

江助理沉默。

徐助理也沉默。

然后，又是一声气吞山河的吼叫：“啊，死了！”

江助理和徐助理继续沉默。

最后，一局游戏以失败告终。白珊珊把手机一收，一脸郁闷。

“不开心？”她的耳边忽然传来三个字，语气很平静。

“没有。”白珊珊深吸一口气吐出来，调整自己的心态，转过头朝身旁的大佬微微一笑，出于礼貌客套地说，“马上就要比赛了，商先生，别紧张！”

“我会赢。”商迟侧目，视线落在她脸上。

白珊珊被看得有些不自在，心里吐槽：说话就说话，你忽然看着我干啥？

“为了你的吻。”他的语气非常冷静，平而稳。

白珊珊只能尴尬地笑了笑。

白珊珊已经有很多年没有来过一中了。

她高中毕业后的这十年，一中竟然都未曾翻修过。校门还是当年的校门，教学楼还是当年的教学楼，食堂还是当年的食堂，篮球馆也还是当年的篮球馆。

一切似乎都还是当年的模样。

“B市常春藤盟校校友篮球联赛”的第一场小组赛，是宾夕法尼亚大学对战哥伦比亚大学。

白珊珊跟着商迟走进篮球馆时，一眼就看到了裁判席、摄影队和贴着红色“十”字的医疗部门。两个球队的其他队员大部分已经到了。毕竟是世界级名校的校友赛，球友里头除了中国人外，还有不少其他肤色的外国友人。

大家都在球场上热着身，用英语交流着。

商迟的出现在篮球馆内引起了不小的波澜。

这位全球知名的商界大佬，校友们几乎没人不认识，己方和对方还有几个球员是商氏的中层管理人员。

组织者将大家召集到了一起，边简单介绍边安排战术。

第一场小组赛快开始了。

商迟进更衣室换衣服，白珊珊坐在观众席。这场联赛的影响力很大，因此篮球馆的观众席上坐满了人，除了一众参赛队员的亲友团外，还有不少慕名前来的观众。

白珊珊混在一堆围观群众里东张西望，暗叹果然名校苗子好，放眼望去，整个篮球场里都是些身高腿长的大帅哥，国籍各异，十分养眼。

看着看着，她的视线被一道高大身影挡住。

原本喧闹的观众席忽地安静了。

白珊珊抬眸，一身黑色球服的商迟正面无表情地看着她。

他额前碎发垂下几缕，神色淡漠，身体轮廓清晰，穿上这身黑色的篮球服，颇有几分少时的影子。时值午后，篮球馆内光影斑驳，偶有绿色植物从顶端的通风口伸进来几簇，都成了他的背景墙。

被这“盛世美颜”一衬，周围一切景致和色彩都淡了。

白珊珊忍不住感叹，幸亏她这些年心性早已修炼到一个境界了，不然就这张脸，谁能受得了？

“还有三分钟上场。”商迟看着她，忽然开口，语气非常平静。

“嗯。”白珊珊点头，众目睽睽之下冲他笑得格外阳光，两只小拳头一握，“商总加油！”

“我要亲你。”

什么？！

白珊珊本来只想安安静静地当个围观群众，不引起任何人注意。然而，托这位又高又帅、身高一米九、气场两米九大佬的福，一时间，所有目光都齐刷刷地会聚到了她和她身前的大佬身上。

白珊珊不禁在心里再次吐槽：做个正常人不好吗？赢了比赛要亲亲，打比赛之前也要亲亲，你是“亲亲怪”吗，大佬？

“那个……那个，来来来，我们到旁边去说。”此情此景实在是太尴尬了，白珊珊的脸颊热得厉害。她左右看了一眼，然后干笑着一把抓过商迟的胳膊起身就走，飞快地远离那一束束目光。

数秒后，观众席旁的某阴凉小角落处。

“你马上就要比赛了，能不能严肃点儿？”白珊珊一双晶莹的眸子瞪得大大的，她动之以情、晓之以理，苦口婆心地给商迟进行心理开导，“这样，你先好好打比赛，等你打完了我们再说其他的，好吗？”

商迟的神态和语气都很冷静：“我要亲你，现在。”

算了，不要傻了，不正常的人怎么可能听得懂正常人的话？

白珊珊无语，沉默了好几秒钟才把手放下来，吸气吐气做了一个深呼吸，下定极大决心抬起头，十分慎重地说：“行吧。”

商迟直勾勾地盯着她，然后瞧见身前娇小的姑娘垂下了自个儿毛茸茸的脑袋，抬起一只又细又白的小手，放到粉嫩的嘴唇边上，定定神，十分勉强地亲了亲。

然后，她把那只被她亲过的小手伸到了他眼皮底下：“喏。”

商迟轻轻一挑眉。

“亲吧。”白珊珊说。

在她看来，她亲过的手给商迟亲，间接亲吻已经是最高敬意了。

商迟垂眸，盯着那只又软又白又可爱的小手看了会儿，嘴角轻轻地勾了勾，伸手捏住送到唇边。

他盯着她的眼睛，细腻地亲吻起每一根手指。

他的唇薄而凉，但每亲一下，她就感到一阵战栗。白珊珊被他亲着手，心里一慌，脸发烫，只觉全身上下都蹿起了一股燥热。几秒后，她实在难以忍耐，把手抽走了。

“快上场吧。”脸红红的，她咬咬唇，又不大自在地撂下一句“加油”，便小跑着回了观众席。

第一场小组赛，因为有商迟这种人物存在，宾夕法尼亚大学打赢哥伦比亚大学完全在白珊珊的预料之中。但令她没有想到的是，两支球队最后的比分是72：50，宾夕法尼亚大学以22分的绝对压倒性优势获胜。

裁判吹响了哨子。

比赛结束，观众席上支持宾夕法尼亚大学的观众激动呐喊，支持另一方的则垂头丧气。

白珊珊抬眸，看见双方球员正在球场上进行最后的握手仪式跟合照仪式。大佬站在合照队伍的最中间，冷漠耀眼。她看得有些出神。

就在这时，一阵手机铃声忽然响起来。

白珊珊下意识地掏出自个儿的小手机一瞧，黑屏，毫无反应，不由得愣了下。紧接着，她又从包里翻出另一只纯黑色的天价手机。

屏幕亮着，来电显示为“Smith.C”。

白珊珊一怔，再抬头时球场上的人们已经散去。肤色各异、国籍不同的校友们已经纷纷走到男子更衣室换衣服去了。

白珊珊在人群中没看到商迟，微微皱眉。她正张望着，江旭的声音从旁边传来，道：“白小姐在找什么？”

“商先生的手机响了。”看见江旭，白珊珊明显松了一口气，把手机递给他，说，“好像挺急的，一直在打，你快给你家先生送过去吧。”

话音刚落，江助理却忽然弯腰捂住了肚子，一脸痛苦地道：“不好意思，白小姐，我肚子又疼了……应该是吃错了东西。”说完，他转身一溜烟儿地跑了，头也不回地留下一句，“先生有洁癖，更衣室是单独的，就在男子更衣室左边的休息间。麻烦你啦！”

一阵风呼呼地吹过去。

不知道为什么，白珊珊有种这个老狐狸助理是装肚子疼的感觉。

数分钟后，白珊珊按照江助理说的找到了男子更衣室。她往左边走两步一瞧，最里侧果然还有一个小房间，上面的门牌已经有些模糊，依稀可见“休息室”三个字。

周围的光线有点儿暗，白珊珊抱着商迟的手机和水，转动脑袋左右环顾着。她定定神，抬手敲响房门，哐哐——

休息室内传出一道冷漠又平静的嗓音，淡淡的：“谁？”

“是我……白珊珊。”她清了清嗓子，“你的电话在响，我来给你送手机。”

话说完，休息室内就没反应了。

白珊珊狐疑，正要抬手继续敲门时，里头门锁忽然咔嚓一声，门被人从里边打开了。

从外面看，房间里的光线很昏暗，瞧着有点儿瘆人。

白珊珊暗暗做了一个深呼吸，推门入内。

这间屋子并不大，摆放着几个格子状的高铁柜和几张长椅。大概是平日里一直有人打扫的缘故，这里干干净净，并没有什么灰尘。白珊珊压着步子，一边环顾周围的环境，一边轻手轻脚地往里走。再一抬眼，她就看见最里侧的高铁柜前站着一道人影。

黑色球服被放在一旁的椅子上，男人背对着她，没穿上衣，上身赤裸。他脖颈修长，肩线流畅，背肌结实。不似健身房里那些绣花枕头，这具身体上的肌肉充满了生命力，附着在骨骼上。

他腰背处依稀可见几道陈年旧伤，很健美，也很野性。

白珊珊没料到会撞见这么一幕，愣了几秒后，整张俏丽的脸蛋儿顿时红了个底朝天。她感觉全身都热热的，在鼻血流下的前一刻，她干咳一声别过头移开了视线。

“刚才有人给你打电话……你的手机和你的水，我给你拿进来了。”她的嗓音带着明显的颤音，呼吸也有点儿不稳。她强迫自己镇定下来，扭头一瞧，边上正好是一张椅子，便弯腰把手里的东西放上去，故作轻松地道，“我先出去了。”

然而，就在她转身时，她背后冷不丁响起一个声音：“我的礼物。”

“你的礼物赛前就已经给你了。”白珊珊没什么语气地说，准备离开。

她的脚刚迈出半步，商迟竟伸出手一把拽住她的手腕将她扯了过去，把她抵在了更衣室的柜子上。

两人间的距离骤然缩短。商迟赤着上身，将她禁锢在自己和更衣柜之间。浓烈的荷尔蒙铺天盖地，充盈着白珊珊的鼻腔。

姑娘慌了神，只能睁大了眼睛瞪着男人的冷峻面容。

四周突然陷入一片死寂。

商迟抬手，指尖轻轻地滑过姑娘优美的脖颈。他低头，嘴唇轻轻地贴近她颈动脉的位置，感受她雪白皮肤下血液的流动。

白珊珊感觉全身血液逆流到了头部，脸颊红透了，呼吸急促。她动了动唇，甚至连说话的声音都轻微发着颤：“商迟，你……”

“感觉到了吗？”商迟忽然温柔地道，语气轻得像一阵风。

白珊珊这会儿大脑是空白的，嗫嚅了下：“什么？”

突然，商迟环住她又细又软腰身的手臂猛地用力，以一种优雅而又不容拒绝的强硬姿态将她死死压向自己，不给她丝毫反抗的余地。

夏季衣衫本就又轻又薄，隔着一层布料，两个人贴合得紧密。

白珊珊察觉到什么，整张俏脸顿时红得能滴出血来，又羞又恼，抬起双手用力推搡他。

然而，双方力量悬殊。商迟单手就钳住她两只纤细的手腕，把她压在更衣柜上，不费吹灰之力制住了她的一切反抗。

“感觉到了吗？”他在她微红的耳朵边上重复问了一遍。他的声音冷淡而低沉，既有绅士的优雅又有些病态。

白珊珊被这人禁锢在怀中，动弹不得。她心尖发颤，手指发抖，连呼吸都有些困难，只能瞪大了眼睛看他。

“公主。”商迟唤了一声，语气温柔，温柔得可怕，几乎能蛊惑人心。他看着她，看进她眼底，似要直达她内心深处。

白珊珊脑子里警钟长鸣，全身汗毛都立了起来。在男人温柔的低语中，她屏息，大气都不敢出。

外面分明青天白日，艳阳高悬，她却从他眼中看见了夜色和深渊。

沉默片刻，商迟轻轻地闭上了眼睛，贴近他怀里的公主，低声说：“感觉到了吗？我在为你燃烧。”

白珊珊心跳如擂鼓，只觉全身血液的流速已经快得不正常了。她恼羞成怒，终于使出全力推开他，咆哮道：“神经病啊！！！”然后她头也不回地跑了。

休息室的门被拉开，又砰的一声被重重关上。

商迟站在原地，目送那道落荒而逃的娇小背影，眸子深不见底。他抬手，食指碰了碰自己的唇，那里依稀还残留着她指尖柔软的触感。

野火蔓延，烧至骨髓。

商迟忽然自嘲似的勾了勾唇。

十年了。

这个女人依然是他无法抗拒的毒药，他的生命之光、欲念之火。